AF154247

d

F. Scott Fitzgerald

Der große Gatsby

ROMAN

Aus dem amerikanischen Englisch
von Bettina Abarbanell

Mit einem Nachwort
von Min Jin Lee

DIOGENES

Titel der 1925 bei Charles Scribner's Sons, New York,
erschienenen Originalausgabe: ›The Great Gatsby‹
Copyright © 1925 by Charles Scribner's Sons
Copyright renewed © 1953 by Frances Scott Fitzgerald Lanahan
Die deutsche Erstausgabe erschien 1953 bei Blanvalet, Berlin
Die Neuübersetzung folgt der autorisierten Ausgabe
›The Great Gatsby‹, edited by Matthew J. Bruccoli
Copyright © 1991 by Eleanor Lanahan, Matthew J. Bruccoli and
Samuel J. Lanahan as Trustees under Agreement dated July 3, 1975
Created by Frances Scott Fitzgerald Smith
Die Übersetzung wurde vom Deutschen Übersetzerfonds gefördert
Die Übersetzerin dankt Gertraude Krueger für die
großartige Zusammenarbeit
Das Nachwort von Min Jin Lee erschien 2021 in der Ausgabe
von F. Scott Fitzgerald ›The Great Gatsby‹ von Penguin Books,
New York, mit dem Titel ›Introduction‹
Copyright © 2021 by Min Jin Lee
Übersetzung von Susanne Höbel
Covermotiv: Design von Burkhard Finken
Copyright © Diogenes Verlag

Der Diogenes Verlag wird vom Bundesamt für Kultur
für die Jahre 2021–2025 unterstützt

Die Nutzung dieses Werks für Text und Data Mining im
Sinne von § 44b UrhG behalten wir uns explizit vor

Modern Classics.

www.diogenes.ch/modernclassics

Alle deutschen Rechte vorbehalten
Copyright © 2025
Diogenes Verlag AG Zürich
info@diogenes.ch · www.diogenes.ch
100/25/852/1
ISBN 978 3 257 07337 9

Und wieder für Zelda

Dann trage den goldenen Hut, wenn das
sie zu rühren vermag;
und wenn du hoch springen kannst,
spring auch für sie,
auf dass sie dir zuruft: »Geliebter, gold-
hütiger, hochspringender Geliebter,
dich muss ich haben!«

Thomas Parke D'Invilliers

I

Als ich noch jünger und verwundbarer war, gab mein Vater mir einmal einen Rat, der mir bis heute im Kopf herumgeht.

»Wann immer du jemanden kritisieren willst«, sagte er, »denk daran, dass nicht alle Menschen auf der Welt es so gut hatten wie du.«

Mehr sagte er nicht, doch da wir uns auf eine diskrete Weise stets hervorragend verstanden haben, wusste ich, dass er wesentlich mehr damit meinte. Folglich neige ich dazu, mich mit allem Urteil zurückzuhalten, eine Angewohnheit, dank deren sich mir über die Jahre viele merkwürdige Gestalten anvertraut haben und ich manchem notorischen Langweiler ins Netz gegangen bin. Der Sonderling wittert diese Eigenschaft bei einem normalen Sterblichen rasch und macht sie sich gern zunutze, und so kam es, dass ich im College fälschlich für einen Intriganten gehalten wurde, weil ich in die geheimen Nöte seltsamer und wildfremder Männer eingeweiht war. Die meisten Geständnisse wurden mir aufgedrängt; oft habe ich mich schlafend gestellt, so getan, als sei ich beschäftigt, oder eine feindselige Leichtfertigkeit vorgetäuscht, sobald ich aus untrüglichen Zeichen schloss, dass ein intimes Bekenntnis am Horizont heraufzog. Denn die intimen Bekenntnisse junger Männer oder doch die Worte, in die sie sie kleiden, stammen in aller Regel aus zweiter Hand und sind von offenkundigen Auslassungen entstellt. Sich im Urteil zurückzuhalten ist eine Sache grenzenloser Hoffnung. Ich fürchte noch heute manchmal, mir könnte etwas entgehen, wenn ich vergesse, was mein Vater hochmütig andeutete und was ich ebenso hochmütig wiederhole: Nicht jedem von uns wird gleich viel Gespür für die Grundregeln des Anstands in die Wiege gelegt.

Nachdem ich derart mit meiner Langmut geprahlt habe, muss ich gestehen, dass sie ihre Grenzen hat. Menschliches Verhalten kann auf festen Fels oder feuchtes Marschland gegründet sein, doch ab einem gewissen Punkt ist es mir einerlei, worauf es sich gründet. Als ich vorigen Herbst von der Ostküste zurückkehrte, wünschte ich mir nur, die Welt möge für alle Zeit in Uniform und einer Art moralischer Hab-Acht-Stellung verharren; mein Bedarf an wilden Ausschweifungen mit privilegierten Einblicken in das menschliche Herz war gedeckt. Nur Gatsby, der Mann, der diesem Buch seinen Namen leiht, blieb davon ausgenommen – Gatsby, der für alles stand, was ich aufrichtig verachte. Wenn Persönlichkeit ein Zusammenspiel geglückter Gesten ist, dann hatte er etwas Zauberhaftes an sich, eine erhöhte Empfindsamkeit für die Verheißungen des Lebens, so als wäre er mit einem raffinierten Gerät verbunden, das ein Erdbeben aus zehntausend Meilen Entfernung registriert. Seine Sensibilität hatte nichts mit jener beliebigen Eindrucksfähigkeit gemein, die sich so hochtrabend »schöpferische Veranlagung« nennt – sie verdankte sich vielmehr einer außergewöhnlichen Gabe der Hoffnung, einer romantischen Sinnesart, wie ich sie bei niemandem sonst gefunden habe und wohl auch nie wieder finden werde. Nein – Gatsby war letztlich kein schlechter Kerl; doch was ihn verfolgte, welch faulen Dunst seine Träume hinterließen – das war es, was meinem Interesse an den unnützen Sorgen und kurzatmigen Freuden der Menschen vorerst ein Ende bereitete.

Meine Familie genießt in dieser Stadt im Mittelwesten seit drei Generationen Ansehen und Wohlstand. Die Carraways sind so etwas wie ein Klan; nach einer alten Überlieferung entstammen wir dem Geschlecht der Dukes of Buccleuch, doch der eigentliche Begründer meiner Linie war der Bruder meines Großvaters, der einundfünfzig hierherkam, einen Ersatzmann in den Bürgerkrieg schickte und den Eisenwarengroßhandel aus der Taufe hob, den mein Vater noch heute betreibt.

Ich habe diesen Großonkel nie kennengelernt, aber es wird behauptet, ich sähe ihm ähnlich – unter besonderem Verweis auf das ziemlich grob gemalte Porträt, das in Vaters Büro hängt. Ich legte 1915, nur ein Vierteljahrhundert nach meinem Vater, in New Haven mein Examen ab und nahm kurz darauf an jener verspäteten germanischen Völkerwanderung teil, die als der Erste Weltkrieg in die Geschichte eingegangen ist. Der Gegenangriff hatte mich mit solcher Begeisterung erfüllt, dass ich nach meiner Rückkehr keine Ruhe fand. Der Mittelwesten, früher der warme Mittelpunkt der Welt, kam mir nun wie der äußerste, zerklüftete Rand des Universums vor, und so beschloss ich, an die Ostküste zu ziehen und das Börsengeschäft zu erlernen. So gut wie alle, die ich kannte, waren im Börsengeschäft tätig, deswegen nahm ich an, dass es leicht noch einen weiteren Mann ernähren konnte. Meine Tanten und Onkel beratschlagten darüber, als gälte es, eine Privatschule für mich auszuwählen, und sagten am Ende mit sehr ernster und zweifelnder Miene: »Also gu-ut.« Vater versprach, ein Jahr lang für mich aufzukommen, und nach manchen Verzögerungen brach ich im Frühling zweiundzwanzig auf und ließ mich – auf Dauer, wie ich glaubte – an der Ostküste nieder.

Am praktischsten wäre es gewesen, eine Bleibe in der Stadt zu suchen, aber draußen war es warm, und ich hatte gerade ein Land weiter Wiesen und freundlicher Bäume hinter mir gelassen; als mir daher ein junger Mann im Büro vorschlug, mit ihm gemeinsam ein Haus außerhalb der Stadt zu mieten, schien mir das eine großartige Idee zu sein. Er fand auch das Haus, einen verwitterten, baufälligen Bungalow für achtzig im Monat, doch im letzten Moment schickte die Firma ihn nach Washington, und so zog ich allein aufs Land. Ich hatte einen Hund – jedenfalls ein paar Tage, bis er mir weglief –, einen alten Dodge und eine Finnin, die mir das Bett machte, das Frühstück bereitete und am Elektroherd finnische Lebensweisheiten vor sich hin murmelte.

Zuerst war es einsam dort, doch eines Morgens sprach mich auf der Straße ein Mann an, der vor noch kürzerer Zeit hergekommen war als ich.

»Wo geht es nach West Egg Village?«, fragte er ratlos.

Ich sagte es ihm. Und als ich meinen Weg fortsetzte, war ich nicht mehr einsam. Ich war einer, der sich auskannte, ein Pfadfinder, ein Pionier. Er hatte mich beiläufig mit dem Bürgerrecht der Gegend ausgezeichnet.

Die Sonne schien, ich sah die Blätter an den Bäumen wie im Zeitraffer sprießen, und da regte sich in mir die vertraute Gewissheit, dass das Leben mit dem Sommer neu beginnt.

Es gab zum Beispiel so viel zu lesen und so viel Gesundheit aus der jungen, atemspendenden Luft zu schöpfen. Ich kaufte mir ein Dutzend Bücher über Bank- und Kreditwesen und sichere Kapitalanlagen, und sie standen in meinem Regal, rot und golden glänzend wie frischgeprägte Münzen, und versprachen, die schillernden Geheimnisse preiszugeben, die nur Midas und Morgan und Maecenas kannten. Überdies hegte ich die hehre Absicht, noch viele andere Bücher zu lesen. Im College hatte ich gewisse literarische Neigungen gehabt – ein Jahr lang schrieb ich sehr ernste, treuherzige Kolumnen für die *Yale News* –, und nun wollte ich all diesen Dingen wieder einen Platz in meinem Leben einräumen und aufs Neue zu jenem beschränktesten aller Spezialisten werden: dem »umfassend gebildeten Mann«. Das ist nicht bloß ein Aphorismus – man sieht in der Tat viel mehr vom Leben, wenn man nur aus *einem* Fenster hinausschaut.

Der Zufall wollte es, dass ich an einem der sonderbarsten Orte ganz Nordamerikas gelandet war. Er befand sich auf jener schmalen, turbulenten Insel, die sich genau östlich von New York erstreckt und neben anderen Launen der Natur zwei Merkwürdigkeiten hervorgebracht hat: Zwanzig Meilen vor der Stadt ragen zwei gewaltige Eier, die identische Umrisse haben und nur durch eine gefällige Bucht voneinander getrennt sind, in das gezähmteste salzige Gewässer der westlichen Hemisphäre hinein: den großen, nassen Scheunenhof des Long-Island-Sunds. Sie sind nicht vollkommen oval, sondern auf ihrer Landseite – wie das Ei des Kolumbus – flachgedrückt, doch ihre physische Ähnlichkeit muss für die Möwen, die über sie hinwegfliegen, eine Quelle fortwährender Verwunderung sein. Den Flügellosen dagegen dürfte ihre Unähnlichkeit in allen Details außer Größe und Gestalt weitaus interessanter erscheinen.

Ich wohnte in West Egg, dem – nun ja, dem weniger eleganten der Inselteile, wenngleich das ein äußerst oberflächliches Attribut ist, um den seltsamen und durchaus beklemmenden Unterschied zwischen beiden zu beschreiben. Mein Haus lag oben, nur fünfzig Meter vom Sund entfernt, an der Spitze des Eis zwischen zwei riesigen Villen eingepfercht, die für zwölf- beziehungsweise fünfzehntausend Dollar den Sommer vermietet wurden. Die zu meiner Rechten, eine geradezu kolossale Angelegenheit, war die exakte Kopie eines Hôtel de Ville in der Normandie mit einem Turm an der Seite – funkelnagelneu unter einem dünnen Efeubart –, einem Marmor-Swimmingpool und mehr als 16 Hektar Park- und Rasenfläche. Das war Gatsbys Anwesen. Oder besser gesagt, da ich Mr. Gatsby noch nicht kannte: das Anwesen, das von einem Herrn dieses Namens bewohnt wurde. Mein eigenes Haus war ein Schandfleck, aber es war ein kleiner Schandfleck, an dem sich niemand störte, und so genoss ich einen freien Blick auf das Wasser, einen eingeschränkten Blick auf den nachbarlichen Garten und das tröstliche Gefühl, in unmittelbarer Nähe von Millionären zu wohnen – und das alles für achtzig Dollar im Monat.

Jenseits der Bucht glitzerten die weißen Paläste des eleganten East Egg am Ufer, und eigentlich beginnt die Geschichte dieses Sommers an jenem Abend, als ich dort hinüberfuhr, um bei den Buchanans zu Abend zu essen. Daisy war die Tochter einer Cousine zweiten Grades von mir, während ich Tom vom College kannte. Gleich nach dem Krieg hatte ich zwei Tage bei ihnen in Chicago verbracht.

Daisys Ehemann konnte sich verschiedenster sportlicher Leistungen rühmen und war unter anderem einer der stärksten Verteidiger gewesen, die je für New Haven Football gespielt hatten – ein Nationalheld gewissermaßen, einer jener Männer, die es mit einundzwanzig auf begrenztem Gebiet zu solcher Meisterschaft bringen, dass alles, was danach kommt, den Beigeschmack des Abstiegs hat. Er stammte aus einer unglaublich reichen Familie. Sein verschwenderischer Umgang mit Geld hatte schon im College Anstoß erregt, doch der Stil, in dem er Chicago verließ und an die Ostküste zog, raubte einem schier den Atem – zum Beispiel brachte er eine ganze Koppel Polo-Ponys aus Lake Forest mit. Es schien kaum zu fassen, dass ein Mann in meinem Alter derart reich sein konnte.

Was sie bewogen hatte herzukommen, weiß ich nicht. Sie hatten ohne besonderen Grund ein Jahr in Frankreich verbracht und sich dann rastlos treiben lassen, mal hier, mal dort verweilend – wo immer Menschen gemeinsam Polo spielten und gemeinsam reich waren. Dieser Umzug sei endgültig, hatte Daisy am Telefon gesagt, aber das glaubte ich nicht; zwar schaute ich Daisy nicht ins Herz, doch mein Gefühl sagte mir, dass Tom sein Leben lang weiter umherdriften würde, stets ein wenig wehmütig auf der Suche nach der erregenden Turbulenz eines unwiederbringlichen Football-Spiels.

Und so kam es, dass ich eines warmen, windigen Abends

nach East Egg hinüberfuhr, um zwei alte Freunde zu besuchen, die ich eigentlich kaum kannte. Ihr Haus, eine freundliche, rot-weiße Villa im Kolonialstil Georgias mit Blick auf die Bucht, war noch um einiges eleganter, als ich erwartet hatte. Der Rasen begann am Strand, lief ein paar hundert Meter auf das Hauptportal zu, übersprang Sonnenuhren und Steinmäuerchen und lodernde Blumenbeete – und strebte schließlich, beim Haus angekommen, in leuchtenden Reben an der Seitenwand empor, als könnte er seinen Schwung nicht bremsen. Die Fassade war durch eine Reihe von Flügeltüren aufgelockert, die im goldenen Widerschein glühten und, weit geöffnet, die warme Brise des späten Nachmittags hereinließen. Tom Buchanan stand in Reitkleidung breitbeinig draußen auf der Veranda.

Er hatte sich seit den Jahren in New Haven verändert. Jetzt war er ein untersetzter Mann um die dreißig mit strohigem Haar, einem etwas harten Zug um den Mund und überheblichem Auftreten. Zwei funkelnde, arrogante Augen hatten in seinem Gesicht die Herrschaft übernommen und gaben ihm den Anschein, als beugte er sich unentwegt kampflustig vor. Auch der feminine Schick seines Reitdresses vermochte nicht die ungeheure Kraft dieses Körpers zu verbergen – seine Waden drohten die oberste Schnürung der blankpolierten Stiefel zu sprengen, und wenn er unter der dünnen Jacke die Schultern bewegte, sah man ein gewaltiges Muskelpaket spielen. Es war ein Körper, der ungeheure Wucht entfalten konnte – ein unbarmherziger Körper.

Seine Stimme, ein rauher, heiserer Tenor, verstärkte den Eindruck von Streitbarkeit, den er vermittelte. Es schwang eine gewisse gönnerhafte Herablassung darin mit, selbst gegenüber Menschen, die er mochte – und in New Haven hatte manch einer ihn regelrecht gehasst.

»Ihr müsst nicht denken, dass meine Meinung hierzu unumstößlich ist«, schien er zu sagen, »nur weil ich stärker und männlicher bin als ihr.« Im College hatten wir derselben Senior Society angehört, und obwohl wir nie sonderlich eng befreundet gewesen waren, hatte ich doch immer den Eindruck gehabt, als zollte er mir Anerkennung und hoffte seinerseits mit einer gewissen schroffen, herausfordernden Art, von mir gemocht zu werden.

Wir unterhielten uns ein paar Minuten auf der sonnigen Veranda.

»Ein nettes Plätzchen habe ich hier«, sagte er, und seine Augen zuckten unruhig umher.

Er fasste mich am Arm, drehte mich herum und zeigte mir mit einer schwungvollen Geste seiner breiten flachen Hand den Blick von der Vorderseite des Hauses, der einen tiefliegenden italienischen Garten, einen halben Morgen satter, stark duftender Rosen und ein vor der Küste auf den Wellen hüpfendes, stumpfnasiges Motorboot einschloss.

»Es gehörte mal dem Ölunternehmer Demaine.« Abermals drehte er mich höflich und abrupt herum. »Gehen wir hinein.«

Durch einen hohen Gang gelangten wir in einen lichten, rosenfarbenen Raum, der von Flügeltüren an beiden Enden lose ins Haus gefügt war. Die Fenster standen offen und hoben sich leuchtend weiß gegen das frische Gras draußen ab, das beinahe ein kleines Stück ins Haus hineinzuwachsen schien. Eine Brise blies durch den Raum, blies Vorhänge wie blasse Fahnen auf der einen Seite herein und zur anderen hinaus, verzwirbelte sie bis hoch an den Hochzeitstortenguss der Zimmerdecke, kräuselte den weinfarbenen Teppich und warf einen Schatten darauf wie Wind auf dem Meer.

Der einzige vollkommen unbewegliche Gegenstand im Raum war eine riesige Couch, auf der zwei junge Frauen schwebten wie in einem verankerten Fesselballon. Sie waren beide ganz in Weiß gekleidet, und ihre Röcke schwangen und flatterten, als wären sie nach einem kurzen Flug ums Haus eben erst wieder hereingeweht worden. Ich muss wohl einige Augenblicke nur so dagestanden und dem Peitschen und Knattern der Vorhänge und dem Ächzen eines Bildes an der Wand gelauscht haben. Dann ertönte ein Knall – Tom Buchanan hatte die hinteren Türen geschlossen –, der im Zimmer gefangene Wind erstarb, und die Vorhänge und die Teppiche und die zwei jungen Frauen sanken langsam zur Erde.

Die Jüngere der beiden kannte ich nicht. Sie lag ganz und gar regungslos der Länge nach ausgestreckt auf ihrer Seite des Diwans und reckte das Kinn ein wenig vor, als balancierte sie etwas darauf, das jeden Moment hinunterzurutschen drohte. Falls sie mich aus dem Augenwinkel wahrgenommen hatte, gab sie es nicht zu erkennen – fast hätte ich unwillkürlich eine Entschuldigung gemurmelt, dass ich sie durch mein Hereinkommen gestört hatte.

Das andere Mädchen, Daisy, machte Anstalten, sich zu erheben – sie beugte sich mit gewissenhafter Miene ein wenig vor –, dann lachte sie, ein absurdes, reizendes kleines Lachen, und ich lachte auch und trat ein paar Schritte weiter ins Zimmer hinein.

»Ich freue mich w-wahnsinnig.«

Sie lachte abermals, als hätte sie etwas besonders Geist-reiches gesagt, hielt meine Hand und schaute zu mir hoch, und ihr Blick versprach, dass es auf der ganzen Welt nie-manden gab, den sie in diesem Moment lieber gesehen hätte als mich. Das war so ihre Art. Sie flüsterte mir zu, das balan-cierende Mädchen heiße mit Nachnamen Baker. (Bisweilen wurde behauptet, Daisy flüstere so, damit die Leute sich zu ihr hinüberbeugten; ein haltloser Vorwurf, der ihrem Flüs-tern nichts von seinem Zauber nahm.)

Miss Bakers Lippen jedenfalls zitterten ein wenig, sie nickte mir kaum merklich zu und legte dann rasch wieder den Kopf in den Nacken – offenbar war der Gegenstand, den sie balancierte, ein wenig ins Kippeln geraten, und sie hatte sich erschreckt. Abermals fehlte nicht viel, und ich hätte mich entschuldigt. Menschen, die sich selbst vollkom-men zu genügen scheinen, versetzen mich fast unweigerlich in ehrfürchtiges Staunen.

Ich schaute wieder zu meiner Cousine, die mir nun mit ihrer leisen, betörenden Stimme Fragen stellte. Es war eine Stimme, deren Auf und Ab das Ohr folgt, als wäre jede ihrer Äußerungen eine kleine Komposition, die niemals wieder so gespielt werden würde. Daisy hatte ein trauriges, hübsches Gesicht, in dem es leuchtete – leuchtende Augen und einen leuchtenden, sinnlichen Mund; in ihrer Stimme aber schwang eine Erregung mit, die jeder Mann, dem sie einmal etwas bedeutet hatte, schwer zu vergessen fand: ein singendes Drängen, ein gehauchtes »Hör doch«, ein Rau-nen, dass sie gerade erst schöne, aufregende Dinge erlebt hatte und bald schon noch mehr schöne, aufregende Dinge auf sie warteten.

Ich erzählte ihr, auf meinem Weg an die Ostküste hätte ich einen Tag in Chicago verbracht und ein Dutzend Leute ließen ihr die liebsten Grüße ausrichten.

»Vermissen sie mich?«, rief sie entzückt.

»Die ganze Stadt ist untröstlich. Bei allen Autos ist zum Zeichen der Trauer das linke Hinterrad schwarz bemalt, und am Nordufer erhebt sich Nacht für Nacht anhaltendes Wehklagen.«

»Wie herrlich! Lass uns zurückgehen, Tom. Gleich morgen!« Dann fügte sie zusammenhanglos hinzu: »Du solltest die Kleine mal sehen.«

»Das würde ich gern.«

»Im Augenblick schläft sie. Sie ist jetzt zwei Jahre alt. Hast du sie noch nie gesehen?«

»Nein, nie.«

»Also, du musst sie sehen. Sie ist –«

Tom Buchanan, der die ganze Zeit rastlos hin- und hergewandert war, blieb stehen und legte mir eine Hand auf die Schulter. »Und was treibst du so, Nick?«

»Ich bin an der Börse.«

»Für wen?«

Ich nannte den Namen.

»Nie gehört«, sagte er entschieden.

Das ärgerte mich.

»Wart's ab«, antwortete ich. »Du kriegst ihn schon noch zu hören, wenn du hier im Osten bleibst.«

»Oh, ich bleibe hier im Osten, keine Sorge«, sagte er. Er blickte zu Daisy und dann wieder zu mir, als machte er sich auf etwas gefasst. »Ich müsste ja ein verdammter Idiot sein, wenn ich irgendwo anders leben wollte.«

»Absolut!«, sagte Miss Baker da so plötzlich, dass ich erschrak – es war das erste Wort, das sie äußerte, seit ich ins Zimmer gekommen war. Offenbar überraschte es sie ebensosehr wie mich, denn sie gähnte und stand mit einer Reihe flinker, geschickter Bewegungen auf.

»Ich bin ganz steif«, klagte sie. »Ich habe eine halbe Ewigkeit auf diesem Sofa gelegen.«

»Schau mich nicht so an«, sagte Daisy. »Ich wollte dich den ganzen Nachmittag zu einer Fahrt nach New York überreden.«

»Nein, danke«, sagte Miss Baker angesichts der vier Cocktails, die eben aus dem Anrichteraum hereingebracht wurden. »Ich bin absolut strikt im Training.«

Ihr Gastgeber schaute sie ungläubig an.

»Tatsächlich!« Er stürzte sein Getränk hinunter, als wäre es ein Tropfen auf dem Boden eines Glases. »Wie du je irgendetwas schaffst, ist mir ein Rätsel.«

Ich schaute Miss Baker an und fragte mich, was es war, das sie »schaffte«. Sie war hübsch anzuschauen, ein schlankes, flachbrüstiges Mädchen mit einer sehr aufrechten Haltung, die sie noch betonte, indem sie die Schultern zurückwarf wie ein junger Kadett. Ihre grauen, sonnenstrapazierten Augen in dem blassen, aparten, unzufriedenen Gesicht blickten mich ihrerseits mit höflicher Neugier an. Jetzt fiel mir ein, dass ich sie oder ein Bild von ihr irgendwo schon einmal gesehen hatte.

»Sie wohnen also in West Egg«, bemerkte sie verächtlich. »Da kenne ich jemanden.«

»Ich kenne dort keine Menschensee –«

»Sie müssen doch Gatsby kennen.«

»Gatsby?«, fragte Daisy. »Welchen Gatsby?«

Bevor ich antworten konnte, er sei mein Nachbar, wurden wir zum Essen gerufen. Tom Buchanan klemmte gebieterisch seinen straffen Arm unter meinen und schob mich aus dem Zimmer, als bewegte er eine Schachfigur auf ein anderes Feld.

Langgliedrig, träge, die Hände leicht auf die Hüften gelegt, gingen die beiden jungen Frauen uns voran und traten auf eine rosenfarbene Veranda hinaus, die dem Sonnenuntergang zugewandt war. Auf einem Tisch flackerten vier Kerzen im schwächer gewordenen Wind.

»Wozu *Kerzen*?«, fragte Daisy stirnrunzelnd. Sie schnippte sie mit den Fingern aus. »In zwei Wochen ist der längste Tag im Jahr.« Sie schaute uns alle strahlend an. »Wartet ihr auch immer auf den längsten Tag des Jahres und verpasst ihn dann? Ich warte jedes Mal wieder auf den längsten Tag im Jahr, und dann verpasse ich ihn.«

»Wir sollten irgendwas unternehmen«, gähnte Miss Baker und setzte sich an den Tisch, als ginge sie zu Bett.

»Gut«, sagte Daisy. »Aber was?« Sie wandte sich hilfesuchend an mich. »Was unternimmt man denn so?«

Bevor ich antworten konnte, heftete sich ihr Blick verwundert auf ihren kleinen Finger.

»Schaut mal!«, klagte sie. »Ich habe mich verletzt.«

Wir schauten – der Knöchel war grün und blau.

»Das warst du, Tom«, sagte sie vorwurfsvoll. »Ich weiß, dass du's nicht wolltest, aber du warst es *trotzdem*. Das habe ich nun davon, dass ich einen solchen Koloss von einem Mann geheiratet habe, ein riesengroßes, klobiges Exemplar von einem –«

»Ich hasse das Wort Koloss«, sagte Tom gereizt. »Auch im Scherz.«

»Ein Koloss«, wiederholte Daisy.

Manchmal redeten sie und Miss Baker gleichzeitig, unaufdringlich und mit einer frivolen Oberflächlichkeit, die nie ganz Geplapper war, so kühl wie ihre weißen Kleider und ihre ungerührten, aller Sehnsucht baren Blicke. Sie waren hier – und sie duldeten Tom und mich, machten höchstens den netten, höflichen Versuch, uns zu unterhalten oder sich ihrerseits unterhalten zu lassen. Sie wussten, dass das Abendessen bald vorbei war und wenig später auch der Abend vorbei und erledigt wäre. Das war ein krasser Gegensatz zum Mittelwesten, wo ein Abend bis zu seinem Ende von einer Phase zur nächsten gejagt wurde, in unablässig enttäuschter Erwartung oder blanker Angst vor dem Augenblick selbst.

»Neben dir fühle ich mich so unzivilisiert, Daisy«, gestand ich beim zweiten Glas korkigem, aber ziemlich beeindruckendem Bordeaux. »Kannst du nicht mal über die Ernte oder so etwas reden?« Ich hatte nichts Besonderes damit sagen wollen, aber es zeigte eine überraschende Wirkung.

»Die Zivilisation geht vor die Hunde«, brach es leidenschaftlich aus Tom hervor. »Ich bin in letzter Zeit ein furchtbarer Pessimist geworden. Habt ihr *Der Aufstieg der farbigen Völker* von diesem Goddard gelesen?«

»Nein«, antwortete ich, etwas erstaunt über seinen Ton.

»Nun, das ist ein gutes Buch, und jeder sollte es lesen. Wenn wir nicht aufpassen, lautet die These, wird – wird die weiße Rasse vollständig unterjocht werden. Das ist alles wissenschaftlich; alles erwiesen.«

»Tom wird neuerdings immer tiefsinniger«, sagte Daisy mit einem Ausdruck gedankenleerer Traurigkeit. »Er liest schlaue Bücher mit langen Wörtern darin. Was war das noch für ein Wort, das wir –«

»Nun, es sind alles wissenschaftliche Bücher«, wiederholte Tom und sah sie unwirsch an. »Der Bursche hat das Ganze gründlich erforscht. Wir, die herrschende Rasse, müssen aufpassen, dass die anderen Rassen nicht eines Tages die Macht übernehmen.«

»Wir müssen sie niederschlagen«, flüsterte Daisy und blinzelte wild in die glühende Sonne.

»Ihr solltet in Kalifornien leben –«, begann Miss Baker, doch Tom unterbrach sie, indem er unruhig auf seinem Stuhl herumrutschte.

»Er sagt, wir gehören zur nordischen Rasse. Ich und du und du und –«, er zögerte einen winzigen Augenblick, ehe er mit einem leichten Nicken auch Daisy einschloss, und sie zwinkerte mir erneut zu, »– und wir hätten all die Dinge hervorgebracht, die die Zivilisation ausmachen, die Wissenschaft und die Kunst und all das. Versteht ihr?«

Seine Konzentration hatte etwas Peinliches, als ob seine Selbstzufriedenheit, die ärger war denn je, ihm nicht mehr genügte. Als fast in derselben Sekunde das Telefon klingelte und der Butler ins Haus ging, ergriff Daisy die Gelegenheit beim Schopf und neigte sich zu mir herüber.

»Ich verrate dir jetzt ein Familiengeheimnis«, flüsterte sie begeistert. »Es hat mit der Nase des Butlers zu tun. Willst du die Geschichte von der Nase des Butlers hören?«

»Darum bin ich heute Abend hergekommen.«

»Also – er war nicht immer Butler; früher hat er als Silberputzer bei Leuten in New York gearbeitet, die ein Silberservice für zweihundert Personen hatten. Das musste er von morgens bis abends putzen, bis das Silberputzmittel irgendwann seine Nase anzugreifen begann –«

»Es wurde immer schlimmer«, warf Miss Baker ein.

»Genau. Es wurde immer schlimmer, und schließlich musste er seine Stellung aufgeben.«

Einen Moment lang fielen die letzten Sonnenstrahlen mit romantischer Hingabe auf ihr glühendes Gesicht; ihre Stimme zwang mich beim Zuhören atemlos immer weiter nach vorn – dann erlosch das Glühen, und zögernd und betrübt wich alles Licht von ihr, wie Kinder in der Abenddämmerung eine belebte Straße verlassen.

Der Butler kam wieder und flüsterte Tom etwas ins Ohr, worauf dieser die Stirn runzelte, seinen Stuhl zurückschob und ohne ein Wort im Haus verschwand. Als erweckte seine Abwesenheit etwas in ihr zum Leben, beugte Daisy sich erneut vor, und ihre Stimme glühte und sang.

»Es ist so schön, dich hier an meinem Tisch sitzen zu sehen, Nick. Du erinnerst mich – an eine Rose, eine absolut vollkommene Rose. Nicht wahr?«, sagte sie, an Miss Baker gewandt. »Eine absolut vollkommene Rose?«

Das war Unsinn. Ich ähnele nicht einmal entfernt einer Rose. Sie improvisierte nur, aber sie verströmte dabei eine erregende Wärme, als versuchte ihr Herz, verhüllt in eines jener atemlosen, betörenden Wörter, zu mir herauszukommen. Dann warf sie plötzlich ihre Serviette auf den Tisch, entschuldigte sich und ging ins Haus.

Miss Baker und ich wechselten einen kurzen, bewusst ausdruckslosen Blick. Ich wollte etwas sagen, da setzte sie sich kerzengerade auf und gab ein warnendes »Psst!« von sich. Im angrenzenden Zimmer war gedämpftes, leidenschaftliches Geflüster zu hören, und Miss Baker beugte sich ungeniert vor, um zu lauschen. Das Geflüster schwoll an, bis es beinahe zu verstehen war, wurde leiser, brandete stürmisch auf und verebbte dann ganz.

»Dieser Mr. Gatsby, von dem Sie vorhin sprachen – er ist mein Nachbar –«, sagte ich.

»Nicht reden. Ich möchte hören, was passiert.«

»Passiert denn etwas?«, fragte ich treuherzig.

»Heißt das etwa, Sie wüssten es nicht?«, sagte Miss Baker aufrichtig erstaunt. »Ich dachte, alle Welt wüsste es.«

»Ich nicht.«

»Na ja …«, sagte sie zögernd, »Tom hat eine Freundin in New York.«

»Eine Freundin?«, wiederholte ich dümmlich.

Miss Baker nickte.

»Sie könnte wenigstens so viel Anstand besitzen, ihn nicht zur Essenszeit anzurufen. Finden Sie nicht?«

Noch ehe ich ganz begriffen hatte, was sie meinte, hörte man ein Kleid rascheln und Stiefel knirschen, und Tom und Daisy waren wieder bei uns am Tisch.

»Entschuldigt bitte!«, rief Daisy angestrengt fröhlich.

Sie setzte sich, schaute forschend erst Miss Baker, dann mich an und fuhr fort: »Ich war eben kurz draußen – es ist so romantisch! Da sitzt ein Vogel auf dem Rasen, wahrscheinlich eine Nachtigall, die auf der ›Cunard‹ oder der ›White Star Line‹ herübergekommen ist. Sie singt und singt« – sang ihre Stimme – »Ist es nicht romantisch, Tom?«

»Sehr romantisch«, sagte er und fügte an mich gewandt

trübselig hinzu: »Wenn es nach dem Essen noch hell genug ist, würde ich dir gern die Pferdeställe zeigen.«

Drinnen klingelte schrill das Telefon, und während Daisy Tom anschaute und entschieden den Kopf schüttelte, löste sich das Thema Ställe, ja lösten sich alle Gesprächsthemen in Luft auf. Von den letzten fünf Minuten am Tisch habe ich nur Bruchstücke in Erinnerung behalten, etwa, wie die Kerzen sinnlos wieder angezündet wurden, und ich merkte, dass ich jedem der drei anderen offen ins Gesicht schauen und zugleich allen Blicken ausweichen wollte. Was in Daisys und Toms Kopf vor sich ging, konnte ich nicht einmal erahnen, aber ich glaube, selbst Miss Baker, die sich eine gewisse hartleibige Skepsis antrainiert zu haben schien, war kaum in der Lage, das gellende metallische Insistieren dieses fünften Gastes vollends zu ignorieren. Manchen Gemütern wäre die Situation womöglich faszinierend erschienen – ich aber hätte am liebsten auf der Stelle die Polizei gerufen.

Natürlich wurden die Pferde mit keiner Silbe mehr erwähnt. Tom und Miss Baker schlenderten, einige Handbreit Zwielicht zwischen sich, in die Bibliothek zurück, als wollten sie bei einem tatsächlich anwesenden Körper Wache halten, während ich freundlich interessiert und ein wenig taub tat und Daisy über eine Kette miteinander verbundener Veranden zur Vorderseite des Hauses folgte. Dort setzten wir uns in tiefer Dunkelheit Seite an Seite auf ein kleines Korbsofa.

Daisy legte das Gesicht in ihre Hände, wie um dessen hübsche Form zu fühlen, und ihr Blick wanderte langsam hinaus in die samtene Dämmerung. Ich sah, dass sie von heftigen Gefühlen heimgesucht wurde, und so stellte ich ihr ein paar Fragen über ihre kleine Tochter, in der Hoffnung, das würde sie beruhigen.

»Wir kennen uns nicht sehr gut, Nick«, sagte sie plötzlich. »Obwohl wir verwandt sind. Du warst nicht auf meiner Hochzeit.«

»Ich war noch nicht aus dem Krieg zurück.«

»Stimmt.« Sie zögerte. »Tja, ich habe eine schwere Zeit hinter mir, und ich bin ziemlich zynisch geworden.«

Offenbar hatte sie Grund dazu. Ich wartete ab, doch sie sagte nichts weiter, und nach einer Weile kam ich etwas hilflos wieder auf ihre Tochter zurück.

»Ich nehme an, sie spricht und – isst und so weiter.«

»O ja.« Sie schaute mich gedankenverloren an. »Ach, Nick; ich weiß noch, was ich bei ihrer Geburt gesagt habe. Möchtest du's hören?«

»Aber sicher.«

»Du kannst daran erkennen, wie ich inzwischen so – denke. Also, sie war noch nicht einmal eine Stunde alt, und Tom hatte sich Gott weiß wohin verdrückt. Ich wachte mit einem Gefühl völliger Verlassenheit aus der Narkose auf und fragte die Hebamme sofort, ob es ein Junge oder ein Mädchen sei. Als sie mir sagte, es sei ein Mädchen, wandte ich mich ab und weinte. ›Na schön‹, sagte ich, ›ich bin froh, dass es ein Mädchen ist. Und ich hoffe, sie wird eine dumme Gans – das ist das Beste, was einem Mädchen auf dieser Welt passieren kann: eine hübsche kleine dumme Gans zu sein.‹«

»Ich finde sowieso alles ganz schrecklich, verstehst du«, fuhr sie sehr überzeugt fort. »Alle finden das – selbst die kultiviertesten Leute. Es *ist* so, ich *weiß* es. Ich bin überall gewesen, ich habe alles gesehen und alles gemacht.« Ihre Augen blitzten trotzig, ganz ähnlich wie Toms, und dazu lachte sie hell und höhnisch. »Weltgewandt – Gott, bin ich weltgewandt!«

Sobald ihre Stimme abbrach und nicht länger meine Aufmerksamkeit, meinen guten Glauben an sich band, spürte ich die Unaufrichtigkeit ihrer Worte. Mir war unbehaglich zumute, so als wäre der ganze Abend nur darauf angelegt gewesen, mir eine Gefühlsregung zu entlocken, die sie bestätigen sollte. Ich wartete, und in der Tat: Einen Augenblick später schaute sie mich mit einem ganz und gar affektierten Lächeln auf dem hübschen Gesicht an, als hätte sie gerade klargestellt, dass sie und Tom einem exklusiven Geheimbund angehörten.

Der karmesinrote Raum war hell erleuchtet. Tom und Miss Baker saßen an je einem Ende der langen Couch, und sie las ihm aus der *Saturday Evening Post* vor; die Wörter, ein gleichmäßiges Gemurmel, verflossen zu einer tröstlichen Melodie. Das Lampenlicht glänzte auf seinen Stiefeln, schimmerte matt auf ihrem herbstlaubgelben Haar und flackerte über die Zeitung, während Miss Bakers schlanker Arm mit leichtem Muskelspiel die Seite umblätterte.

Als wir hereinkamen, gebot sie uns mit erhobener Hand noch einen Augenblick Stille.

»Und die Fortsetzung«, sagte sie und warf die Zeitschrift auf den Tisch, »folgt in der nächsten Ausgabe.«

Mit einer nervösen Bewegung der Knie straffte sich ihr Körper, und sie stand auf.

»Zehn Uhr«, bemerkte sie und schien die Zeit an der Zimmerdecke abzulesen. »Dieses brave Mädchen hier muss jetzt ins Bett.«

»Jordan spielt morgen ein Turnier«, erklärte Daisy. »Drüben in Westchester.«

»Ach – Sie sind *Jordan* Baker.«

Jetzt begriff ich, warum mir ihr Gesicht vertraut war – sein angenehm stolzer Ausdruck hatte mir aus zahlreichen Tiefdruck-Fotografien vom sportlichen Leben in Asheville, Hot Springs und Palm Beach entgegengeblickt. Ich meinte auch einmal etwas über sie gehört zu haben, irgendetwas Heikles, Unschönes, aber was es war, hatte ich längst vergessen.

»Gute Nacht«, sagte sie leise. »Weckt mich um acht, ja?«

»Wenn du auch aufstehst –«

»Natürlich steh ich auf. Gute Nacht, Mr. Carraway. Auf bald einmal.«

»Oh, ganz sicher«, bekräftigte Daisy. »Ich glaube sogar, ich werde euch verkuppeln. Du musst öfter zu uns kommen, Nick, und ich werde euch quasi – oh, einander in die Arme treiben. Ihr wisst schon – euch versehentlich zusammen im Wäscheschrank einsperren, euch in einem Boot aufs Meer hinausstoßen, etwas in der Art –«

»Gute Nacht«, rief Miss Baker von der Treppe aus. »Ich habe nichts gehört.«

»Ein nettes Mädchen«, sagte Tom kurz darauf. »Sie sollten sie nicht so allein in der Gegend herumlaufen lassen.«

»Wen meinst du?«, fragte Daisy kalt.

»Ihre Familie.«

»Ihre Familie besteht aus einer einzigen Tante, die ungefähr tausend Jahre alt ist. Außerdem kümmert sich Nick ja von jetzt an um sie, nicht wahr, Nick? Sie wird diesen Sommer viele Wochenenden hier bei uns verbringen. Ich glaube, der häusliche Einfluss wird ihr guttun.«

Daisy und Tom schauten sich einen Augenblick lang schweigend an.

»Kommt sie aus New York?«, fragte ich schnell.

»Aus Louisville. Wir haben dort unsere weiße Kindheit zusammen verbracht. Unsere schöne weiße –«

»Hast du Nick auf der Veranda dein Herz ausgeschüttet?«, fragte Tom plötzlich.

»Habe ich das?« Sie schaute mich an. »Ich weiß es gar nicht mehr genau, aber ich glaube, wir haben uns über die nordische Rasse unterhalten. Ja, ganz sicher. Wir wollten es gar nicht, aber ehe wir's uns versahen –«

»Glaub nicht alles, was du hörst, Nick«, riet er mir.

Ich sagte leichthin, ich hätte überhaupt nichts gehört, und ein paar Minuten später erhob ich mich, um nach Hause zu gehen. Sie begleiteten mich zur Tür und standen Seite an Seite in einem fröhlichen Rechteck aus Licht. Als ich den Motor anließ, rief Daisy gebieterisch: »Halt! Ich habe vergessen, dich etwas zu fragen, etwas Wichtiges. Wir haben gehört, du hast dich da draußen im Westen verlobt.«

»Stimmt«, bestätigte Tom freundlich. »Wir haben gehört, du seist verlobt.«

»Das ist eine Verleumdung. Dafür bin ich zu arm.«

»Aber wir haben es gehört«, wiederholte Daisy und öffnete sich zu meiner Überraschung erneut wie eine Blume. »Wir haben es von drei verschiedenen Leuten gehört, also muss es wahr sein.«

Natürlich wusste ich, wovon sie sprachen, doch ich war nicht im entferntesten verlobt. Die Tatsache, dass die Klatschmäuler bereits das Aufgebot bestellt hatten, war einer der Gründe, weshalb ich an die Ostküste gezogen war. Man kann einer alten Freundin wegen derlei Gerede nicht den Laufpass geben, aber ich verspürte auch keine Neigung, mich in die Ehe hineintratschen zu lassen.

Das Interesse der beiden rührte mich irgendwie und ließ sie weniger unerreichbar reich erscheinen – und doch war ich, als ich abfuhr, verwirrt und ein wenig verstimmt. Ich fand, Daisy hätte auf der Stelle mit dem Kind auf dem Arm das Haus verlassen sollen – doch offensichtlich hatte sie nichts dergleichen im Sinn. Was Tom betraf, so überraschte mich eigentlich weniger die Tatsache, dass er »eine Freundin in New York hatte«, als dass ein Buch ihn deprimieren konnte. Aus irgendeinem Grund knabberte er an den Rändern abgestandener Ideen, als gäbe sein robuster körperlicher Egoismus seinem gebieterischen Herzen keine Nahrung mehr.

Es herrschte schon Hochsommer auf den Dächern der Raststätten und vor den Tankstellen am Straßenrand, wo neue rote Zapfsäulen inmitten von Lichtlachen standen, und als ich mein Grundstück in West Egg erreicht hatte, fuhr ich den Wagen in seinen Verschlag und setzte mich eine Weile auf eine Rasenwalze, die jemand im Garten hatte stehenlassen. Der Wind war abgeflaut und einer lauten, hellen Nacht gewichen, erfüllt vom Flügelschlagen in den Bäumen und einem anhaltenden Orgelton aus dem Blasebalg der Erde, der den Fröschen Leben einblies. Die Silhouette einer Katze huschte über das Mondlicht, und als ich den Kopf wandte, um ihr mit den Augen zu folgen, entdeckte ich, dass ich nicht allein war – kaum zwanzig Meter von mir entfernt war eine Gestalt aus dem Schatten der Nachbarvilla getreten und betrachtete, die Hände in den Hosentaschen, den silbernen Sternenpfeffer. Irgendetwas an seinen bedächtigen Bewegungen und die Art, wie er mit beiden Füßen sicher auf dem Rasen stand, legte die Vermutung nahe, dass dies Mr. Gatsby persönlich war, der einmal nachsehen wollte, welcher Teil des hiesigen Himmels der seine war.

Ich beschloss, ihn anzusprechen. Miss Baker hatte beim Abendessen seinen Namen erwähnt, das sollte als Empfehlung genügen. Aber dann tat ich es doch nicht, denn er erweckte auf einmal den Eindruck, als bliebe er lieber allein – er streckte auf eine seltsame Weise die Arme zum dunklen Wasser aus, und selbst aus der Entfernung hätte ich schwören können, dass er zitterte. Unwillkürlich schaute ich zum Meer – und sah dort nichts als ein einzelnes grünes Licht, winzig klein und weit entfernt, das das Ende eines Stegs markieren mochte. Als ich noch einmal zu Gatsby blickte, war er verschwunden, und ich war wieder allein in der unruhigen Dunkelheit.

Ungefähr auf halbem Weg zwischen West Egg und New York vereinigt sich die Autostraße jäh mit der Eisenbahntrasse und läuft etwa einen halben Kilometer neben ihr her, als schreckte sie vor einem gewissen gottverlassenen Stück Land zurück. Es ist ein Tal der Asche – eine absurde Farm, wo Asche wie Weizen zu Bergketten und Hügeln und grotesken Gärten anwächst, wo Asche die Gestalt von Häusern und Schornsteinen und Rauchsäulen annimmt und schließlich mit übernatürlicher Anstrengung sogar Menschen formt, die schemenhaft und schon zerbröselnd durch den Staub geistern. Von Zeit zu Zeit kriecht eine Reihe grauer Waggons über ein unsichtbares Gleis, kreischt gespenstisch und kommt zum Stehen, und augenblicklich schwärmen die aschgrauen Menschen mit bleiernen Spaten aus und wirbeln eine dichte Wolke auf, die ihr dunkles Treiben allen Blicken entzieht.

Über dieser grauen Landschaft jedoch und den düsteren Staubschwaden, die unablässig darüber hinwegziehen, sieht man nach einer Weile die Augen von Doktor T. J. Eckleburg. Die Augen von Doktor T. J. Eckleburg sind blau und riesengroß – mit Augäpfeln von einem Meter Durchmesser. Sie schauen aus keinem Gesicht, sondern hinter einer gewaltigen gelben Brille hervor, die auf einer nicht vorhandenen Nase thront. Irgendein Witzbold von Augenarzt muss sie, um seine Praxis im Stadtteil Queens zum Florieren zu bringen, dort hingesetzt haben und anschließend selbst in ewiger Blindheit versunken sein, oder er ist fortgezogen, ohne noch an sie zu denken. Die Augen aber, von vielen farblosen Tagen unter der Sonne und dem Regen ein wenig getrübt, brüten weiter über der düsteren Schutthalde.

Das Tal der Asche wird auf einer Seite von einem kleinen brackigen Fluss begrenzt, und wenn die Zugbrücke oben ist, um Schleppkähne durchzulassen, haben die Passagiere in den wartenden Waggons manchmal das Vergnügen, diese trostlose Szenerie bis zu einer halben Stunde lang zu betrachten. Mindestens eine Minute dauert der Halt dort jedoch immer, und bei einer solchen Gelegenheit sah ich Tom Buchanans Geliebte zum ersten Mal.

Dass er eine hatte, war bekannt. Die Leute fanden es tadelnswert, dass er in beliebten Restaurants mit ihr auftauchte und sie allein an einem Tisch sitzen ließ, während er mit aller Welt plauderte. Ich war zwar neugierig auf sie, verspürte aber keinerlei Bedürfnis, ihre Bekanntschaft zu machen – und machte sie doch. Eines Nachmittags fuhren Tom und ich mit dem Zug nach New York, und als wir bei den Ascheberge anhielten, sprang er auf, packte mich am Ellbogen und zerrte mich förmlich aus dem Wagen.

»Wir steigen aus!«, befahl er. »Ich möchte dir meine Freundin vorstellen.«

Ich glaube, er hatte beim Mittagessen schwer getankt, und die Art, wie er auf meiner Gesellschaft bestand, grenzte an Gewalt. Offenbar ging er selbstherrlich davon aus, ich hätte an einem Sonntagnachmittag nichts Besseres vor.

Wir stiegen über eine niedrige, weißgetünchte Bahnschranke und liefen unter Doktor Eckleburgs starrem Blick hundert Meter die Straße zurück. Das einzige Gebäude weit und breit war ein kleiner Häuserblock aus gelben Ziegeln am Rand des Ödlands, der von einer Art Hauptstraße versorgt wurde und an absolut gar nichts angrenzte. Einer der drei Läden war zu vermieten, der zweite war ein rund um die Uhr geöffnetes Lokal, auf das ein Aschepfad zulief, und der dritte eine Autowerkstatt mit einer Tankstelle davor – *Reparaturen. George B. Wilson. An- und Verkauf.* Dort hinein folgte ich Tom.

Die Halle war schäbig und kahl. Soweit ich sah, stand nur ein einziger Wagen in einer der dunklen Ecken, ein staubbedecktes Wrack von einem Ford. Ich dachte schon, dieser Schatten einer Autowerkstatt müsse eine Tarnung sein und im Stockwerk darüber verbärgen sich luxuriöse, romantische Wohnungen, als der Eigentümer in der Tür seines Büros erschien und sich die Hände an einem alten Lappen abwischte. Er war ein blonder, müder Mann, anämisch und eigentlich nicht schlecht aussehend. Als er uns sah, trat ein Hoffnungsschimmer in seine hellblauen Augen.

»Hallo, Wilson, alter Junge«, sagte Tom und schlug ihm leutselig auf die Schulter. »Wie laufen die Geschäfte?«

»Ich kann nicht klagen«, sagte Wilson, doch es klang nicht überzeugend. »Wann verkaufen Sie mir den Wagen?«

»Nächste Woche; mein Bursche arbeitet noch dran.«

»Braucht ziemlich lange, was?«

»Nein, keineswegs«, sagte Tom kalt. »Aber wenn Sie dieser Ansicht sind, sollte ich ihn vielleicht doch besser anderswo verkaufen.«

»So hab ich das nicht gemeint«, beeilte Wilson sich zu erklären. »Ich meinte ja bloß …«

Seine Stimme erstarb, und Tom schaute sich missmutig in der Werkstatt um. Dann hörte ich Schritte auf der Treppe, und einen Moment später schob sich die mollige Gestalt einer Frau vor das durch die Bürotür hereinfallende Licht. Sie war Mitte dreißig und etwas füllig, gehörte aber zu jenen Frauen, die ihr üppiges Fleisch mit Sinnlichkeit zu tragen wissen. Ihr Gesicht über dem getüpfelten Kleid aus dunkelblauem Crêpe de Chine zeigte keinen Funken oder Schimmer von Schönheit, und doch strahlte sie eine sofort spürbare Vitalität aus, so als ob die Nerven in ihrem Körper unentwegt glühten. Sie lächelte zögernd, während sie durch ihren Mann hindurchging, als wäre er ein Geist, schüttelte Tom die Hand und schaute ihm fest in die Augen. Dann befeuchtete sie ihre Lippen und sagte, ohne sich umzudrehen, mit einer leisen, rauhen Stimme zu ihrem Mann:

»Nun hol schon ein paar Stühle, damit man sich hier mal hinsetzen kann.«

»Ach, natürlich«, antwortete Wilson schnell und ging in das kleine Büro, wo er augenblicklich mit der Zementfarbe der Wände verschmolz. Weißer Aschestaub überzog seinen dunklen Anzug und sein bleiches Haar, wie er alles in der näheren Umgebung überzog – außer Wilsons Frau, die jetzt dicht an Tom heranrückte.

»Ich möchte dich sehen«, sagte Tom eindringlich. »Nimm den nächsten Zug.«

»Gut.«

»Wir treffen uns unten am Zeitungsstand.«

Sie nickte und rückte von ihm ab, gerade als George

Wilson mit zwei Stühlen wieder aus seinem Büro herauskam.

Wir warteten weiter unten an der Straße und außer Sichtweite auf sie. Es war wenige Tage vor dem vierten Juli, und ein graues, mageres Italienerkind legte auf den Gleisen eine lange Reihe von Knallerbsen aus.

»Ein schrecklicher Ort, oder«, sagte Tom und wechselte einen finsteren Blick mit Doktor Eckleburg.

»Furchtbar.«

»Es tut ihr gut, hier mal rauszukommen.«

»Hat ihr Mann nichts dagegen?«

»Wilson? Wilson glaubt, sie besucht ihre Schwester in New York. Der ist so abgestumpft, der merkt kaum, dass er lebt.«

Und so fuhren Tom Buchanan, seine Freundin und ich gemeinsam nach New York – oder nicht ganz gemeinsam, denn Mrs. Wilson hatte sich diskret in einen anderen Wagen gesetzt. So viel Rücksicht nahm Tom dann doch auf die Gefühle etwaiger Mitreisender aus East Egg.

Mrs. Wilson hatte sich umgezogen. Sie trug jetzt ein braunes, geblümtes Musselinkleid, das über ihren ziemlich breiten Hüften spannte, als Tom ihr in New York auf den Bahnsteig half. Am Zeitungsstand kaufte sie sich eine Ausgabe des *Town Tattle* sowie eine Kino-Illustrierte und im Bahnhofsdrugstore eine Cold Cream und eine kleine Flasche Parfum. Oben an der pompösen, hallenden Einfahrt ließ sie vier Taxis vorüberfahren, ehe sie sich für eine neue lavendelfarbene Limousine mit grauen Polstern entschied, in der wir aus dem Bahnhofsgetümmel in den strahlenden Sonnenschein hinausglitten. Doch alsbald wandte sie sich jäh vom Fenster ab, beugte sich vor und klopfte an die Trennscheibe.

»Ich möchte einen von den Hunden da haben«, sagte sie mit Nachdruck. »Ich brauche einen für das Apartment. Es ist so nett, einen zu haben – einen Hund.«

Wir setzten ein Stück zurück und hielten neben einem grauen alten Mann, der eine absurde Ähnlichkeit mit John D. Rockefeller hatte. Er hatte sich einen Korb um den Hals gehängt, in dem ein Dutzend winziger Welpen unbestimmter Rasse hockten.

»Was sind das für welche?«, fragte Mrs. Wilson begehrlich, als der Mann ans Taxifenster trat.

»Alles verschiedene. Was für einen möchten Sie denn, meine Dame?«

»Ich hätte gern einen Schäferhund; Sie haben nicht zufällig einen, oder?«

Der Mann spähte zweifelnd in den Korb, tauchte seine Hand hinein und zog einen zappelnden Welpen am Nacken heraus.

»Das ist kein Schäferhund«, sagte Tom.

»Nein, ein richtiger *Schäfer*hund ist es nicht«, sagte der Mann, und seine Stimme klang enttäuscht. »Es ist eher so was wie ein Airedale.« Er strich mit der Hand über den flauschigen braunen Rücken. »Gucken Sie sich das Fell an – was für ein Fell! Bei dem Hund brauchen Sie jedenfalls keine Angst zu haben, dass er sich erkältet.«

»Ich finde ihn süß«, sagte Mrs.Wilson entzückt. »Wie viel kostet er?«

»Der hier?« Er betrachtete ihn wohlgefällig. »Den gebe ich Ihnen für zehn Dollar.«

Der Airedale – zweifellos hatte da irgendwo ein Airedale mitgemischt, auch wenn die Pfoten erstaunlich weiß waren – wechselte den Besitzer und machte es sich in Mrs. Wilsons Schoß bequem, die hingerissen sein wetterfestes Fell streichelte.

»Ist es ein Junge oder ein Mädchen?«, fragte sie zärtlich.

»Der? Das ist ein Junge.«

»Das ist eine Hündin«, sagte Tom bestimmt. »Hier ist Ihr Geld. Kaufen Sie sich zehn weitere Hunde davon.«

Wir fuhren zur Fifth Avenue hinüber, die an diesem Sommersonntagnachmittag so warm und mild, ja beinahe ländlich wirkte, dass ich mich nicht gewundert hätte, eine große Herde weißer Schafe um die Ecke trotten zu sehen.

»Haltet mal«, sagte ich. »Ich muss hier aussteigen.«

»Nein, musst du nicht«, widersprach Tom rasch. »Myrtle wäre gekränkt, wenn du nicht noch mit hinaufkämst. Stimmt's, Myrtle?«

»Ja. Bitte«, drängte sie mich. »Ich rufe auch meine Schwester Catherine an. Sie ist sehr schön, sagen die Leute – Leute, die das beurteilen können.«

»Ich würde ja gern, aber …«

Wir fuhren weiter über die Park Avenue, zurück bis zu den Hunderter-Straßen auf der Westside. In der 158. hielt das Taxi vor einer langen weißen Apartmenthaus-Torte an. Mrs. Wilson blickte sich wie eine heimkehrende Königin nach allen Seiten um, nahm ihren Hund und ihre sonstigen Einkäufe und stolzierte hinein.

»Ich werde die McKees zu uns heraufbitten«, verkündete sie, als wir im Fahrstuhl standen. »Und meine Schwester rufe ich natürlich auch an.«

Das Apartment befand sich in der obersten Etage – ein kleines Wohnzimmer, ein kleines Esszimmer, ein kleines Schlafzimmer und ein Bad. Das Wohnzimmer war bis an die Türen mit einer Garnitur viel zu großer Möbel mit Gobelinbezug vollgestellt, so dass man auf Schritt und Tritt über Szenen mit schaukelnden Damen im Park von Versailles stolperte. Das einzige Bild an der Wand war ein stark vergrößertes Foto, dem Anschein nach ein Huhn, das auf einem verschwommenen Felsen saß. Wenn man es jedoch von weitem betrachtete, verwandelte sich das Huhn in einen Hut, und das Antlitz einer fülligen alten Dame strahlte ins Zimmer herab. Auf einem Tisch lagen mehrere alte Ausgaben des *Town Tattle* neben einem Exemplar von *Simon Called Peter* sowie einigen kleinen Broadway-Skandalblättchen. Mrs. Wilson kümmerte sich erst einmal um den Hund. Ein Liftboy besorgte widerwillig eine Kiste voll Stroh und etwas Milch und fügte von sich aus eine Schachtel großer, harter Hundekuchen hinzu – von denen einer den ganzen Nachmittag über in der Schale mit Milch schwamm und apathisch in seine Bestandteile zerfiel. Unterdessen hatte Tom eine Flasche Whiskey aus einem verschlossenen Schränkchen hervorgeholt.

Ich war in meinem Leben nur zweimal betrunken, und jener Nachmittag war das zweite Mal; deshalb liegt ein Dunstschleier über allem, was geschah, obwohl das Apartment noch bis nach acht Uhr von freundlichem Sonnenlicht erfüllt war. Mrs. Wilson saß auf Toms Schoß und rief eine Reihe von Leuten an; dann hatten wir keine Zigaretten mehr, und ich machte mich auf den Weg, um im Drugstore an der Ecke welche zu kaufen. Als ich zurückkam, waren die beiden verschwunden, also setzte ich mich diskret ins Wohnzimmer und las ein Kapitel von *Simon Called Peter* – entweder war es furchtbar schlecht, oder aber der Whiskey trübte meine Wahrnehmung, jedenfalls ergab es für mich nicht den geringsten Sinn.

Kaum waren Tom und Myrtle – nach dem ersten Drink nannten Mrs. Wilson und ich uns beim Vornamen – wieder aufgetaucht, als auch schon die ersten Gäste eintrafen.

Die Schwester, Catherine, war eine schlanke, mondäne Frau um die dreißig mit einem dichten, steifen Schopf roter Haare und milchigweiß gepudertem Teint. Ihre Augenbrauen waren gezupft und dann in kühnerem Schwung nachgezogen, doch die Anstrengungen der Natur, die alte Linienführung wiederherzustellen, gaben ihrem Gesicht etwas Verschwommenes. Wenn sie umherlief, war ständig ein Klirren zu hören, weil unzählige Emaillereifen an ihren Armen auf und ab klimperten. Sie kam mit solcher Selbstverständlichkeit hereingerauscht und schaute derart stolz auf das Mobiliar, dass ich schon dachte, sie wohne hier. Als ich sie danach fragte, lachte sie übertrieben laut, wiederholte meine Frage und erklärte mir, sie logiere zusammen mit einer Freundin im Hotel.

Mr. McKee war ein blasser, femininer Mann, der in der Wohnung unter Mrs. Wilson wohnte. Er schien sich gerade erst rasiert zu haben, jedenfalls hatte er noch einen weißen Schaumfleck auf der Wange, und grüßte jeden im Raum mit äußerster Zuvorkommenheit. Er teilte mir mit, er sei in der »Kunstbranche« tätig, und später erfuhr ich, dass er Fotograf war und die unscharfe Vergrößerung von Mrs. Wilsons Mutter gemacht hatte, die wie ein Ektoplasma an der Wand hing. Seine Frau war schrill, träge, hübsch und schrecklich. Sie brüstete sich damit, ihr Mann habe sie seit ihrer Hochzeit einhundertundsiebenundzwanzig Mal fotografiert.

Mrs. Wilson hatte sich eine Weile vorher umgezogen und trug nun ein raffiniertes Nachmittagskleid aus cremefarbenem Chiffon, das ein unablässiges Rascheln von sich gab, wenn sie sich durchs Zimmer bewegte. Unter dem Einfluss des Kleides hatte sich auch ihr Auftreten verändert. Die enorme Vitalität, die in der Autowerkstatt so auffällig gewesen war, hatte sich in eine eindrucksvolle Grandezza verwandelt. Ihr Lachen, ihre Gesten, ihre Äußerungen gerieten von Sekunde zu Sekunde affektierter, und während sie sich aufplusterte, wurde der Raum um sie herum immer kleiner, bis sie sich um eine laute, quietschende Achse durch die verrauchte Luft zu drehen schien.

»Meine Liebe«, rief sie ihrer Schwester mit hoher, gezierter Stimme zu, »die meisten dieser Leute werden dich beschummeln, wo sie können. Sie denken nur ans Geld. Letzte Woche hatte ich eine Frau zur Fußpflege herbestellt, und als sie mir die Rechnung gab, hätte man meinen können, sie habe mir den Blinddarm herausgenommen.«

»Wie hieß die Frau?«, fragte Mrs. McKee.

»Mrs. Eberhardt. Sie kommt zur Fußpflege zu den Leuten nach Hause.«

»Sie haben ein schönes Kleid an«, bemerkte Mrs. McKee. »Ich finde es bezaubernd.«

Mrs. Wilson tat das Kompliment ab, indem sie verächtlich eine Augenbraue hob.

»Es ist bloß ein komisches altes Ding«, sagte sie. »Ich zieh's manchmal über, wenn es mir egal ist, wie ich aussehe.«

»Aber es steht Ihnen fabelhaft, Sie wissen schon, wie ich's meine«, fuhr Mrs. McKee fort. »Wenn Chester Sie in dieser Pose vor die Kamera bekäme, könnte er bestimmt etwas draus machen.«

Schweigend schauten wir alle Mrs. Wilson an, die sich eine Haarsträhne aus den Augen strich und uns mit einem strahlenden Lächeln bedachte. Mr. McKee legte den Kopf schief, betrachtete sie aufmerksam und bewegte dann langsam eine Hand vor seinem Gesicht hin und her.

»Ich müsste das Licht verändern«, sagte er nach einer Weile. »Ich würde gern die Form der Gesichtszüge herausbringen. Und ich würde versuchen, das ganze hintere Haar mit aufs Bild zu bekommen.«

»Das Licht würde ich unter keinen Umständen verändern«, rief Mrs. McKee aus. »Ich finde es –«

Ihr Mann sagte »*Psst!*«, und wir schauten alle wieder zum Motiv, worauf Tom Buchanan gähnte und aufstand.

»Ihr McKees trinkt jetzt erst mal was«, sagte er. »Hol noch ein bisschen Eis und Mineralwasser, Myrtle, ehe hier alle einschlafen.«

»Ich hatte doch den Jungen darum gebeten.« Myrtle runzelte angesichts der Nachlässigkeit der niederen Ränge unwillig die Stirn. »Diese Leute! Ständig muss man hinter ihnen her sein.«

Sie sah mich an und lachte grundlos. Dann fiel sie über den Hund her, küsste ihn ekstatisch und rauschte in die Küche, als wartete dort ein Dutzend Köche auf ihre Anweisungen.

»Ich habe ein paar schöne Sachen draußen auf Long Island gemacht«, stellte Mr. McKee fest.

Tom schaute ihn mit leerem Blick an.

»Zwei davon haben wir gerahmt unten hängen.«

»Zwei was?«, fragte Tom.

»Zwei Studien. Die eine habe ich ›Montauk Point – die Möwen‹ genannt und die andere ›Montauk Point – das Meer‹.«

Die Schwester, Catherine, setzte sich neben mich auf das Sofa.

»Wohnen Sie auch auf Long Island?«, fragte sie.

»Ich wohne in West Egg.«

»Wirklich? Da war ich vor ungefähr einem Monat auf einer Party eingeladen. Bei einem gewissen Gatsby. Kennen Sie ihn?«

»Ich wohne direkt neben ihm.«

»Es heißt, er sei ein Neffe oder ein Cousin Kaiser Wilhelms. Da soll auch all sein Geld herkommen.«

»Wirklich?«

Sie nickte.

»Er macht mir Angst. Ich möchte lieber nicht mit ihm aneinandergeraten.«

Diese packenden Ausführungen über meinen Nachbarn wurden von Mrs. McKee unterbrochen, die plötzlich auf Catherine zeigte: »Chester, ich glaube, mit *ihr* könntest du auch etwas machen!«, rief sie, doch Mr. McKee nickte nur gelangweilt und wandte sich wieder Tom zu.

»Ich würde gern häufiger auf Long Island arbeiten, wenn mich dort nur jemand in die Gesellschaft einführen würde. Ich möchte bloß, dass man mir eine Chance gibt.«

»Fragen Sie Myrtle«, sagte Tom und lachte laut auf, als Mrs. Wilson mit einem Tablett zur Tür hereinkam. »Sie schreibt Ihnen bestimmt eine Empfehlung, nicht wahr, Myrtle?«

»Was tue ich?«, fragte sie erschrocken.

»Du schreibst McKee eine Empfehlung, damit er ein paar Studien von deinem Mann machen kann.« Er bewegte beim Nachdenken stumm die Lippen. »›George B. Wilson an der Zapfsäule‹ oder so etwas.«

Catherine beugte sich zu mir herüber und flüsterte mir ins Ohr: »Sie können beide ihre Ehegatten nicht ausstehen.«

»Nein?«

»Nicht *ausstehen*.« Sie schaute erst Myrtle und dann Tom an. »Und ich sage, warum weiter mit jemandem zusammenleben, den man nicht ausstehen kann? Ich an ihrer Stelle würde mich scheiden lassen und sofort heiraten.«

»Mag sie Wilson denn auch nicht?«

Die Antwort darauf war unerwartet. Sie kam von Myrtle, die die Frage gehört hatte, und sie war heftig und obszön.

»Sehen Sie?«, rief Catherine triumphierend aus. Dann senkte sie die Stimme wieder. »Vor allem seine Frau steht ihnen im Weg. Sie ist katholisch, und Katholiken glauben nicht an Scheidung.«

Daisy war nicht katholisch, und ich war ein wenig entsetzt über die Abgefeimtheit dieser Lüge.

»Und wenn sie doch irgendwann heiraten«, fuhr Catherine fort, »wollen sie eine Zeitlang irgendwo im Westen leben, bis Gras über die Sache gewachsen ist.«

»Es wäre diskreter, nach Europa zu gehen.«

»Oh, mögen Sie Europa?«, rief sie überrascht aus. »Ich war erst kürzlich in Monte Carlo.«

»Tatsächlich.«

»Letztes Jahr erst. Ich war mit einer Freundin zusammen drüben.«

»Längere Zeit?«

»Nein, wir sind bloß bis Monte Carlo gereist und wieder zurück. Über Marseilles. Wir hatten am Anfang über zwölfhundert Dollar dabei, aber die hat man uns gleich in den ersten zwei Tagen im Kasino abgeluchst. Wir hatten unsere liebe Not, nach Hause zu kommen, das kann ich Ihnen sagen. Gott, habe ich diese Stadt gehasst!«

Einen Augenblick lang leuchtete der Spätnachmittagshimmel wie der blaue Honig des Mittelmeers im Fenster – dann rief mich die schrille Stimme Mrs. McKees ins Zimmer zurück.

»Ich hätte auch beinahe eine Dummheit begangen«, erklärte sie energisch. »Ich hätte beinahe einen kleinen Jidden geheiratet, der seit Jahren hinter mir her war. Ich wusste, dass er unter mir stand. Alle haben mir immer wieder gesagt: ›Lucille, du heiratest weit unter deinem Stand.‹ Aber wenn ich Chester nicht begegnet wäre, hätte er mich gekriegt, so viel ist sicher!«

»Das mag ja sein«, sagte Myrtle Wilson und nickte. »Aber Sie haben ihn eben nicht geheiratet.«

»Das weiß ich.«

»Ich dagegen schon«, sagte Myrtle zweideutig. »Das ist der Unterschied zwischen Ihrer und meiner Lage.«

»Warum hast du das eigentlich getan, Myrtle?«, fragte Catherine. »Niemand hat dich dazu gezwungen.«

Myrtle überlegte.

»Ich habe ihn geheiratet, weil ich dachte, er sei ein Gentleman«, sagte sie schließlich. »Ich dachte, er hätte eine gute

Kinderstube gehabt, aber er war es nicht wert, mir den Staub von den Schuhen zu lecken.«

»Eine Zeitlang warst du ganz verrückt nach ihm«, sagte Catherine.

»Verrückt nach ihm!«, rief Myrtle entrüstet. »Wer hat behauptet, dass ich je verrückt nach ihm war? Ich war genauso wenig verrückt nach ihm wie nach diesem Mann dort!«

Sie zeigte plötzlich auf mich, und alle schauten mich vorwurfsvoll an. Ich versuchte ihnen mit meinem Gesichtsausdruck klarzumachen, dass ich keinerlei Rolle in Myrtles Vergangenheit spielte.

»*Verrückt* war ich nur, als ich ihn heiratete. Ich merkte sehr bald, dass das ein Fehler gewesen war. Er hatte sich den Anzug, den er bei unserer Hochzeit trug, von irgendwem geborgt, ohne es mir zu sagen, und eines Tages, als er nicht zu Hause war, kam dieser Mann zu uns und wollte ihn zurück.« Sie blickte in die Runde, um zu sehen, ob ihr auch alle zuhörten. »›Ach, ist das Ihr Anzug?‹, fragte ich. ›Das höre ich heute zum ersten Mal.‹ Aber ich gab ihn ihm, und danach legte ich mich ins Bett und heulte den ganzen Nachmittag wie ein Schlosshund.«

»Sie sollte wirklich sehen, dass sie von ihm wegkommt«, sagte Catherine zusammenfassend zu mir. »Sie leben jetzt seit elf Jahren über dieser Autowerkstatt. Und Tom ist ihr erster Liebhaber.«

Die Flasche Whiskey – eine zweite – erfreute sich inzwischen bei allen Anwesenden regen Zuspruchs, außer bei Catherine, der es »ohne etwas genauso wohl« war. Tom läutete nach dem Portier und ließ ihn ein paar hochgepriesene Sandwichs holen, die ein vollwertiges Abendessen darstellten. Ich wäre gern gegangen und durch das sanfte Dämmerlicht ostwärts zum Park gelaufen, aber jedes Mal, wenn ich aufbrechen wollte, wurde ich in irgendeine wilde, leidenschaftliche Diskussion verwickelt, die mich wie mit Stricken an meinen Stuhl gefesselt hielt. Und doch muss unsere Reihe gelber Fenster hoch über der Stadt für den, der unten auf den allmählich dunkler werdenden Straßen vorbeilief und zufällig den Blick nach oben wandte, ihren Teil zum Geheimnis des menschlichen Daseins beigetragen haben, und so wie er schaute auch ich hinauf und rätselte. Ich war drinnen und draußen, zugleich verzaubert und abgestoßen von der unerschöpflichen Vielfalt des Lebens.

Myrtle zog ihren Stuhl dicht an meinen heran, und ehe ich mich's versah, verströmte ihr warmer Atem die Geschichte ihrer ersten Begegnung mit Tom über mir.

»Es war auf diesen kleinen Klappstühlen im Zug, auf denen man sich direkt gegenübersitzt und die immer bis zuletzt frei bleiben. Ich wollte nach New York, um meine Schwester zu besuchen und bei ihr zu übernachten. Er trug einen feinen Anzug und Lackschuhe, und ich konnte den Blick nicht von ihm wenden, aber jedes Mal, wenn er mich anschaute, musste ich so tun, als sähe ich mir die Reklame über seinem Kopf an. Als wir in den Bahnhof einfuhren, stand er plötzlich neben mir, und seine weiße Hemdbrust presste sich an meinen Arm – worauf ich ihm sagte, ich müsse gleich einen Schutzmann rufen, aber er wusste, dass ich log. Als ich mit ihm ins Taxi stieg, war ich so aufgeregt, dass ich kaum wusste, ob es nicht die U-Bahn war. Ich dachte immer bloß: ›Du lebst nicht ewig, du lebst nicht ewig.‹«

Sie wandte sich Mrs. McKee zu, und der ganze Raum hallte von ihrem künstlichen Lachen wider.

»Meine Liebe«, rief sie, »ich schenke Ihnen dieses Kleid, sobald ich es überhabe. Ich muss mir morgen sowieso ein neues kaufen. Ich muss mir unbedingt eine Liste von all den Dingen machen, die ich brauche – eine Massage und eine Dauerwelle und ein Halsband für den Hund und so einen süßen Aschenbecher mit Sprungfeder und für Mutters Grab einen Kranz mit schwarzer Seidenschleife, der den ganzen Sommer lang hält. Ich muss unbedingt eine Liste schreiben, damit ich nicht vergesse, was ich alles zu tun habe.«

Es war neun Uhr – kaum einen Augenblick später schaute ich abermals auf die Uhr, und es war zehn. Mr. McKee, die Hände im Schoß zu Fäusten geballt, war auf seinem Stuhl eingenickt; die Fotografie von einem Mann der Tat. Ich holte mein Taschentuch hervor und wischte ihm den Rest getrockneten Rasierschaums von der Wange, der mich den ganzen Nachmittag über gestört hatte.

Der kleine Hund hockte auf dem Tisch, schaute mit blinden Augen in den Rauch und knurrte von Zeit zu Zeit leise. Leute verschwanden, tauchten wieder auf, planten, noch irgendwohin zu gehen, verloren, suchten und fanden einander ein paar Schritte weiter wieder. Irgendwann gegen Mitternacht standen Tom Buchanan und Mrs. Wilson sich gegenüber und stritten laut und heftig darüber, ob Mrs. Wilson das Recht habe, Daisys Namen in den Mund zu nehmen.

»Daisy! Daisy! Daisy!«, schrie Mrs. Wilson. »Ich sag es, sooft ich will! Daisy! Dai–«

Tom Buchanan holte kurz und gezielt aus und brach ihr mit der flachen Hand die Nase.

Die Folge waren blutige Handtücher auf dem Boden des Bads und schimpfende Frauenstimmen und hoch über dem ganzen Durcheinander ein langes, gebrochenes Schmerzgeheul. Mr. McKee erwachte aus seinem Dämmerschlaf und steuerte benommen auf die Tür zu. Auf halbem Weg drehte er sich um und starrte auf die tumultartige Szene: seine Frau und Catherine, die schimpfend und Trost spendend mit verschiedenen Hilfsartikeln zwischen den sperrigen Möbeln hin und her stolperten, und die verzweifelte Gestalt auf dem Sofa, die in Strömen blutete und einen *Town Tattle* über den Polster-Szenen von Versailles auszubreiten versuchte. Dann drehte Mr. McKee sich um und ging zur Tür hinaus. Ich nahm meinen Hut vom Leuchter und folgte ihm.

»Kommen Sie mal zum Mittagessen in die Stadt«, schlug er vor, als wir im Fahrstuhl abwärts ächzten.

»Wohin?«

»Egal.«

»Nehmen Sie die Hände vom Schalter«, blaffte der Liftboy ihn an.

»Entschuldigen Sie«, sagte Mr. McKee würdevoll. »Ich habe nicht gemerkt, dass ich ihn berührt habe.«

»Gut«, sagte ich. »Sehr gern.«

… Ich stand an seinem Bett, und er saß aufrecht, in Unterwäsche, in den Kissen und hielt eine große Fotomappe in den Händen.

»Die Schöne und das Biest … Einsamkeit … Old Grocery Horse … Brook'n Bridge …«

Dann lag ich halb schlafend unten in der kalten Halle der Pennsylvania Station, starrte auf die Morgenausgabe der *Tribune* und wartete auf den Vieruhrzug.

3

Die Sommernächte hindurch drang Musik aus dem Haus meines Nachbarn. In seinen blauen Gärten schwirrten Männer und junge Mädchen wie Falter zwischen dem Geflüster und dem Champagner und den Sternen umher. Am Nachmittag, bei Flut, sah ich zu, wie seine Gäste vom Sprungturm seines Floßes sprangen oder Sonnenbäder auf dem heißen Sand seines Strands nahmen, während seine beiden Motorboote das Wasser des Sunds aufschlitzten und Monoskifahrer durch die Gischtkaskaden zogen. An den Wochenenden verwandelte sich sein Rolls-Royce in einen Omnibus, der von neun Uhr morgens bis lange nach Mitternacht Leute aus der Stadt abholte und wieder zurückbeförderte, während sein Kombiwagen wie ein flinker gelber Käfer hin und her eilte, um alle Züge zu erreichen. Und montags machten sich acht Angestellte einschließlich eines Extragärtners den ganzen Tag mit Mops, Schrubbern, Hämmern und Gartenscheren zu schaffen, um die Spuren der nächtlichen Verwüstung zu beseitigen.

Jeden Freitag trafen fünf Kisten Orangen und Zitronen von einem Obsthändler in New York ein – jeden Montag wanderten dieselben Orangen und Zitronen in einer Pyramide aus fruchtfleischlosen Hälften zur Hintertür wieder hinaus. In der Küche stand ein Gerät, das binnen einer halben Stunde zweihundert Orangen auspressen konnte, sofern der Daumen eines Butlers zweihundert Mal einen kleinen Knopf drückte.

Alle zwei Wochen mindestens rückte eine Mannschaft Lieferanten an und brachte etliche Bahnen Segeltuch und genügend bunte Lichter, um Gatsbys riesigen Garten in einen Weihnachtsbaum zu verwandeln. Glitzernde Hors-d'œuvres zierten die Buffettische, auf denen sich Gewürz-schinken an bunt komponierte Salate und Schweine im Blätterteig und dunkelgold gezauberte Puten drängten. In der Empfangshalle wurde eine Bar mit echtem Messinggeländer aufgebaut. Hier gab es verschiedene Gins und Weinbrände und so lange nicht mehr gesehene Liköre, dass die meisten weiblichen Gäste zu jung waren, um einen vom anderen zu unterscheiden.

Spätestens um sieben trifft das Orchester ein – keine mickrige Fünfer-Truppe, sondern ein ganzer Graben voller Oboen, Posaunen, Saxophone, Violen, Kornetts, Pikkolo-flöten, heller und dunkler Trommeln. Inzwischen sind auch die letzten Schwimmer vom Strand zurück und machen sich im oberen Stockwerk zurecht; die Wagen aus New York parken in Fünferreihen vor dem Haus, und schon leuchten die Säle und Salons und Veranden vor satten Farben und seltsamen neuen Haarschnitten und Schals, von denen man in Kastilien nur träumt. An der Bar herrscht Hochbetrieb, und draußen schwärmen Cocktailrunden in jeden Winkel des Gartens aus, bis von all dem Geplauder und Gelächter, den kleinen Anzüglichkeiten, gleich wieder vergessenen Namen und enthusiastischen Begegnungen junger Damen, die nie wussten, wie die andere heißt, die Luft vibriert.

Die Lichter werden heller, je weiter die Erde von der Sonne forttaumelt. Das Orchester spielt goldgelbe Cocktailmusik, und die Stimmenoper rutscht eine Tonlage höher. Das Gelächter perlt von Minute zu Minute leichter; schon ein launiges Wort genügt, und es fließt in verschwenderischen Strömen. Die Gruppen verändern sich rascher, schwellen kurz an, zerstreuen sich und bilden sich im selben Atemzug neu – und schon gehen manche auf Wanderschaft, selbstsichere Mädchen, die sich mal hier, mal dort zwischen die steteren und standfesteren weben, einen intensiven, beglückenden Augenblick lang der Mittelpunkt einer Gruppe sind und dann, von ihrem Triumph beflügelt, im ständig wechselnden Licht durch das changierende Meer aus Gesichtern und Stimmen und Farben davongleiten.

Plötzlich greift eine dieser Zigeunerinnen in irisierendem Opal einen Cocktail aus der Luft, stürzt ihn hinunter, um sich Mut anzutrinken, und tanzt, die Hände wie Joe Frisco bewegend, allein auf die mit Segeltuch bespannte Bühne. Kurze Stille; der Orchesterleiter ändert höflich seinen Rhythmus für sie, und Geschnatter bricht aus, während die irrtümliche Nachricht umgeht, sie sei Gilda Grays zweite Besetzung in den Follies. Die Party hat begonnen.

Ich glaube, ich gehörte an meinem ersten Abend bei Gatsby zu den wenigen Gästen, die tatsächlich eingeladen waren. Die Leute wurden nicht eingeladen – sie gingen hin. Sie stiegen in Autos, die sie nach Long Island beförderten, und landeten irgendwie vor Gatsbys Tür. Einmal dort, wurden sie ihm von jemandem, der ihn kannte, vorgestellt und befolgten von da an die Verhaltensregeln, die im Allgemeinen für Vergnügungsparks gelten. Manch einer kam und ging, ohne Gatsby überhaupt kennengelernt zu haben, kam mit einer Einfalt des Herzens, die eine eigene Eintrittskarte war.

Ich war tatsächlich eingeladen worden. An jenem Samstag war ein Chauffeur in taubeneiblauer Livree frühmorgens über meinen Rasen geschritten und hatte mir eine überraschend förmliche Nachricht seines Herrn überreicht – es wäre Gatsby eine außerordentliche Ehre, stand dort, wenn ich am Abend zu seiner »kleinen Party« erscheinen würde; er habe mich schon einige Male gesehen und mir längst seine Aufwartung machen wollen, doch ein Zusammentreffen seltsamer Umstände habe ihn daran gehindert – gezeichnet, mit schwungvoller Handschrift, Jay Gatsby.

In weiße Flanellhosen gekleidet, ging ich kurz nach sieben Uhr in seinen Garten hinüber und wanderte ein wenig befangen zwischen den Wirbeln und Strudeln mir unbekannter Leute umher – auch wenn ich hier und da ein Gesicht entdeckte, das ich im Vorortszug schon einmal gesehen hatte. Mir fielen sofort die vielen jungen Engländer auf, die die Menge sprenkelten; alle gut gekleidet, alle ein wenig hungrig aussehend, redeten sie allesamt mit leiser, ernster Stimme auf solide und wohlhabende Amerikaner ein. Ich war sicher, dass jeder von ihnen etwas zu verkaufen hatte: Aktien oder Versicherungen oder Autos. Zumindest waren sie sich des leichtverdienten Geldes in ihrer Nähe schmerzlich bewusst und davon überzeugt, nur ein paar Worte im richtigen Tonfall würden reichen, und es wäre ihres.

Gleich nach meiner Ankunft machte ich mich auf die Suche nach dem Gastgeber, doch die zwei oder drei Gäste, die ich nach ihm fragte, starrten mich nur entgeistert an und leugneten so vehement, die geringste Vorstellung von seinem Verbleib zu haben, dass ich mich schleunigst an die Cocktailbar verzog – den einzigen Ort im Garten, wo ein Mann längere Zeit herumstehen konnte, ohne beschäftigungslos und allein zu wirken.

Ich war im Begriff, mich aus schierer Verlegenheit sternhagelvoll laufen zu lassen, als Jordan Baker aus dem Haus trat, sich oben an die Marmortreppe stellte und mit leicht zurückgeneigtem Oberkörper spöttisch, aber interessiert in den Garten herunterblickte.

Ob es ihr recht war oder nicht – ich musste mich jemandem anschließen, ehe ich anfing, an jeden Vorbeikommenden warme Worte zu richten.

»Hallo!«, brüllte ich und ging auf sie zu. Meine Stimme schallte unnatürlich laut durch den Garten.

»Ich dachte mir schon, dass Sie vielleicht hier wären«, antwortete sie zerstreut, während ich die Treppe hinaufstieg. »Sie hatten ja gesagt, Sie wohnten gleich neben –«

Sie behielt unbeteiligt meine Hand in der ihren, als Versprechen, dass sie sich mir in einer Minute widmen werde, und wandte sich zwei Mädchen in identischen gelben Kleidern zu, die am Fuß der Treppe stehen blieben.

»Hallo!«, riefen sie im Chor. »Schade, dass Sie nicht gewonnen haben.«

Das galt dem Golfturnier. Sie hatte in der Woche zuvor die Endrunde verloren.

»Sie wissen sicher nicht, wer wir sind«, sagte eins der Mädchen in Gelb, »aber wir haben uns vor ungefähr einem Monat schon einmal hier getroffen.«

»Sie haben sich in der Zwischenzeit die Haare gefärbt«,

bemerkte Jordan, und ich zuckte zusammen, doch die Mädchen waren schon weitergezogen, und die Bemerkung ging an den Mond, der, wie die Speisen zweifellos aus einem der Lieferantenkörbe zutage gefördert, früher als sonst am Himmel stand. Jordan schob ihren schlanken goldenen Arm unter meinen, und wir stiegen gemeinsam die Treppe hinab und schlenderten durch den Garten. Ein Tablett mit Cocktails schwebte im Dämmerlicht auf uns zu, und wir setzten uns zu den beiden Mädchen in Gelb und drei Herren, die uns einer nach dem anderen als Mr. Murmelmurmel vorgestellt wurden, an einen Tisch.

»Sind Sie häufig auf diesen Partys?«, fragte Jordan das Mädchen neben ihr.

»Zuletzt war ich hier, als ich Sie getroffen habe«, antwortete das Mädchen mit wacher, selbstbewusster Stimme. Sie wandte sich an ihre Freundin: »Du nicht auch, Lucille?«

Lucille auch.

»Ich komme gerne her«, sagte Lucille. »Mich kümmert's nicht groß, wo ich hingehe, deshalb amüsiere ich mich auch immer gut. Letztes Mal habe ich mir mein Kleid an einem Stuhl eingerissen – er hat mich sofort nach meinem Namen und meiner Adresse gefragt, und binnen einer Woche bekam ich ein Paket von Croirier's mit einem neuen Abendkleid darin.«

»Haben Sie's behalten?«, fragte Jordan.

»Natürlich. Ich wollte es heute Abend anziehen, aber es ist oben herum zu weit und muss noch geändert werden. Es ist gasblau, mit lavendelfarbenen Perlen darauf. Zweihundertfünfundsechzig Dollar.«

»Ist doch irgendwie merkwürdig, wenn einer so was

macht«, sagte das andere Mädchen eifrig. »Er scheint mit *niemandem* den geringsten Ärger haben zu wollen.«

»Wer?«, fragte ich.

»Gatsby. Ich habe gehört …«

Die beiden Mädchen und Jordan beugten sich geheimnistuerisch vor.

»Ich habe gehört, Gatsby soll mal jemanden umgebracht haben.«

Uns überlief allesamt ein Schauer. Die Herren Murmelmurmel lehnten sich vor und lauschten eifrig.

»Das glaube ich nicht«, wandte Lucille skeptisch ein. »Ich glaube eher, dass er im Krieg ein deutscher Spion war.«

Einer der Männer nickte bestätigend.

»Das hat mir ein Mann erzählt, der alles über ihn wusste; der mit ihm zusammen in Deutschland aufgewachsen ist«, versicherte er uns nachdrücklich.

»O nein«, sagte das erste Mädchen, »das kann nicht stimmen. Während des Krieges war er beim amerikanischen Militär.« Als sie merkte, dass wir eher wieder ihrer Version der Dinge zuneigten, beugte sie sich aufgeregt vor. »Beobachtet ihn mal, wenn er sich unbeobachtet wähnt. Ich wette, er hat jemanden umgebracht.«

Sie kniff die Augen zusammen und zitterte. Lucille zitterte. Wir drehten uns alle um und hielten nach Gatsby Ausschau. Es bewies, wie viel romantisches Rätselraten er auslöste, dass auch solche Menschen über ihn tuschelten, die sonst auf dieser Welt wenig gefunden hatten, über das zu tuscheln ihnen notwendig erschien.

Jetzt wurde das erste Abendessen serviert – nach Mitternacht würde es noch ein zweites geben –, und Jordan lud mich ein, mich zu ihr und ihren Freunden zu gesellen, die um einen Tisch am anderen Ende des Gartens gruppiert saßen. Es waren drei Ehepaare sowie Jordans Begleiter, ein hartnäckiger junger Student, der zu heftiger Anzüglichkeit neigte und unter dem Eindruck zu stehen schien, Jordan würde sich ihm früher oder später in dem einen oder anderen Maße hingeben. Anstatt umherzustreunen, hatte diese Gesellschaft eine würdevolle Geschlossenheit gewahrt und sich selber die Rolle des gediegenen Landadels zugewiesen – East Egg beehrte West Egg mit seiner Anwesenheit, sorgsam auf der Hut vor dessen spektroskopischer Fröhlichkeit.

»Kommen Sie«, flüsterte Jordan mir nach einer irgendwie vergeudeten und unerquicklichen halben Stunde zu. »Hier geht es mir viel zu gesittet zu.«

Wir standen auf, und sie erklärte, wir wollten uns auf die Suche nach dem Gastgeber machen – ich hätte ihn noch gar nicht kennengelernt, sagte sie, und das sei mir unangenehm. Der junge Student nickte auf zynische, schwermütige Weise.

An der Bar, wo wir zuerst nachschauten, herrschte Gedränge, doch Gatsby war nicht dort. Vom oberen Treppenabsatz aus konnte sie ihn nirgends entdecken, und auch auf der Veranda war er nicht. Auf gut Glück öffneten wir eine gewichtig aussehende Tür und betraten eine hohe gotische Bibliothek, die mit geschnitztem englischem Eichenholz getäfelt und vermutlich vollständig aus irgendeiner Ruine jenseits des Atlantiks hierher transportiert worden war.

Ein kräftiger Mann mittleren Alters mit einer riesigen Eulenaugen-Brille auf der Nase saß mehr oder minder betrunken auf der Kante eines großen Tisches und starrte mit unbeständiger Konzentration auf die Bücherregale. Als wir näher traten, schwang er erregt herum und musterte Jordan von Kopf bis Fuß.

»Was meinen Sie?«, fragte er ungestüm.

»Wozu?«

Er deutete mit wedelnder Hand auf die Bücherregale.

»Dazu. Sie brauchen's nicht nachzuprüfen. Das hab ich schon erledigt. Sie sind echt.«

»Die Bücher?«

Er nickte.

»Vollkommen echt, mit Seiten und allem. Ich dachte, es wär schöne, haltbare Pappe. Dabei sind sie vollkommen echt. Mit Seiten und … Hier! Ich zeig's Ihnen.«

Er schien überzeugt, dass wir es nicht glauben würden, denn er eilte ans Regal und kam mit Band eins der *Stoddard Lectures* zurück.

»Sehen Sie!«, rief er triumphierend. »Ein waschechtes Druckerzeugnis. Ich bin drauf reingefallen. Der Kerl ist ein richtiger Belasco. Einfach großartig. Diese Gründlichkeit! Dieser Realismus! Wusste genau, wie weit er gehen durfte – hat die Seiten noch nicht aufgeschnitten! Aber was wollen Sie? Was erwarten Sie?«

Er riss mir das Buch aus den Händen und stellte es hastig wieder ins Regal; wenn man einen Stein herausnehme, hörten wir ihn brummeln, drohe womöglich die ganze Bibliothek in sich zusammenzufallen.

»Wer hat Sie mitgebracht?«, fragte er. »Oder sind Sie einfach so hergekommen? Ich wurde mitgebracht. Wie die meisten hier.«

Jordan schaute ihn aufmerksam und munter an, ohne zu antworten.

»Mich hat eine Frau namens Roosevelt mitgebracht«, fuhr er fort. »Mrs. Claude Roosevelt. Kennen Sie sie? Ich hab sie gestern Abend irgendwo kennengelernt. Ich bin jetzt seit einer Woche betrunken und dachte mir, in einer Bibliothek zu sitzen würde mich vielleicht ausnüchtern.«

»Und hat es das?«

»Ein bisschen, glaube ich. Ich kann's noch nicht sagen. Bin erst seit einer Stunde hier. Hab ich Ihnen schon von den Büchern erzählt? Sie sind echt. Sie sind –«

»Ja, haben Sie.« Wir schüttelten ihm feierlich die Hand und gingen wieder nach draußen.

Auf der Bühne im Garten wurde jetzt getanzt, alte Männer, die junge Mädchen endlos und ungraziös im Kreise rückwärts schoben, vornehme Paare, die einander kunstvoll verschraubt umfasst hielten und in den Ecken blieben – und eine große Anzahl einzelner junger Frauen, die nach ihrem eigenen Stil tanzten oder das Orchester für einen Moment von der Last des Banjos oder der Trommeln befreiten. Bis Mitternacht wurde die Stimmung immer ausgelassener. Ein gefeierter Tenor sang italienisch, eine weltbekannte Altistin sang Jazz, und zwischen den Nummern vollführten die Leute überall im Garten »Kunststückchen«, während fröhliches hohles Gelächter zum Sommerhimmel emporstieg. Als Babys verkleidete »Zwillinge« – die sich als die beiden Mädchen in Gelb entpuppten – brachten einen Sketch auf die Bühne, und in Gläsern, die größer als Fingerschalen waren, wurde Champagner serviert. Der Mond war höher geklettert, und auf dem Sund trieb ein Dreieck aus silbernen

Schuppen und zitterte leise zu dem steifen, blechernen Getröpfel der Banjos auf dem Rasen.

Ich war immer noch an Jordans Seite. Wir saßen mit einem Mann meines Alters und einem kleinen Wildfang von einem Mädchen zusammen, das bei der geringsten Veranlassung völlig unbeherrscht draufloslachte. Mittlerweile amüsierte ich mich gut. Ich hatte zwei Schalen Champagner getrunken, und alles wollte mir nun bedeutsam, elementar und tiefgründig erscheinen.

Während einer Flaute im Unterhaltungsprogramm schaute der Mann mich an und lächelte.

»Ihr Gesicht kommt mir bekannt vor«, sagte er höflich. »Waren Sie nicht im Krieg in der Dritten Division?«

»Ganz recht! Ich war im Neunten Maschinengewehrbataillon.«

»Und ich war bis Juni 1918 im Siebten Infanterieregiment. Wusste ich's doch, dass ich Sie irgendwo schon mal gesehen hatte.«

Wir unterhielten uns eine Weile über das eine oder andere feuchte, graue Dorf in Frankreich. Offenbar wohnte er hier in der Gegend, denn er erzählte mir, er habe sich gerade ein Wasserflugzeug gekauft und wolle es am nächsten Morgen ausprobieren.

»Kommen Sie mit, alter Knabe? Nur über den Sund, an der Küste entlang.«

»Um wie viel Uhr?«

»Wann immer es Ihnen passt.«

Ich wollte ihn eben nach seinem Namen fragen, als Jordan sich umdrehte und lächelte.

»Amüsieren Sie sich jetzt besser?«, fragte sie mich.

»Viel besser.« Ich wandte mich wieder meinem neuen Freund zu. »Eine sonderbare Party, finde ich. Ich habe bisher noch nicht mal den Gastgeber gesehen. Ich wohne da drüben« – meine Hand wies in die Richtung der unsichtbaren Hecke –, »und dieser Gatsby hat seinen Chauffeur mit einer Einladung zu mir herübergeschickt.«

Einen Moment lang sah er mich an, als verstünde er nicht ganz.

»Ich bin Gatsby«, sagte er plötzlich.

»Wie!«, rief ich aus. »Oh, verzeihen Sie.«

»Ich dachte, das wüssten Sie, alter Knabe. Ich fürchte, ich bin kein sehr guter Gastgeber.«

Er lächelte verständnisvoll – ja mehr als verständnisvoll. Es war ein so besonderes Lächeln, wie es einem vielleicht vier- oder fünfmal im Leben zuteil werden mag, ein Lächeln, das einem für alle Ewigkeit Mut zusprach. Es nahm – so schien es wenigstens – für einen Moment die gesamte äußere Welt in den Blick und konzentrierte sich dann mit unwiderstehlicher Voreingenommenheit ganz und gar auf einen selbst. Es verstand einen gerade so weit, wie man verstanden werden wollte, glaubte an einen, wie man selbst gerne an sich geglaubt hätte, und versicherte einem, dass es exakt den Eindruck hatte, den man im besten Fall zu vermitteln hoffte. Just dann erlosch es – und ich schaute einem eleganten jungen Rauhbein ins Gesicht, ein oder zwei Jahre über dreißig, dessen formvollendete Redeweise ans Absurde grenzte. Schon ehe er sich mir vorgestellt hatte, war mir aufgefallen, mit wie viel Bedacht er seine Worte wählte.

Fast in demselben Augenblick, als Mr. Gatsby sich mir zu erkennen gab, eilte ein Butler herbei und meldete ihm,

Chicago sei am Telefon. Gatsby entschuldigte sich mit einer kleinen Verbeugung, die der Reihe nach jeden von uns einschloss.

»Wenn Sie etwas brauchen, fragen Sie einfach danach, alter Knabe«, forderte er mich auf. »Entschuldigen Sie mich. Ich geselle mich später wieder zu Ihnen.«

Als er fort war, wandte ich mich unverzüglich Jordan zu – es drängte mich, ihr meine Überraschung kundzutun. Ich hatte mir Mr. Gatsby als einen rüstigen, beleibten Mann mittleren Alters vorgestellt.

»Wer ist er?«, fragte ich. »Wissen Sie das?«

»Er ist bloß ein Mann namens Gatsby.«

»Wo kommt er her, meine ich? Und was macht er?«

»Jetzt wollen *Sie* das also auch wissen«, sagte sie mit einem matten Lächeln. »Na schön – er hat mir einmal erzählt, er habe in Oxford studiert.«

Ein verschwommenes Bild nahm mehr und mehr Gestalt hinter ihm an, doch mit ihrer nächsten Bemerkung verflüchtigte es sich wieder.

»Aber das glaube ich nicht.«

»Warum nicht?«

»Ich weiß nicht«, sagte sie. »Ich glaube einfach nicht, dass er dort war.«

Irgendetwas an ihrem Ton rief mir in Erinnerung, wie das andere junge Mädchen »Ich glaube, er hat jemanden umgebracht« gesagt hatte, was meine Neugier noch mehr anstachelte. Hätte mir jemand erklärt, Gatsby stamme aus den Sümpfen Louisianas oder der Lower East Side New Yorks, ich hätte keinen Moment gestutzt. Das war vorstellbar. Aber es schien doch nicht möglich – wenigstens für mich in meiner provinziellen Unerfahrenheit nicht –, dass ein junger Mann lässig aus dem Nichts herbeikam und sich einen Palast am Long-Island-Sund kaufte.

»Jedenfalls gibt er große Partys«, sagte Jordan, was ihre Art war – mit dem typischen Widerwillen des Städters gegen alles Konkrete –, das Thema zu wechseln. »Und ich mag große Partys. Sie sind so intim. Auf kleinen Partys ist man nie unter sich.«

Ein Paukenschlag ertönte, und plötzlich schallte die Stimme des Orchesterleiters über die Echolalie des Gartens hinweg.

»Meine Damen und Herren«, rief er. »Auf Wunsch von Mr. Gatsby spielen wir jetzt für Sie Mr. Vladimir Tostoffs neueste Komposition, die letzten Mai in der Carnegie Hall so viel Aufsehen erregt hat. Wenn Sie Zeitung lesen, wissen Sie, dass es eine große Sensation war.« Er lächelte mit leutseliger Herablassung und fügte hinzu: »Und was für eine!«, worauf alle lachten.

»Das Werk«, schloss er munter, »heißt *Vladimir Tostoffs Weltgeschichte des Jazz.*«

Welcher Natur Mr. Tostoffs Stück war, entging meiner Aufmerksamkeit, denn als es eben begonnen hatte, entdeckte ich Gatsby, der allein auf den Marmorstufen stand und wohlgefällig von einer Gruppe zur anderen blickte. Seine gebräunte Haut spannte sich ansehnlich straff über seinem Gesicht, und sein kurzes Haar sah aus, als würde es täglich geschnitten. Ich konnte nichts Zwielichtiges an ihm erkennen und fragte mich, ob er sich auch dadurch von seinen Gästen abhob, dass er nicht trank, denn er wirkte umso korrekter, je mehr die allgemeine Ausgelassenheit wuchs.

Als die *Weltgeschichte des Jazz* verklungen war, legten die Mädchen welpenhaft verspielt ihre Köpfe an männliche Schultern, sanken übermütig rückwärts in männliche Arme, ja sogar in ganze Männergruppen, gewiss, dass einer ihren Fall schon aufhalten würde – aber keines sank rückwärts in Gatsbys Arme, kein französischer Pagenkopf berührte Gatsbys Schulter, und kein Gesangsquartett formierte sich mit Gatsbys Kopf dazwischen.

»Verzeihen Sie bitte.«

Gatsbys Butler stand auf einmal neben uns.

»Miss Baker?«, fragte er. »Verzeihen Sie, aber Mr. Gatsby würde gerne unter vier Augen mit Ihnen sprechen.«

»Mit mir?«, rief sie überrascht aus.

»Ja, Madam.«

Sie erhob sich langsam, warf mir einen erstaunten Blick zu und folgte dem Butler zum Haus. Mir fiel auf, dass sie ihr Abendkleid, vielmehr alle ihre Kleider, wie einen Sportdress trug – ihre Bewegungen waren von einer Anmut, als hätte sie an einem klaren, kühlen Morgen auf dem Golfplatz laufen gelernt.

Ich war allein, und es ging auf zwei Uhr zu. Seit einer Weile drangen verworrene und faszinierende Geräusche aus einem langen, vielfenstrigen Raum über der Terrasse. Um Jordans Student zu entkommen, der sich mittlerweile mit zwei Revuegirls angeregt über Geburtshilfe unterhielt und mich beschwor, ihm Gesellschaft zu leisten, ging ich hinein.

Der Raum war voller Menschen. Eins der Mädchen in Gelb spielte Klavier, und neben ihr stand eine großgewachsene, rothaarige junge Dame aus einem berühmten Revuechor und sang. Sie hatte eine ganze Menge Champagner getrunken und war während ihres Vortrags unpassenderweise zu der Überzeugung gelangt, dass alles sehr, sehr traurig war – sie sang nicht nur, sondern sie weinte auch. Wann immer das Lied eine Pause vorsah, füllte sie sie mit keuchenden, gebrochenen Schluchzern, ehe sie in bebendem Sopran die nächste Zeile anstimmte. Die Tränen strömten ihr über die Wangen – wenn auch nicht ungehindert, denn sobald sie mit ihren tropfenschweren Wimpern in Berührung kamen, nahmen sie die Farbe von Tinte an und legten den Rest des Weges in langsamen schwarzen Rinnsalen zurück. Es wurde der launige Vorschlag gemacht, sie solle doch nach den Noten auf ihrem Gesicht singen, worauf sie die Hände gen Himmel warf, sich auf einen Stuhl fallen ließ und in einen tiefen, weinseligen Schlaf sank.

»Sie hatte Streit mit einem Mann, der angeblich ihr Ehemann ist«, erklärte ein Mädchen, das neben mir stand.

Ich schaute mich um. Die meisten Frauen, die noch da waren, hatten jetzt Streit mit Männern, die angeblich ihre Ehemänner waren. Sogar Jordans Freunde, das Quartett aus East Egg, waren im Zwist auseinandergegangen. Einer der Männer unterhielt sich seltsam angeregt mit einer jungen Schauspielerin, und seine Frau, die angesichts der Lage zuerst würdevoll und gleichgültig zu lachen versucht hatte, brach völlig zusammen und versuchte es schließlich mit Seitenattacken – in Abständen blitzte sie wie ein wütender Diamant neben ihm auf und zischte ihm »Du hast es versprochen!« ins Ohr.

Aber es waren nicht nur abtrünnige Männer, die sich sträubten, nach Hause zu gehen. In der Eingangshalle standen gegenwärtig zwei bedauernswert nüchterne Männer und ihre hocherbosten Frauen. Die Frauen bemitleideten sich mit leicht erhobenen Stimmen gegenseitig.

»Kaum sieht er, dass ich mich amüsiere, will er nach Hause.«

»So etwas Egoistisches habe ich ja noch nie gehört.«

»Wir sind immer die Ersten, die gehen.«

»Wir auch.«

»Also, heute sind wir beinahe die Letzten«, sagte einer der Männer kleinlaut. »Das Orchester ist schon vor einer halben Stunde gegangen.«

Obwohl die beiden Ehefrauen sich einig waren, dass solche Bosheit zum Himmel schrie, endete der Streit mit einem kurzen Gerangel, und beide Frauen wurden strampelnd in die Nacht hinausgetragen.

Während ich in der Halle auf meinen Hut wartete, öffnete sich die Tür zur Bibliothek, und Jordan Baker und Gatsby kamen heraus. Er sagte gerade irgendein letztes Wort zu ihr, doch sein lebhafter Ausdruck gerann augenblicklich zu vollendeter Förmlichkeit, als mehrere Leute auf ihn zutraten, um sich zu verabschieden.

Draußen auf der Veranda riefen Jordans Freunde ungeduldig nach ihr, doch sie blieb noch einen Augenblick, um mir die Hand zu schütteln.

»Ich habe eben etwas ganz und gar Unglaubliches erfahren«, flüsterte sie. »Wie lange waren wir dort drinnen?«

»Na – ungefähr eine Stunde.«

»Es war – einfach unglaublich«, wiederholte sie gedankenverloren. »Aber ich habe geschworen, es niemandem zu verraten, und da stachele ich nun Ihre Neugier an.« Sie gähnte mir charmant ins Gesicht. »Bitte besuchen Sie mich doch einmal … Telefonbuch … Unter dem Namen Mrs. Sigourney Howard … Meine Tante …« Noch im Sprechen schwebte sie davon – ihre braune Hand winkte mir zum Abschied anmutig zu, ehe sie mit der Gruppe ihrer Freunde an der Tür verschmolz.

Ein wenig beschämt, weil ich gleich bei meinem ersten Besuch so lange geblieben war, gesellte ich mich zu Gatsbys letzten Gästen, die in einer Traube um ihn herumstanden. Ich wollte ihm erklären, ich hätte ihn zu Beginn des Abends überall gesucht, und mich dafür entschuldigen, dass ich ihn bei unserer Begegnung im Garten nicht erkannt hatte.

»Lassen Sie's gut sein«, beeilte er sich, mich zu beruhigen. »Verschwenden Sie keinen Gedanken mehr daran, alter Knabe.« Die vertraute Anrede drückte nicht mehr Vertrautheit aus als die Hand, die begütigend meine Schulter streifte. »Und vergessen Sie nicht – morgen früh um neun drehen wir eine Runde im Wasserflugzeug.«

Dann der Butler hinter ihm:

»Philadelphia am Telefon für Sie, Sir.«

»In Ordnung, einen Moment. Sagen Sie, ich käme gleich … Gute Nacht.«

»Gute Nacht.«

»Gute Nacht.« Er lächelte, und auf einmal schien es mir auf eine erfreuliche Weise bedeutsam zu sein, dass ich unter den Letzten war, die gingen – als hätte er es die ganze Zeit so gewünscht. »Gute Nacht, alter Knabe … Gute Nacht.«

Als ich jedoch die Treppe hinunterging, sah ich, dass der Abend noch nicht ganz vorüber war. Etwa zwanzig Meter von der Tür entfernt beleuchteten ein Dutzend Scheinwerfer eine groteske, turbulente Szene. Ein neues Coupé, das Gatsbys Einfahrt kaum zwei Minuten zuvor verlassen hatte, war im Straßengraben gelandet, zwar nicht umgekippt, aber gewaltsam eines Rades beraubt. Ein scharfer Mauervorsprung schien der Grund dafür, dass sich das Rad, welchem nun die ungeteilte Aufmerksamkeit eines halben Dutzends neugieriger Chauffeure zuteil wurde, gelöst hatte. Da sie allesamt ihre Wagen im Weg hatten stehenlassen, war von weiter hinten ein rabiater, dissonanter Lärm zu hören, der zu dem ohnehin gewaltigen Durcheinander das Seine beitrug.

Ein Mann im langen Staubmantel war dem Wrack entstiegen, stand jetzt mitten auf der Straße und blickte freundlich und verwirrt vom Wagen zum Reifen und vom Reifen zu den Schaulustigen.

»Sehen Sie nur!«, rief er. »Er ist im Graben gelandet.«

Die Tatsache verwunderte ihn maßlos – und ich erkannte zuerst dieses ungewöhnliche Staunen wieder und dann den Mann: Es war derselbe, den ich in Gatsbys Bibliothek angetroffen hatte.

»Wie ist es passiert?«

Er zuckte die Schultern.

»Ich verstehe rein gar nichts von Mechanik«, sagte er entschieden.

»Aber wie ist es passiert? Sind Sie gegen die Mauer gefahren?«

»Fragen Sie mich nicht«, antwortete Eulenauge, als wollte er mit der Sache nichts zu tun haben. »Ich verstehe sehr wenig vom Autofahren – so gut wie gar nichts. Es ist passiert, mehr weiß ich nicht.«

»Also, wenn Sie so ein schlechter Fahrer sind, sollten Sie nachts wirklich nicht zu fahren versuchen.«

»Aber ich habe es ja gar nicht versucht«, erklärte er entrüstet. »Ich habe es gar nicht versucht.«

Erschrockenes Schweigen senkte sich auf die Umstehenden.

»Wollen Sie sich umbringen?«

»Sie können von Glück sagen, dass es nur ein Rad war! So ein schlechter Fahrer zu sein und es dann nicht einmal zu *versuchen*!«

»Sie verstehen nicht«, sagte der Übeltäter. »Ich bin nicht gefahren. Da ist noch jemand im Auto.«

Der Schock, der auf diese Erklärung folgte, machte sich in einem gedehnten »Ah-h-h!« Luft, als langsam die Fahrertür des Coupés aufschwang. Die Menge – inzwischen *war* es eine Menge – wich unwillkürlich zurück, bis die Tür weit offenstand. Eine gespenstische Pause trat ein. Dann stieg ganz allmählich, Stück für Stück, eine bleiche, marionettenhafte Gestalt aus dem Wrack und tippte mit einem großen, unsicheren Tanzschuh zaghaft auf den Boden.

Von den hellen Autoscheinwerfern geblendet und durch die unentwegt jaulenden Hupen verwirrt, stand der seltsame Mensch einen Moment lang schwankend da, bevor er den Mann im Staubmantel entdeckte.

»Was'n los?«, fragte er seelenruhig. »Benzin alle?«

»Da!«

Ein halbes Dutzend Finger zeigte auf das amputierte Rad – er starrte kurz dorthin und wandte dann den Blick nach oben, als glaubte er, das Rad sei vom Himmel gefallen.

»Es hat sich gelöst«, erklärte jemand.

Er nickte.

»Hab erst gar nicht gemerkt, dass wir stehn geblieben sind.«

Eine Pause. Dann atmete er tief durch, richtete sich gerade auf und sagte mit entschlossener Stimme: »Kammir v'lleicht einer sagen, wo hier 'ne Tankstelle is?«

Mindestens ein Dutzend Männer, manche von ihnen in kaum besserem Zustand als er, erklärten ihm, dass zwischen Rad und Wagen keinerlei materielle Verbindung mehr bestehe.

»Z'rücksetzen«, schlug er nach kurzem Schweigen vor. »Rückwärtsgang einlegen.«

»Aber das *Rad* ist ab!«

Er zögerte.

»Versuchen schadet nix«, sagte er.

Die Katzenmusik der Hupen war inzwischen immer weiter angeschwollen, und ich wandte mich ab und lief quer über den Rasen zu meinem Haus. Einmal blickte ich noch zurück. Über Gatsbys Haus schien ein Oblatenmond, der die Nacht schön machte wie zuvor und das Gelächter und die Geräusche des hell erleuchteten Gartens überdauerte. Eine plötzliche Leere entströmte den Fenstern und Flügeltüren und hüllte die Gestalt des Gastgebers, der auf der Veranda stand und die Hand zu einer förmlichen Abschiedsgeste erhoben hatte, in vollkommene Einsamkeit.

Wenn ich das bisher Geschriebene noch einmal lese, fällt mir auf, dass es den Anschein erweckt, als wären die Ereignisse von drei mehrere Wochen auseinanderliegenden Nächten das Einzige gewesen, was mich damals beschäftigte. In Wahrheit waren es bloß nebensächliche Ereignisse in einem randvollen Sommer, die mich ungleich weniger stark beschäftigten als meine persönlichen Angelegenheiten – jedenfalls noch eine ganze Weile lang.

Die meiste Zeit arbeitete ich. Am frühen Morgen warf die Sonne meinen Schatten westwärts, wenn ich durch die weißen Schluchten Lower New Yorks zur Probity Trust hastete. Ich nannte die anderen Angestellten und jungen Wertpapierhändler beim Vornamen, und wir verbrachten die Mittagspause zusammen in dunklen, überfüllten Restaurants bei Schweinswürstchen, Kartoffelbrei und Kaffee. Eine Zeitlang hatte ich sogar ein Verhältnis mit einem Mädchen, das in Jersey City wohnte und in der Buchhaltung arbeitete, doch dann warf ihr Bruder immer öfter böse Blicke in meine Richtung; als sie daher im Juli in den Urlaub fuhr, ließ ich es sacht einschlafen.

Für gewöhnlich aß ich im Yale Club zu Abend – was aus irgendeinem Grund das trübseligste Ereignis meines Tages war –, und danach ging ich hinauf in die Bibliothek, um mich dort pflichtschuldig eine Stunde lang über Kapitalanlagen und Wertpapiere zu informieren. Meistens waren ein paar Krawallmacher im Club, aber sie kamen nie in die Bibliothek, und so ließ es sich dort gut arbeiten. An lauen Abenden schlenderte ich später die Madison Avenue entlang, am alten Murray Hill Hotel vorbei und über die Dreiunddreißigste bis zur Pennsylvania Station.

Allmählich begann ich New York zu mögen, seine spritzige, aufregende Atmosphäre bei Nacht ebenso wie die Befriedigung, die das ständige Geflimmer von Männern und Frauen und Maschinen dem ruhelosen Auge verschafft. Es gefiel mir, die Fifth Avenue entlangzulaufen, romantische Frauen aus der Menge auszuwählen und mir vorzustellen, ich würde in wenigen Minuten in ihr Leben eintreten und niemand würde es je erfahren oder Anstoß daran nehmen. Manchmal folgte ich ihnen im Geist bis zu ihren Wohnungen, die an verschwiegenen Straßenecken lagen, und sie drehten sich um und erwiderten mein Lächeln, ehe sie durch eine Tür in warme Dunkelheit entschwebten. Im verzauberten Zwielicht der Großstadt verspürte ich bisweilen eine quälende Einsamkeit und spürte sie auch bei anderen – armen jungen Angestellten, die sich vor Schaufenstern herumdrückten, bis die Zeit gekommen war, allein im Restaurant zu Abend zu essen; jungen Angestellten in der Dämmerung, die die entscheidenden Momente der Nacht und des Lebens vergeudeten.

Und um acht, wenn auf den dunklen Ost-West-Schneisen nördlich der zweiundvierzigsten Straße die brummenden Taxis, manchmal zu fünft nebeneinander, ins Theaterviertel unterwegs waren, wurde mir abermals das Herz schwer. Gestalten lehnten sich in den Taxis aneinander, Stimmen sangen, Gelächter über einen ungehörten Witz erscholl, und glühende Zigaretten zeichneten unverständliche Gesten in die Luft. Ich stellte mir vor, dass auch ich irgendeiner Vergnügung entgegenstrebte und ihre intime Vorfreude teilte, und wünschte ihnen alles Gute.

Für eine Weile verlor ich Jordan Baker aus den Augen, doch im Hochsommer sahen wir uns wieder. Zuerst schmeichelte es mir, mit ihr auszugehen, weil sie Golfmeisterin war und alle Welt ihren Namen kannte. Später kam noch etwas anderes hinzu. Ich war nicht eigentlich verliebt, verspürte aber eine Art zärtlicher Neugier. Das gelangweilte, hochmütige Gesicht, das sie der Welt zeigte, verbarg etwas – irgendwann verbergen die meisten Verstellungen etwas, auch wenn es anfangs nicht so ist –, und eines Tages fand ich heraus, was es war. Als wir zusammen auf einem Hausfest in Warwick waren, ließ sie einen geliehenen Wagen mit offenem Verdeck draußen im Regen stehen und redete sich mit einer Lüge heraus – und da fiel mir plötzlich die Geschichte wieder ein, deren ich mich an dem Abend bei Daisy nicht hatte entsinnen können. Bei ihrem ersten großen Golfturnier hatte es einen Zwischenfall gegeben, der beinahe in die Zeitungen gekommen wäre: Es wurde damals gemunkelt, sie hätte in der Halbfinalrunde ihren Ball aus einer schlechten in eine bessere Lage befördert. Die Sache nahm beinahe die Ausmaße eines Skandals an – dann legte sich die Aufregung wieder. Ein Caddie zog seine Aussage zurück, und der einzige andere Zeuge räumte ein, dass er sich womöglich geirrt habe. Vorfall und Name waren mir gemeinsam im Gedächtnis haftengeblieben.

Jordan Baker mied kluge, scharfsinnige Männer instinktiv, und nun begriff ich, warum sie das tat: Sie fühlte sich auf einem Terrain, wo jede Abweichung vom Kodex als unmöglich galt, einfach sicherer. Sie war durch und durch unehrlich. Sie ertrug es nicht, im Nachteil zu sein, und aufgrund dieses Widerwillens hatte sie vermutlich schon als ganz junges Mädchen begonnen, sich in Ausflüchte zu retten, um der Welt jenes kühle, unverschämte Lächeln zeigen und dennoch die Bedürfnisse ihres harten, anmutigen Körpers befriedigen zu können.

Mir war das einerlei – Unehrlichkeit wird einer Frau nie

allzu stark verübelt; es betrübte mich flüchtig, dann vergaß ich es wieder. Auf dem Weg zu der erwähnten Privatparty führten wir auch ein seltsames Gespräch übers Autofahren. Es begann, als sie so dicht an ein paar Arbeitern vorbeifuhr, dass wir mit dem Kotflügel einen der Männer am Jackenknopf streiften.

»Sie sind ja eine miserable Autofahrerin«, schimpfte ich. »Sie sollten vorsichtiger sein oder überhaupt nicht fahren.«

»Ich bin vorsichtig.«

»Nein, sind Sie nicht.«

»Dafür sind's andere«, sagte sie leichthin.

»Was soll das denn heißen?«

»Sie werden mir schon ausweichen«, erwiderte sie unbeirrt. »Zu einem Unfall gehören immer zwei.«

»Sie brauchen nur mal auf jemanden zu treffen, der genauso achtlos ist wie Sie.«

»Ich hoffe, das passiert nicht«, antwortete sie. »Ich hasse achtlose Menschen. Deswegen mag ich Sie.«

Ihre grauen, sonnenstrapazierten Augen blickten stur geradeaus, doch sie hatte absichtlich die Ebene unserer Beziehung gewechselt, und einen Moment lang dachte ich, dass ich sie liebte. Aber ich bin langsam im Denken und gehorche inneren Regeln, die meine Sehnsüchte bremsen, und ich wusste, dass ich mich zuerst endgültig aus jenen Banden befreien musste, die mich zu Hause noch festhielten. Bisher hatte ich pro Woche einen Brief geschrieben, den ich mit »Alles Liebe, Dein Nick« unterzeichnete, und wenn ich an das bewusste Mädchen dachte, sah ich nur das schwache Schweißschnäuzchen vor mir, das sich, wenn sie Tennis spielte, auf ihrer Oberlippe bildete. Dennoch gab es eine vage Übereinkunft, die taktvoll gelöst werden musste, ehe ich frei war.

Jeder schreibt sich selbst mindestens eine Kardinaltugend zu, und bei mir ist es diese: Ich bin einer der wenigen ehrlichen Menschen, die ich kenne.

4

Während am Sonntagmorgen die Kirchenglocken in den Dörfern an der Küste läuteten, kehrten die Welt und ihre Herrin in Gatsbys Haus zurück und funkelten übermütig auf seinem Rasen.

»Er ist ein Alkoholschmuggler«, sagten die jungen Damen, die irgendwo zwischen seinen Cocktails und seinen Blumen einherwandelten. »Er hat mal einen Mann getötet, dem zu Ohren gekommen war, dass er Hindenburgs Neffe und ein Vetter zweiten Grades des Teufels sei. Reich mir eine Rose, Liebes, und gieß mir einen letzten Tropfen in das Kristallglas dort.«

Einmal schrieb ich die Namen all derer, die in jenem Sommer bei Gatsby erschienen, in die Lücken eines Fahrplans. Er ist inzwischen alt, fällt fast auseinander und trägt die Aufschrift »Gültig ab 5. Juli 1922«. Aber die grauen Namen kann ich immer noch gut lesen, und weit besser als meine Gemeinplätze vermögen sie einen Eindruck davon zu geben, wer Gatsbys Gastfreundschaft in Anspruch nahm und ihm die diskrete Gefälligkeit erwies, nicht das Geringste über ihn zu wissen.

Aus East Egg also kamen die Chester Beckers, die Leeches, ein Mann namens Bunsen, den ich aus Yale kannte, und Doktor Webster Civet, der vorigen Sommer oben in

Maine ertrank; und die Hornbeams, die Willie Voltaires sowie ein ganzer Klan von Leuten namens Blackbuck, die sich jedes Mal in einer Ecke versammelten und die Nasen hochreckten wie die Ziegen, egal, wer in ihre Nähe kam. Außerdem die Ismays, die Chrysties (besser gesagt, Hubert Auerbach und Mr. Chrysties Frau) und Edgar Beaver, dessen Haare angeblich eines Winternachmittags ohne jeden guten Grund watteweiß wurden.

Auch Clarence Endive stammte, wenn ich mich recht entsinne, aus East Egg. Er kam nur ein einziges Mal, trug weiße Kniebundhosen und legte sich im Garten mit einem Saufbold namens Etty an. Aus einer anderen Ecke der Insel kamen die Cheadles und die O. R. P. Schraeders, die Stonewall Jackson Abrams aus Georgia, die Fishguards und die Ripley Snells. Snell kam, drei Tage bevor er ins Gefängnis wanderte, und lag derart betrunken in der Kieseinfahrt, dass Mrs. Ulysses Swetts Automobil ihm über die rechte Hand fuhr. Die Dancies kamen, ebenso wie S. B. Whitebait, der weit über sechzig war, Maurice A. Flink, die Hammerheads, der Tabakimporteur Beluga und Belugas Töchter.

Aus West Egg erschienen die Poles, die Mulreadys, Cecil Roebuck, Cecil Schoen, Senator Gulick, Newton Orchid, der Geschäftsführer von *Films Par Excellence* war, Eckhaust, Clyde Cohen, Don S. Schwartze (der Sohn) und Arthur McCarthy, die allesamt auf die eine oder andere Weise mit dem Film zu tun hatten. Und die Catlips, die Bembergs und G. Earl Muldoon, ein Bruder jenes Muldoon, der später seine Frau erwürgte. Der Filmförderer Da Fontano war da, ebenso wie Ed Legros und James B. (»Fusel«) Ferret, die de Jongs und Ernest Lilly – sie kamen, um zu spielen, und wenn man Ferret in den Garten hinausschlendern sah, bedeutete das, dass er blank war und Associated Traction sich am folgenden Tag profitabel würde entwickeln müssen.

Ein gewisser Klipspringer war so oft da und blieb so lange, dass er »der Kostgänger« genannt wurde – ich bin nicht sicher, ob er überhaupt ein anderes Zuhause hatte. Vom Theater waren Gus Waize, Horace O'Donavan, Lester Myer, George Duckweed und Francis Bull da. Ebenfalls aus New York kamen die Chromes und die Backhyssons, die Dennickers, Russel Betty und die Corrigans, die Kellehers, die Dewars und die Scullys, S. W. Belcher, die Smirkes und die jungen Quinns, die inzwischen geschieden sind, sowie Henry L. Palmetto, der seinem Leben ein Ende setzte, indem er sich am Times Square vor die U-Bahn warf.

Benny McClenahan traf stets in Begleitung von vier jungen Damen ein. Es waren rein physisch nie ganz genau dieselben, aber sie sahen einander dermaßen ähnlich, dass es jedes Mal unweigerlich so schien, als wären sie schon einmal da gewesen. Ich habe vergessen, wie sie hießen – ich glaube, Jacqueline, oder auch Consuela oder Gloria oder Judy oder June, und ihre Nachnamen waren entweder melodiöse Blumen- und Monatsnamen oder strengere wie die der großen amerikanischen Kapitalisten, mit denen die jungen Damen, wenn man sie drängte, verwandt zu sein zugaben.

Darüber hinaus erinnere ich mich, Faustina O'Brian mindestens einmal dort begegnet zu sein, ebenso wie den Baedeker-Mädchen und dem jungen Brewer, dem im Krieg die Nase abgeschossen worden war, Mr. Albrucksburger mit seiner Verlobten Miss Haag, Ardita Fitz-Peters und Mr. P. Jewett, ehemals Präsident der American Legion, Miss

Claudia Hip zusammen mit einem Mann, der, wie gemunkelt wurde, ihr Chauffeur war, sowie einem Prinzen von Irgendwas, den wir Duke nannten und dessen Namen ich, falls ich ihn je wusste, vergessen habe.

Alle diese Leute kamen im Sommer zu Gatsby.

Eines Morgens gegen Ende Juli schipperte um neun Uhr früh Gatsbys prachtvoller Wagen die steinige Auffahrt zu meiner Haustür herauf und feuerte mit seiner Drei-Ton-Hupe eine sonore Salve ab. Es war das erste Mal, dass er zu mir kam, obwohl ich mittlerweile auf zwei seiner Partys gewesen war, eine Runde in seinem Wasserflugzeug gedreht hatte und auf seine dringende Aufforderung hin häufig seinen Strand aufsuchte.

»Guten Morgen, alter Knabe. Sie essen heute mit mir zu Mittag, und ich dachte mir, wir fahren am besten gemeinsam in die Stadt.«

Er balancierte auf dem Trittbrett seines Wagens, wobei er jene körperliche Geschicklichkeit demonstrierte, die so typisch amerikanisch ist und sich vermutlich einstellt, wenn einem schweres Heben und langes Stillsitzen in der Jugend erspart geblieben sind, mehr noch aber der natürlichen Anmut unserer nervösen Stegreif-Sportarten geschuldet ist. Es war eine Eigenschaft, die Gatsbys korrektes Benehmen permanent durchbrach und ihm etwas Rastloses gab. Er war nie vollkommen ruhig; immer war da ein Fuß, der auf den Boden klopfte, oder eine Hand, die ungeduldig geöffnet und wieder geschlossen wurde.

Er bemerkte, wie ich voller Bewunderung seinen Wagen betrachtete.

»Hübsch, nicht wahr, alter Knabe.« Er sprang herunter, damit ich eine bessere Sicht hatte. »Haben Sie es noch nie gesehen?«

Doch, das hatte ich. Alle hatten es gesehen. Es war satt cremefarben mit glänzenden Nickelteilen, an dieser und jener Stelle seiner monströsen Länge von triumphalen Hutfächern und Proviantfächern und Werkzeugfächern geschwellt und mit einem wahren Labyrinth aus Windschutzscheiben versehen, in denen sich ein Dutzend Sonnen spiegelten. Wir setzten uns hinter vielen Wänden aus Glas in eine Art grünen Leder-Wintergarten und machten uns auf den Weg in die Stadt.

Ich hatte im vergangenen Monat vielleicht ein halbes Dutzend Mal mit ihm gesprochen und zu meiner Enttäuschung festgestellt, dass er wenig zu sagen hatte. Mein erster Eindruck, er sei ein auf irgendeine Weise bedeutsamer Mensch, war allmählich verblasst, und nun sah ich in ihm nichts weiter als den Eigentümer eines prächtigen Hauses gleich neben meinem.

Und dann kam jene verstörende Autofahrt. Wir waren noch nicht in West Egg Village, als Gatsby plötzlich seine eleganten Sätze unvollendet ließ und sich unentschlossen auf das Knie seiner karamelfarbenen Anzughose schlug.

»Hören Sie, alter Knabe«, platzte er auf einmal heraus. »Was halten Sie eigentlich von mir?«

Ein wenig überrumpelt, setzte ich zu einer jener vagen, ausweichenden Antworten an, die diese Frage verdient.

»Also, ich erzähle Ihnen jetzt etwas«, unterbrach er mich. »Ich will nicht, dass Sie aufgrund all der Geschichten, die Sie hören, einen falschen Eindruck von mir bekommen.«

Also wusste er um die aberwitzigen Anschuldigungen, die den Gesprächen in seinen Salons die Würze gaben.

»Ich erzähle Ihnen die heilige Wahrheit.« Seine rechte Hand zitierte auf einmal göttlichen Beistand herbei. »Ich bin ein Abkömmling wohlhabender Leute aus dem Mittelwesten, die inzwischen allesamt tot sind. Ich bin in Amerika aufgewachsen, habe aber in Oxford studiert, wie alle meine Vorfahren vor mir. Es ist eine Familientradition.«

Er schaute mich von der Seite an – und ich begriff, warum Jordan Baker geglaubt hatte, dass er log. Er sagte den Halbsatz »in Oxford studiert« so hastig, ja er schien ihn zu verschlucken oder fast daran zu ersticken, als hätte er ihm vorher zu schaffen gemacht. Und damit stürzte seine gesamte Erklärung in sich zusammen, und ich fragte mich, ob nicht doch irgendetwas Zwielichtiges an ihm war.

»Aus welchem Teil des Mittelwestens?«, fragte ich beiläufig.

»San Francisco.«

»Aha.«

»Meine Verwandten sind alle gestorben, und mir fiel eine Menge Geld zu.«

Seine Stimme war ernst, so als ob ihn die Erinnerung an diese plötzliche Auslöschung eines Klans bis heute verfolgte. Einen Moment lang glaubte ich, er wolle mich auf den Arm nehmen, doch ein rascher Blick in seine Richtung überzeugte mich vom Gegenteil.

»Danach lebte ich wie ein junger Maharadscha in allen Hauptstädten Europas – Paris, Venedig, Rom –, sammelte Juwelen, in erster Linie Rubine, jagte Großwild, malte ein wenig, aber nur für mich selbst, und versuchte, etwas sehr

Trauriges zu vergessen, das mir lange Zeit vorher passiert war.«

Es gelang mir nur mit Mühe, mein Gelächter zu unterdrücken. Seine Formulierungen waren dermaßen abgedroschen, dass sie das Bild eines turbantragenden »Helden« heraufbeschworen, dem das Sägemehl aus allen Poren quoll, während er einen Tiger durch den Bois de Boulogne jagte.

»Dann kam der Krieg, alter Knabe. Das war eine große Erleichterung, und ich setzte alles daran zu sterben, aber mein Leben war wohl irgendwie verhext. Als es losging, ließ ich mich zum Oberleutnant ernennen. In den Argonnen rückte ich mit zwei Maschinengewehrabteilungen so weit vor, dass die Infanterie uns auf knapp einem Kilometer Länge keine Flankendeckung geben konnte. Wir hielten zwei Tage und zwei Nächte aus, einhundertunddreißig Männer mit sechzehn Lewis-Gewehren, und als die Infanterie schließlich zu uns vordrang, fand sie unter den Bergen von Toten die Abzeichen dreier deutscher Divisionen. Ich wurde zum Major befördert, und sämtliche alliierte Regierungen verliehen mir einen Orden – sogar Montenegro, das kleine Montenegro unten an der Adria!«

Das kleine Montenegro! Er hielt die Wörter in die Höhe und nickte ihnen zu – mit seinem Lächeln. Das Lächeln erfasste Montenegros ganze leidvolle Geschichte und verneigte sich vor den tapferen Kämpfen des montenegrinischen Volks. Es wusste die Verkettung nationaler Ereignisse, die Montenegros warmem kleinem Herzen diesen Tribut entlockt hatte, vollauf zu würdigen. Meine Zweifel wichen jetzt der Faszination; es war, als blätterte ich eilig ein Dutzend Zeitschriften durch.

Er griff in seine Tasche, und ein an einem Band befestigtes Stück Metall fiel in meine Handfläche.

»Das ist der aus Montenegro.«

Zu meinem Erstaunen wirkte das Ding echt. *Orderi di Danilo*, lautete die kreisförmige Inschrift, *Montenegro, Nicolas Rex.*

»Drehen Sie's um.«

Major Jay Gatsby, las ich, *Für außerordentliche Tapferkeit.*

»Hier ist noch etwas, was ich immer bei mir trage. Ein Souvenir aus Oxford, aufgenommen in Trinity Quad – der Mann zu meiner Linken ist heute der Earl of Doncaster.«

Es war eine Fotografie von einem halben Dutzend junger Männer in Blazern, die lässig in einem Bogengang standen, im Hintergrund eine Unmenge spitzer Türme. Und da war Gatsby. Er sah ein bisschen jünger aus als jetzt, nicht viel, und hielt einen Kricketschläger in der Hand.

Dann war also alles wahr. Ich sah die flammenden Tigerfelle in seinem Palazzo am Canal Grande vor mir; ich sah ihn eine Truhe voller Rubine öffnen, damit sie mit ihrem tiefen karmesinroten Leuchten die Qualen seines gebrochenen Herzens linderten.

»Ich werde Sie heute um einen großen Gefallen bitten«, sagte er und steckte seine Andenken befriedigt wieder ein, »und deshalb wollte ich, dass Sie das eine oder andere über mich wissen. Ich will nicht, dass Sie mich für einen hergelaufenen Niemand halten. Sehen Sie, ich bewege mich meistens unter Fremden, weil ich rastlos umherziehe, um das erwähnte traurige Erlebnis zu vergessen.« Er zögerte. »Sie werden heute Nachmittag davon erfahren.«

»Beim Mittagessen?«

»Nein, heute Nachmittag. Ich weiß zufällig, dass Sie mit Miss Baker zum Tee verabredet sind.«

»Soll das heißen, Sie sind in Miss Baker verliebt?«

»Nein, alter Knabe, bin ich nicht. Aber Miss Baker hat sich freundlicherweise bereit erklärt, die Angelegenheit mit Ihnen zu besprechen.«

Ich hatte nicht die leiseste Ahnung, was für eine »Angelegenheit« das sein mochte, aber ich verspürte eher Ärger als Neugier. Schließlich hatte ich Jordan nicht zum Tee gebeten, um mich mit ihr über Jay Gatsby zu unterhalten. Ich war sicher, dass es sich bei dem Gefallen um etwas ganz und gar Irrwitziges handelte, und einen Moment lang bereute ich es, je meinen Fuß auf seinen übervölkerten Rasen gesetzt zu haben.

Er sagte kein weiteres Wort. Je näher wir der Stadt kamen, desto förmlicher wurde er. Wir ließen Port Roosevelt, wo wir einen Blick auf rotgegürtete Ozeandampfer erhaschten, hinter uns und rasten über das Kopfsteinpflaster eines Armenviertels, vorbei an den finsteren, unverwüstlichen Schenken des blassgoldenen vergangenen Jahrhunderts. Dann erstreckte sich links und rechts von uns das Tal der Asche, und im Vorbeifahren sah ich kurz Mrs. Wilson, die sich lebhaft keuchend an der Zapfsäule abmühte.

Mit ausgebreiteten Kotflügeln streuten wir Licht durch halb Astoria – nur halb, denn als wir uns zwischen den Pfeilern der Hochbahn hindurchschlängelten, hörte ich das charakteristische »Pfut-pfut-*paff*« eines Motorrads, und ein aufgebrachter Polizist holte uns ein.

»Na schön, alter Knabe«, rief Gatsby. Wir bremsten. Gatsby zog eine weiße Karte aus seiner Brieftasche und wedelte damit vor den Augen des Mannes herum.

»Alles klar«, sagte der Polizist und tippte sich an die Mütze. »Nächstes Mal erkenne ich Sie gleich, Mr. Gatsby. Nichts für ungut!«

»Was war das?«, erkundigte ich mich. »Das Bild aus Oxford?«

»Ich konnte dem Polizeichef einmal eine Gefälligkeit erweisen, und seitdem schickt er mir jedes Jahr eine Weihnachtskarte.«

Weiter über die große Brücke, wo das durch die Streben fallende Sonnenlicht über die fahrenden Autos flackerte, während jenseits des Flusses die Stadt aufragte, weiße Häufchen und Zuckerstücke, alle auf Wunsch mit geruchlich unverdächtigem Geld gebaut. Die Stadt von der Queensboro Bridge aus sehen heißt immer wieder sie zum ersten Mal sehen, wenn sie einem im ersten Überschwang alle Geheimnisse und alle Schönheit der Welt verheißt.

Ein Toter in einem mit Blumen überhäuften Leichenwagen zog an uns vorbei, gefolgt von zwei Wagen mit heruntergezogenen Rouleaus und ein paar fröhlicheren Gefährten für die Freunde. Die Freunde schauten mit den traurigen Augen und schmalen Oberlippen Südosteuropas zu uns heraus, und ich war froh, dass ihr düsterer Feiertag nun den Anblick von Gatsbys funkelndem Wagen einschloss. Als wir über Blackwells Island hinwegfuhren, überholte uns eine Limousine mit einem weißen Chauffeur am Steuer, in der drei modisch gekleidete Schwarze saßen, zwei junge Männer und ein Mädchen. Ich lachte laut auf, als sie voll hochmütiger Rivalität das Weiße ihrer Augäpfel in unsere Richtung rollten.

›Jetzt, wo wir die Brücke hinter uns gelassen haben, ist alles möglich‹, dachte ich, ›einfach alles …‹

Sogar Gatsby war möglich, ohne ein besonderes Wunder.

Brüllende Mittagshitze. In einem wohlklimatisierten Keller in der zweiundvierzigsten Straße traf ich Gatsby zum Essen. Nachdem meine Augen die Helligkeit der Straße fortgeblinzelt hatten, machten sie ihn undeutlich in der Vorhalle aus, wo er sich mit einem anderen Mann unterhielt.

»Mr. Carraway, das ist mein Freund Mr. Wolfshiem.«

Ein kleiner, flachnasiger Jude hob seinen großen Kopf und musterte mich mit zwei feinen, in beiden Nasenlöchern üppig gedeihenden Haarbüscheln. Einen Moment später entdeckte ich im Halbdunkel seine winzigen Augen.

»… ein kurzer Blick genügte …«, sagte Mr. Wolfshiem und schüttelte mir ernst die Hand, »und was, glauben Sie, hab ich dann gemacht?«

»Was?«, erkundigte ich mich höflich.

Doch anscheinend sprach er gar nicht mit mir, denn er ließ meine Hand los und nahm mit seiner ausdrucksstarken Nase Gatsby ins Visier.

»Ich hab Katspaugh das Geld gegeben und gesacht: ›Pass auf, Katspaugh, er kricht keinen Penny von dir, ehe nich' die Klappe hält.‹ Da hat er sie auf der Stelle gehalten.«

Gatsby fasste uns beide am Arm und führte uns ins Restaurant hinein, worauf Mr. Wolfshiem einen weiteren Satz

hinunterschluckte und in schlafwandlerische Geistesabwe-
senheit versank.

»Highballs?«, fragte der Oberkellner.

»Nettes Restaurant hier«, sagte Mr. Wolfshiem und richtete den Blick auf die presbyterianischen Nymphen an der
Decke. »Aber gegenüber gefällt's mir noch besser!«

»Ja, Highballs«, sagte Gatsby, und an Mr. Wolfshiem gewandt: »Es ist zu heiß dort.«

»Heiß und eng – stimmt«, sagte Mr. Wolfshiem, »aber
voller Erinnerungen.«

»Welches Lokal ist das?«, fragte ich.

»Das alte Metropole.«

»Das alte Metropole«, sinnierte Mr. Wolfshiem. »Voller
vertrauter Gesichter, die's nich' mehr gibt; voller Freunde,
tot und begraben. Ich werd mein Lebtag die Nacht nich'
vergessen, in der Rosy Rosenthal da erschossen wurde. Wir
saßen zu sechst am Tisch, und Rosy hatte den ganzen Abend
lang jede Menge gegessen und getrunken. Als es schon fast
Morgen war, kommt der Kellner zu ihm und sacht mit so
'nem komischen Gesicht, da wär jemand draußen und fragt
nach ihm. ›Gut‹, sagt Rosy und will schon aufstehen, aber
ich zieh ihn wieder auf seinen Stuhl runter.

›Lass die Schurken reinkommen, wenn sie was von dir
wollen, Rosy, aber geh um Himmels willen nich' aus diesem
Saal raus.‹

Da war's vier Uhr früh, und wenn wir die Rouleaus
hochgezogen hätten, hätten wir gesehen, dass es schon hell
war.«

»Und? Ist er rausgegangen?«, fragte ich treuherzig.

»Na und ob.« Mr. Wolfshiems Nase blitzte mich entrüstet

an. »In der Tür hat er sich noch mal umgedreht und gesagt: ›Und dass der Kellner mir ja meinen Kaffee nich' abräumt!‹ Dann ist er raus, und sie haben ihm dreimal in den vollen Bauch geschossen und sind abgehauen.«

Jetzt erinnerte ich mich. »Vier von ihnen kamen auf den elektrischen Stuhl«, sagte ich.

»Mit Becker fünf.« Seine Nasenlöcher wandten sich mir interessiert zu. »Ich hab gehört, Sie suchen geschäftliche Gondagde.«

Es war verblüffend, wie er diese beiden Bemerkungen nebeneinanderstellte. Gatsby antwortete für mich.

»Oh, nein«, rief er, »das ist nicht der, den ich meinte!«

»Nein?« Mr. Wolfshiem schien enttäuscht.

»Das ist nur ein Freund von mir. Ich sagte Ihnen doch, wir reden ein andermal darüber.«

»Entschuldigen Sie«, sagte Mr. Wolfshiem. »Ich hab mich in der Person geirrt.«

Ein saftiges Haschee wurde serviert, und Mr. Wolfshiem vergaß die erinnerungsträchtige Atmosphäre des alten Metropole und begann wild und genussvoll zu essen. Währenddessen ließ er den Blick ganz langsam durch den Raum schweifen – er drehte sich schließlich sogar um und nahm die Leute direkt hinter sich unter die Lupe. Ich glaube, wenn ich nicht da gewesen wäre, hätte er auch noch einen kurzen Blick unter unseren Tisch geworfen.

»Hören Sie, alter Knabe«, sagte Gatsby und beugte sich zu mir herüber. »Ich fürchte, ich habe Sie heute Morgen im Auto ein wenig verärgert.«

Da war es wieder, jenes Lächeln, doch dieses Mal hielt ich ihm stand.

»Ich mag keine Geheimnisse«, antwortete ich. »Und ich verstehe nicht, warum Sie nicht mit der Sprache herausrücken und mir sagen, was Sie möchten. Warum muss alles über Miss Baker laufen?«

»Oh, es ist nichts Anrüchiges«, beruhigte er mich. »Miss Baker ist eine große Sportlerin, wie Sie wissen, und sie würde nie etwas Unrechtes tun.«

Plötzlich schaute er auf die Uhr, sprang auf und eilte aus dem Raum, und ich blieb allein mit Mr. Wolfshiem am Tisch sitzen.

Mr. Wolfshiem blickte ihm nach. »Er muss mal telefonieren«, sagte er. »Ein feiner Kerl, nich' wahr? Gutaussehend, und ein perfekter Gentleman.«

»Ja.«

»Er war in Oggsford.«

»Ach.«

»Er ist in England aufs Oggsford College gegangen. Kennen Sie das Oggsford College?«

»Ich habe davon gehört.«

»Es ist eins der berühmtesten Colleges der Welt.«

»Kennen Sie Gatsby schon lange?«, fragte ich ihn.

»Seit ein paar Jahren«, antwortete er mit einer gewissen Genugtuung. »Ich hab gleich nach dem Krieg das Vergnügen gehabt. Hab mich bloß eine Stunde lang mit ihm unterhalten, und schon wusste ich, dass ich's mit einem Mann von vornehmer Herkunft zu tun hatte. Ich sachte mir: ›Das ist mal einer, den du gern mit nach Hause nehmen und deiner Mutter und deiner Schwester vorstellen würdest.‹« Er hielt inne. »Ich sehe, Sie betrachten meine Manschettenknöpfe.«

Ich hatte sie nicht betrachtet, aber nun tat ich es. Sie waren aus seltsam vertraut anmutenden Elfenbeinstücken zusammengesetzt.

»Erstklassige menschliche Backenzähne«, teilte er mir mit.

»Tatsächlich!« Ich sah genauer hin. »Eine sehr interessante Idee.«

»Tja.« Er ließ die Manschetten unter seinen Jackenärmeln verschwinden. »Tja, Gatsby ist sehr vorsichtig, was die Frauen angeht. Er würde es sich nie erlauben, die Frau eines Freundes auch nur anzuschauen.«

Als das Objekt solch instinktiven Vertrauens an den Tisch zurückkehrte und sich setzte, trank Mr. Wolfshiem seinen Kaffee in einem Zug aus und stand auf.

»Das war ein sehr schönes Mittagessen«, sagte er, »aber nun will ich die beiden jungen Herren mal allein lassen. Ich bleib nich' gern länger, als ich erwünscht bin.«

»Kein Grund zur Eile, Meyer«, sagte Gatsby ohne großen Nachdruck. Mr. Wolfshiem hob die Hand wie zur Segnung.

»Das ist sehr höflich von Ihnen, aber ich gehöre einer anderen Generation an«, verkündete er feierlich. »Sie bleiben schön hier sitzen und unterhalten sich über Ihren Sport und Ihre jungen Damen und Ihre …« Er fügte mit einer Handbewegung ein gedachtes Hauptwort hinzu. »Ich bin fünfzig Jahre alt und will Ihnen nicht länger zur Last fallen.«

Als er uns die Hand schüttelte und sich abwandte, bebte seine tragische Nase. Ich fragte mich, ob ich irgendetwas gesagt hatte, wodurch er sich gekränkt fühlte.

»Er wird manchmal sehr sentimental«, erklärte Gatsby. »Und heute ist einer seiner sentimentalen Tage. Er ist hier in New York bekannt wie ein bunter Hund – ein Stammgast am Broadway.«

»Was ist er eigentlich – Schauspieler?«

»Nein.«

»Zahnarzt?«

»Meyer Wolfshiem? Nein, der ist ein Spieler.« Gatsby zögerte; dann fügte er kühl hinzu: »Er war es, der 1919 die World's Series manipuliert hat.«

»Die World's Series manipuliert?«, wiederholte ich.

Das verschlug mir den Atem. Ich erinnerte mich natürlich daran, dass die World's Series 1919 manipuliert worden war, aber ich hatte nie weiter darüber nachgedacht, sondern wohl irgendwie angenommen, dass es einfach so *passiert* war, das Resultat einer Kette von Ereignissen. Ich wäre gar nicht auf die Idee gekommen, dass ein einzelner Mann mit dem Vertrauen von fünfzig Millionen Menschen spielen könnte – zielstrebig wie ein Einbrecher, der einen Safe sprengt.

»Wieso hat er das getan?«, fragte ich nach einer Weile.

»Er hat einfach die Gelegenheit genutzt.«

»Und warum sitzt er nicht im Gefängnis?«

»Sie kriegen ihn nicht zu fassen, alter Knabe. Er ist clever.«

Ich bestand darauf, die Rechnung zu bezahlen. Als der Kellner mir das Wechselgeld brachte, entdeckte ich auf der anderen Seite des vollbesetzten Raums Tom Buchanan.

»Kommen Sie kurz mit mir«, sagte ich. »Ich muss jemanden begrüßen.«

Als er uns sah, sprang Tom auf und kam uns mehrere Schritte entgegen.

»Wo warst du die ganze Zeit?«, fragte er aufgeregt. »Daisy schäumt vor Wut, weil du dich nicht gemeldet hast.«

»Darf ich vorstellen: Mr. Gatsby, Mr. Buchanan.«

Sie schüttelten einander kurz die Hand, und ein gequälter, ungewohnter Ausdruck der Verlegenheit glitt über Gatsbys Gesicht.

»Wie ist es dir ergangen?«, fragte mich Tom. »Wieso kommst du zum Essen in diese Gegend?«

»Ich war mit Mr. Gatsby verabredet –«

Ich drehte mich zu Mr. Gatsby um, doch er war nicht mehr da.

Eines Tages im Oktober 1917 –

(sagte Jordan Baker an jenem Nachmittag, während sie auf einem geraden Stuhl sehr gerade im Teegarten des Plaza-Hotels saß)

– lief ich halb auf dem Gehweg, halb auf dem Rasen, ich weiß nicht mehr, wohin. Ich lief lieber auf Rasen, weil ich Schuhe aus England mit Gumminoppen trug, die sich in den weichen Boden gruben. Ich hatte auch einen neuen Faltenrock an, der ein wenig im Wind wehte, und jedes Mal, wenn das geschah, strafften sich die rot-weiß-blauen Fahnen vor allen Häusern und machten missbilligend *ts-ts-ts-ts*.

Die größte Fahne und der größte Rasen gehörten zu Daisy Fays Haus. Sie war gerade achtzehn, zwei Jahre älter als ich, und mit Abstand das begehrteste junge Mädchen in Louisville. Sie kleidete sich in Weiß und hatte einen kleinen weißen Roadster, und den ganzen Tag über klingelte bei ihr das Telefon, weil aufgeregte junge Offiziere vom Camp Taylor um die Gunst bitten wollten, sie an diesem Abend – »wenigstens für eine Stunde!« – ganz für sich allein zu haben.

Als ich an diesem Morgen auf der Höhe ihres Hauses ankam, parkte der weiße Roadster am Randstein, und sie saß mit einem Leutnant darin, den ich noch nie gesehen hatte. Die beiden waren so ineinander versunken, dass sie mich erst bemerkten, als ich zwei Meter entfernt von ihnen stehen blieb.

»Hallo, Jordan«, rief sie unerwartet. »Komm doch mal her.«

Es schmeichelte mir, dass sie mit mir sprechen wollte, denn unter allen älteren Mädchen bewunderte ich *sie* am allermeisten. Sie fragte mich, ob ich zum Roten Kreuz gehen und Verbände machen würde. Ja, sagte ich. Ach, ob ich dort wohl Bescheid geben könne, dass sie heute nicht kommen werde? Der Offizier schaute Daisy so an, wie jedes junge Mädchen einmal angeschaut werden möchte, und weil ich es so romantisch fand, habe ich diesen Vorfall bis heute im Gedächtnis behalten. Er hieß Jay Gatsby, und ich sah ihn danach über vier Jahre nicht wieder; selbst als ich ihm jetzt auf Long Island begegnete, merkte ich nicht, dass es derselbe Mann war.

Das war 1917. Im darauffolgenden Jahr hatte ich selber ein paar Verehrer und begann, Turniere zu spielen, deshalb traf ich Daisy nicht allzu oft. Sie verkehrte mit etwas älteren Leuten – wenn sie überhaupt mit jemandem verkehrte. Es kursierten wilde Gerüchte über sie; angeblich hatte ihre Mutter sie eines Nachts mitten im Winter dabei ertappt, wie sie ihre Tasche packte, um nach New York zu fahren und einem Soldaten Lebewohl zu sagen, der sich nach Europa einschiffen wollte; daran konnte sie zwar gehindert werden, aber dafür sprach sie wochenlang kein Wort mehr mit ihrer Familie. Danach amüsierte sie sich nicht mehr mit den Soldaten, sondern bloß noch mit ein paar plattfüßigen, kurzsichtigen Männern aus der Stadt, die keine Aussicht hatten, überhaupt zum Militärdienst zu kommen.

Im Herbst darauf war sie wieder vergnügt, vergnügt wie eh und je. Nach dem Waffenstillstand feierte sie ihr Debüt, und im Februar verlobte sie sich dem Vernehmen nach mit einem Mann aus New Orleans. Im Juni heiratete sie Tom Buchanan aus Chicago, mit mehr Pomp und Gepränge, als Louisville es je zuvor erlebt hatte. Er kam mit einhundert Leuten in vier privaten Eisenbahnwaggons angereist und mietete eine ganze Etage des Seelbach-Hotels, und einen Tag vor der Hochzeit schenkte er ihr eine Perlenkette, deren Wert auf dreihundertundfünfzigtausend Dollar geschätzt wurde.

Ich war eine der Brautjungfern. Als ich eine halbe Stunde vor dem Hochzeitsdiner in ihr Zimmer kam, lag sie in ihrem geblümten Kleid auf dem Bett, schön wie die Juninacht – und blau wie eine Strandhaubitze. In der einen Hand hielt sie eine Flasche Sauterne und in der anderen einen Brief.

»›glückwünsch mich mal«, murmelte sie. »Hab noch nie was getrunken, aber 's tut ja sooo gut.«

»Was ist los, Daisy?«

Sie jagte mir Angst ein, das kann ich Ihnen sagen; ich hatte noch nie ein Mädchen in so einem Zustand gesehen.

»Hier, Süße.« Sie wühlte in einem Papierkorb, den sie bei sich im Bett hatte, und zog die Perlenkette heraus. »Nimm sie mit runter, und gib sie dem Kerl wieder, dem sie gehört. Und sag all'n, Daisy hat sich's anders überlegt. Sag: ›Daisy hat sich's anders überlegt!‹«

Sie fing an zu weinen – sie weinte und weinte. Ich rannte hinaus und holte das Dienstmädchen ihrer Mutter, und wir schlossen die Tür ab und steckten sie in die kalte Badewanne. Den Brief wollte sie nicht hergeben. Sie nahm ihn mit in die Badewanne und drückte ihn zu einer nassen Kugel zusammen und erlaubte mir erst, ihn in die Seifenschale zu legen, als sie sah, dass er sich in kleine Flöckchen auflöste wie Schnee.

Aber sie sagte kein Wort mehr. Wir gaben ihr Salmiakgeist und legten ihr Eiswürfel auf die Stirn und hakten sie wieder in ihr Kleid ein, und als wir eine halbe Stunde später aus dem Zimmer gingen, trug sie die Perlen um den Hals, und der Zwischenfall war vorüber. Am nächsten Tag, nachmittags um fünf, heiratete sie Tom Buchanan, ohne auch nur mit der Wimper zu zucken, und kurz darauf brachen sie zu einer dreimonatigen Reise in die Südsee auf.

Ich traf sie nach ihrer Rückkehr in Santa Barbara wieder, und ich glaube, ich hatte noch nie ein Mädchen gesehen, das so verrückt nach ihrem Mann war wie sie. Wenn er nur für eine Minute das Zimmer verließ, schaute sie sich schon nervös um, fragte: »Wo ist Tom?«, und behielt einen völlig abwesenden Blick, bis sie ihn wieder zur Tür hereinkommen sah. Seinen Kopf in ihrem Schoß, konnte sie stundenlang im Sand sitzen, ihm über die Augen streichen und ihn mit grenzenlosem Entzücken betrachten. Es war rührend, die beiden zusammen zu sehen – man konnte nicht umhin, verstohlen und fasziniert zu lachen. Das war im August. Eine Woche nachdem ich Santa Barbara verlassen hatte, stieß Tom auf der Ventura Road mit einem Lieferwagen zusammen, und dabei löste sich eins seiner Vorderräder. Das Mädchen, das bei ihm war, kam ebenfalls in die Zeitung, weil es sich den Arm gebrochen hatte – es war eins der Zimmermädchen aus dem Santa Barbara Hotel.

Im April des darauffolgenden Jahres brachte Daisy ihre kleine Tochter zur Welt, und sie zogen alle drei für ein Jahr nach Frankreich. Im Frühjahr traf ich sie in Cannes und später in Deauville; dann kamen sie nach Chicago zurück. Daisy war sehr beliebt in Chicago, wie Sie wissen. Die beiden verkehrten mit lauter leichtlebigen, jungen, reichen, wilden Leuten, aber Daisys Ruf blieb absolut makellos. Vielleicht, weil sie nichts trinkt. Es ist ein großer Vorteil, unter schweren Trinkern nichts zu trinken. Man sagt einfach kein Wort und hält sich mit jedem eigenen kleinen Fehltritt zurück, bis alle anderen so blind sind, dass sie's gar nicht mitkriegen oder sich nicht mehr drum scheren. Vielleicht machte Daisy sich auch gar nichts aus der Liebe – und doch ist da etwas in ihrer Stimme ...

Vor ungefähr sechs Wochen hörte sie zum ersten Mal seit Jahren wieder den Namen Gatsby – das war, als ich Sie fragte, ob Sie in West Egg einen Gatsby kennen, wissen Sie noch? Nachdem Sie gegangen waren, kam sie in mein Zimmer, weckte mich auf und fragte mich: »Welchen Gatsby?«, und als ich ihn ihr – halb im Schlaf – beschrieb, sagte sie mit einer ganz sonderbaren Stimme, dass es derselbe sein müsse, den sie früher einmal gekannt habe. Erst da brachte ich diesen Gatsby mit dem Offizier in ihrem weißen Auto zusammen.

Als Jordan mit ihrer Geschichte zu Ende war, saßen wir nicht mehr im Plaza, sondern fuhren seit einer halben Stunde in einer Victoria-Kutsche durch den Central Park. Die Sonne war hinter den hohen Apartmenthäusern der Filmstars in den West Fifties untergegangen, und die hellen Stimmen kleiner Mädchen, die sich wie die Grillen auf dem Gras versammelt hatten, stiegen durch das heiße Dämmerlicht empor:

>*I'm the Sheik of Araby*
Your love belongs to me.
At night when you're asleep,
Into your tent I'll creep – – –«

»Das war ja ein merkwürdiger Zufall«, sagte ich.

»Aber es war gar kein Zufall.«

»Wieso nicht?«

»Gatsby hat das Haus gekauft, weil er wusste, dass Daisy gleich gegenüber auf der anderen Seite der Bucht wohnt.«

Dann waren es also nicht nur die Sterne gewesen, nach denen er in jener Juninacht gegriffen hatte. Er wurde plötzlich lebendig für mich, aus dem Schoß seines sinnlosen Reichtums entbunden.

»Er möchte Sie fragen«, fuhr Jordan fort, »ob Sie Daisy an irgendeinem Nachmittag einmal zu sich einladen könnten und ihm dann gestatten würden vorbeizuschauen.«

Die Bescheidenheit der Bitte erschütterte mich. Er hatte fünf Jahre lang gewartet und ein Anwesen gekauft, auf dem er Sternenlicht an einen Schwarm von Nachtfaltern verschwendete – nur damit er an irgendeinem Nachmittag im Garten eines Fremden »vorbeischauen« konnte.

»Musste ich all das wissen, ehe er mich um einen so kleinen Gefallen bitten konnte?«

»Er hat Angst. Er hat so lange gewartet. Und Sie hätten sich ja beleidigt fühlen können. Im Grunde genommen ist er ein ganz zäher Bursche, wissen Sie.«

Irgendetwas behagte mir nicht.

»Warum hat er Sie nicht gebeten, ein Treffen zu arrangieren?«

»Er möchte, dass sie sein Haus sieht«, erklärte sie. »Und Ihres liegt direkt nebenan.«

»Ach!«

»Ich glaube, er hatte halb damit gerechnet, sie würde eines Abends auf einer seiner Partys bei ihm hereingeschneit kommen«, fuhr Jordan fort, »aber das geschah nicht. Dann begann er, beiläufig die Leute zu fragen, ob sie sie kannten, und ich war die Erste, die er fand. Das war an jenem Tanzabend, als er nach mir schickte, und Sie hätten mal hören sollen, wie er um den heißen Brei herumredete. Ich schlug natürlich sofort ein Mittagessen in New York vor – worauf er fast durchdrehte:

›Ich möchte keinerlei Umstände!‹, sagte er immer wieder. ›Ich möchte sie gleich hier nebenan treffen.‹

Als ich ihm sagte, Sie seien ein guter Freund von Tom, wollte er die ganze Idee schon verwerfen. Er weiß nicht viel über Tom, obwohl er sagt, er habe jahrelang eine Chicagoer

Zeitung gelesen, nur um vielleicht irgendwann einmal Daisys Namen zu entdecken.«

Inzwischen war es dunkel geworden, und als wir unter einer kleinen Brücke hindurchtauchten, legte ich meinen Arm um Jordans goldene Schulter, zog sie an mich und bat sie, mit mir essen zu gehen. Auf einmal dachte ich nicht mehr an Daisy und Gatsby, sondern an diese saubere, harte, begrenzte Person, die allem und jedem mit Skepsis begegnete und sich jetzt voller Anmut genau in meine Armbeuge lehnte. Mit fast berauschender Erregung hörte ich einen Satz in meinen Ohren pulsieren: »Es gibt nur die Gejagten und die Jäger, die Emsigen und die Müden.«

»Daisy muss doch auch etwas vom Leben haben«, murmelte Jordan mir zu.

»Möchte sie Gatsby denn sehen?«

»Sie soll es gar nicht erfahren. Gatsby möchte nicht, dass sie es vorher erfährt. Sie sollen sie nur zum Tee einladen.«

Wir ließen eine Barriere aus dunklen Bäumen hinter uns, und dann strahlte die Häuserfront der Neunundfünfzigsten Straße, ein Quader aus zartem blassem Licht, in den Park hinab. Anders als Gatsby und Tom Buchanan hatte ich kein Mädchen, dessen körperloses Gesicht mich aus den dunklen Mauern und grellen Schildern anblickte, und so nahm ich das Mädchen neben mir noch fester in den Arm. Ihr fahler, spöttischer Mund lächelte, und so zog ich sie erneut an mich, dieses Mal dicht an mein Gesicht.

5

Als ich in jener Nacht nach West Egg zurückkam, fürchtete ich einen Moment lang, mein Haus stehe in Flammen. Zwei Uhr früh, und der ganze Teil der Halbinsel erstrahlte in unwirklichem Licht, das auf Büsche und Sträucher fiel und sich in dünnen, glitzernden Fäden auf die Telegraphendrähte legte. Ich bog um eine Ecke und sah Gatsbys Haus vom Turm bis zum Keller erleuchtet.

Zuerst dachte ich, es sei wieder eine Party im Gange und die außer Rand und Band geratene Gesellschaft spiele im ganzen Haus Verstecken oder Sardinendose. Doch es war kein Laut zu hören. Nur der Wind in den Bäumen, der in die Drähte blies und die Lichter aus- und wieder angehen ließ, als hätte das Haus in die Finsternis hineingeblinzelt. Als mein Taxi davonbrummte, sah ich Gatsby über seinen Rasen zu mir kommen.

»Bei Ihnen sieht's ja aus wie auf der Weltausstellung«, sagte ich.

»Ja?« Er blickte sich gedankenverloren nach seinem Haus um. »Ich habe bloß in ein paar Zimmer reingeschaut. Fahren wir nach Coney Island, alter Knabe. Mit meinem Wagen.«

»Es ist zu spät.«

»Oder wir springen in den Swimmingpool. Ich habe ihn den ganzen Sommer über noch nicht benutzt.«

»Ich muss ins Bett.«

»Gut.«

Er wartete und schaute mich mit mühsam unterdrückter Ungeduld an.

»Ich habe mit Miss Baker gesprochen«, sagte ich nach einer kleinen Pause. »Morgen rufe ich Daisy an und lade sie zum Tee ein.«

»Oh, schon gut«, sagte er obenhin. »Ich möchte Ihnen keinerlei Umstände machen.«

»An welchem Tag passt es Ihnen?«

»An welchem Tag passt es *Ihnen*?«, korrigierte er mich rasch. »Ich möchte Ihnen wirklich keinerlei Umstände machen.«

»Wie wär's mit übermorgen?«

Er überlegte einen Augenblick. Dann sagte er etwas betreten: »Ich würde gerne das Gras mähen lassen.«

Wir schauten beide auf das Gras – eine scharfe Linie verlief dort, wo mein verwildertes Stück Wiese endete und seine dunklere, gepflegte Rasenfläche begann. Ich nahm an, dass er mein Gras meinte.

»Da ist noch eine Kleinigkeit«, sagte er unschlüssig und zögerte.

»Möchten Sie es lieber um ein paar Tage verschieben?«

»O nein, darum geht es nicht. Wenigstens ...« Er verhedderte sich in einer Reihe von Satzanfängen. »Nun ja, ich dachte ... Schauen Sie, alter Knabe, Sie verdienen doch nicht viel, oder?«

»Nicht sehr viel, nein.«

Das schien ihm Mut zu machen, und er fuhr selbstsicherer fort.

»Das dachte ich mir, wenn Sie entschuldigen, dass ich so … Wissen Sie, ich betreibe nebenbei noch ein kleines Geschäft, eine Art Nebengewerbe, falls Sie verstehen, was ich meine. Und da dachte ich mir, wenn Sie nicht viel verdienen … Sie handeln doch mit Wertpapieren, nicht wahr, alter Knabe?«

»Ich bemühe mich.«

»Nun, dann dürfte die Sache Sie interessieren. Würde Sie nicht viel Zeit kosten und womöglich ein hübsches Sümmchen abwerfen. Es handelt sich um eine sehr vertrauliche Angelegenheit.«

Heute weiß ich, dass dieses Gespräch unter anderen Umständen ein Wendepunkt in meinem Leben hätte sein können. Doch da das Angebot ganz unverhohlen und taktlos als Gegenleistung für einen Gefallen meinerseits gemeint war, blieb mir keine andere Wahl, als Gatsby sofort eine Abfuhr zu erteilen.

»Ich habe alle Hände voll zu tun«, sagte ich. »Das ist sehr freundlich von Ihnen, aber ich kann keine weitere Arbeit annehmen.«

»Es hat nichts mit Wolfshiem zu tun.« Offenbar glaubte er, ich scheue vor den beim Mittagessen erwähnten »Gondagden« zurück, doch ich versicherte ihm, dass er sich täusche. Er blieb noch einen Augenblick, wohl in der Hoffnung, ich würde eine Unterhaltung anfangen, aber ich war zu sehr in meine eigenen Gedanken versunken, um mich darauf einzulassen, und so ging er widerstrebend nach Hause.

Der Abend hatte mich benommen und glücklich gemacht; ich glaube, ich sank in Tiefschlaf, kaum dass ich mein Haus betreten hatte. Deshalb vermag ich nicht zu sagen, ob Gatsby nach Coney Island fuhr oder nicht und wie viele Stunden lang er noch »in ein paar Zimmer reinschaute«, während sein Haus fröhlich weiter vor sich hin strahlte. Am nächsten Morgen rief ich vom Büro aus Daisy an und lud sie zum Tee ein.

»Lass Tom zu Hause«, mahnte ich.

»Wie bitte?«

»Lass Tom zu Hause.«

»Wer ist ›Tom‹?«, fragte sie unschuldig.

Am Tag der Verabredung regnete es in Strömen. Um elf Uhr klopfte ein Mann im Regenmantel an meine Tür. Er hatte einen Rasenmäher dabei und teilte mir mit, Mr. Gatsby habe ihm aufgetragen, das Gras bei mir zu schneiden. Da fiel mir ein, dass ich meiner Finnin nicht Bescheid gegeben hatte, und so fuhr ich nach West Egg Village, um in den nassen, gekalkten Gassen nach ihr zu suchen und ein paar Tassen, Zitronen und Blumen zu kaufen.

Die Blumen erwiesen sich als überflüssig, denn um zwei Uhr schickte Gatsby ein ganzes Gewächshaus herüber, einschließlich unzähliger Gefäße, auf die es verteilt werden sollte. Eine Stunde später wurde ungestüm die Haustür aufgestoßen, und Gatsby stürmte herein, bekleidet mit einem weißen Flanellanzug, einem silbernen Hemd und einer goldenen Krawatte. Er war blass und hatte dunkle Spuren der Schlaflosigkeit unter den Augen.

»Ist alles bereit?«, erkundigte er sich unverzüglich.

»Das Gras sieht gut aus, falls Sie das meinen.«

»Welches Gras?«, fragte er verständnislos. »Ach so, das Gras im Garten.« Er schaute aus dem Fenster, doch seinem

Gesichtsausdruck nach zu urteilen, nahm er nicht das Geringste wahr.

»Sieht sehr gut aus«, bemerkte er zerstreut. »In irgendeiner Zeitung stand, es werde gegen vier Uhr aufhören zu regnen. Ich glaube, es war *The Journal.* Haben Sie alles, was Sie für – für so einen Tee brauchen?«

Ich führte ihn in den Anrichteraum, wo er die Finnin mit einem leicht vorwurfsvollen Blick bedachte. Gemeinsam begutachteten wir die zwölf Zitronentortenstücke aus dem Delikatessengeschäft.

»Ist das recht so?«, fragte ich.

»Natürlich, natürlich! Vollkommen!«, antwortete er und schob ein etwas tönernes »... alter Knabe« hinterher.

Der Regen ließ gegen halb vier nach und verwandelte sich in einen feuchten Dunst, durch den hier und da feine, taugleiche Tropfen trieben. Gatsby blätterte mit leerem Blick in Clays *Economics,* schrak zusammen, wenn der finnische Schritt den Küchenboden erschütterte, und spähte von Zeit zu Zeit zu den beschlagenen Fenstern, als trügen sich draußen eine Reihe unsichtbarer, aber alarmierender Begebenheiten zu. Schließlich stand er auf und teilte mir mit unsicherer Stimme mit, er gehe jetzt nach Hause.

»Warum das?«

»Weil niemand zum Tee kommt. Es ist zu spät!« Er schaute auf seine Uhr, als würde er an anderer Stelle dringend gebraucht. »Ich kann nicht den ganzen Tag warten.«

»Seien Sie nicht albern; es ist erst zwei Minuten vor vier.«

Kleinlaut setzte er sich wieder hin, als hätte ich ihn dazu genötigt, und im selben Augenblick hörten wir draußen das Geräusch eines in die Einfahrt biegenden Motors. Wir sprangen beide auf, und ich ging – inzwischen selber schon ein bisschen nervös – hinaus in den Garten.

Zwischen den tropfenden, kahlen Fliederbüschen kam ein großer offener Wagen den Weg herauf und hielt an. Daisy neigte das Gesicht unter ihrem dreieckigen, lavendelfarbenen Hut seitwärts und schaute mich ekstatisch lächelnd an.

»Ist es absolut wahr, dass du hier wohnst, mein Allerliebster?«

Das belebende Geplätscher ihrer Stimme war in dem Regen ein exotisches Tonikum. Ich folgte ihrem Auf und Ab eine Weile nur mit dem Ohr, ehe irgendein Wort zu mir durchdrang. Eine feuchte Haarsträhne lag wie ein blauer Farbstrich quer über Daisys Wange, und als ich ihr aus dem Wagen half, war ihre Hand vor lauter glitzernden Tropfen ganz nass.

»Bist du in mich verliebt?«, flüsterte sie mir ins Ohr. »Oder warum sollte ich allein kommen?«

»Das ist das Geheimnis von Schloss Rackrent. Sag deinem Chauffeur, er soll weit wegfahren und eine Stunde lang fortbleiben.«

»Kommen Sie in einer Stunde wieder, Ferdie.« Und dann mit feierlich gedämpfter Stimme: »Er heißt Ferdie.«

»Greift das Benzin seine Nase an?«

»Ich glaube nicht«, sagte sie treuherzig. »Warum?«

Wir gingen hinein. Zu meiner grenzenlosen Überraschung war das Wohnzimmer leer.

»Nanu, das ist aber komisch!«, rief ich aus.

»Was ist komisch?«

Sie wandte den Kopf, weil es leise und diskret an der Haustür klopfte. Ich ging hinaus und öffnete. Totenbleich, die Hände wie Gewichte tief in den Jackentaschen vergraben, stand Gatsby in einer Wasserpfütze und starrte mir mit tragischem Blick in die Augen.

Ohne die Hände aus den Taschen zu nehmen, stakste er an mir vorbei in die Diele, bog wie aufgezogen ruckartig um die Ecke und verschwand im Wohnzimmer. Es war kein bisschen komisch. Ich spürte mein eigenes Herz heftig schlagen und zog die Tür gegen den stärker werdenden Regen ins Schloss.

Eine halbe Minute lang blieb es still. Dann hörte ich aus dem Wohnzimmer ersticktes Gemurmel und etwas von einem Lachen, gefolgt von Daisys hell und künstlich klingender Stimme.

»Ich freue mich wirklich ganz schrecklich, dich wiederzusehen.«

Eine Pause; sie dauerte entsetzlich lange. Da ich nichts in der Diele zu tun hatte, ging ich zu ihnen ins Zimmer.

Gatsbys Hände steckten immer noch in seinen Jackentaschen. Er lehnte am Kaminsims und mimte angestrengt vollkommene Gelassenheit oder gar Langeweile. Er hatte sich so weit nach hinten gebeugt, dass sein Kopf am Zifferblatt einer alten, kaputten Kaminuhr ruhte, und von dort blickten seine traurigen Augen zu Daisy hinab, die schüchtern, aber voller Anmut auf der Kante eines harten Stuhls saß.

»Wir kennen uns von früher«, murmelte Gatsby. Sein Blick wanderte kurz zu mir, und seine Lippen öffneten sich in dem vergeblichen Bemühen, ein Lachen zustande zu bringen. Glücklicherweise begann die Uhr sich just in diesem Moment unter dem Druck seines Kopfes gefährlich zu neigen, und er drehte sich um, fing sie mit zitternden Fingern auf und stellte sie wieder an ihren Platz. Dann setzte er sich aufs Sofa und stützte verkrampft einen Ellbogen auf die Armlehne und das Kinn in die Hand.

»Tut mir leid wegen der Uhr«, sagte er.

Mein Gesicht hatte inzwischen die Farbe eines tropischen Sonnenbrands angenommen. Von den tausend Gemeinplätzen in meinem Kopf wollte mir kein einziger über die Lippen kommen.

»Es ist eine alte Uhr«, erklärte ich ihnen wie ein Idiot.

Ich glaube, einen Moment lang waren wir alle davon überzeugt, sie sei auf dem Boden in Stücke zersprungen.

»Wir haben uns viele Jahre nicht gesehen«, sagte Daisy, und ihre Stimme klang so sachlich, wie es nur irgend möglich schien.

»Fünf Jahre im November.«

Seine Antwort kam derart automatisch, dass wir noch einmal mindestens eine Minute lang in Schweigen versanken. Gerade hatte ich beide mit dem verzweifelten Vorschlag, sie könnten mir in der Küche beim Teekochen helfen, zum Aufstehen gebracht, als die teuflische Finnin den Tee schon auf einem Tablett hereinbrachte.

In dem willkommenen Durcheinander von Tassen und Torten nahmen wir alle wieder eine gewisse Haltung an. Gatsby zog sich ins Halbdunkel zurück, und während Daisy und ich uns unterhielten, schaute er mit wachen, unglücklichen Augen mal zu ihr, mal zu mir. Da jedoch eine solche Flaute nicht der Sinn der Sache war, entschuldigte ich mich bei der erstbesten Gelegenheit und stand auf.

»Wo gehen Sie hin?«, fragte er augenblicklich alarmiert.

»Ich bin gleich wieder da.«

»Ich muss kurz etwas mit Ihnen besprechen.«

Panisch folgte er mir in die Küche, schloss die Tür und flüsterte kläglich: »O Gott!«

»Was ist denn los?«

»Ich habe einen schrecklichen Fehler gemacht«, sagte er und schüttelte den Kopf, »einen schrecklichen, schrecklichen Fehler.«

»Sie sind bloß verlegen, das ist alles«, sagte ich und fügte zum Glück noch hinzu: »Daisy ist es auch.«

»Sie ist verlegen?«, wiederholte er ungläubig.

»Genauso wie Sie.«

»Reden Sie nicht so laut.«

»Sie benehmen sich wie ein kleiner Junge«, platzte ich ärgerlich heraus. »Und damit nicht genug – unhöflich sind Sie auch. Daisy sitzt da drinnen ganz allein.«

Er hob die Hand, um mich am Weiterreden zu hindern, und warf mir einen unvergesslich vorwurfsvollen Blick zu, ehe er behutsam die Tür öffnete und wieder im anderen Zimmer verschwand.

Ich ging zur Hintertür hinaus – genau wie Gatsby eine halbe Stunde zuvor, als er nervös die Flucht ergriffen hatte und ums Haus herumgelaufen war – und rannte unter einen riesigen, knorrigen schwarzen Baum, dessen dichtes Laub eine regenabweisende Plane über mir bildete. Es goss jetzt wieder in Strömen, und mein unebener Rasen, von Gatsbys Gärtner wohlgestutzt, war voll kleiner schlammiger Sümpfe und prähistorischer Marschen. Von meinem Standort aus gab es nichts weiter zu sehen als Gatsbys kolossales Haus, also starrte ich es eine halbe Stunde lang an wie Kant seinen

Kirchturm. Ein Bierbrauer hatte es vor zehn Jahren – als »Stilechtheit« gerade in Mode war – gebaut und den Nachbarn angeboten, fünf Jahre lang die Steuern für sie zu zahlen, wenn sie ihre Dächer mit Stroh decken ließen. Ihre Weigerung vereitelte womöglich seinen Plan, eine Dynastie zu gründen; danach ging es unaufhaltsam mit ihm bergab. Seine Kinder verkauften das Haus, als der schwarze Kranz noch an der Tür hing. Amerikaner mögen sich zwar gelegentlich bereitfinden, Leibeigene zu sein, aber zum Bauernstand wollten sie noch nie gehören.

Eine halbe Stunde später schien die Sonne wieder, und der Lieferwagen des Lebensmittelhändlers bog in Gatsbys Einfahrt ein und brachte die Zutaten für das Abendessen seines Personals – er selbst würde bestimmt keinen Bissen anrühren. Im ersten Stock des Hauses öffnete ein Zimmermädchen die Fenster, schaute aus jedem kurz heraus, lehnte sich aus einem großen, zentralen Erkerfenster und spuckte versonnen in den Garten. Ich war lange genug hier draußen geblieben. Der Regen hatte wie das Gemurmel ihrer Stimmen geklungen, die dann und wann im Aufruhr der Gefühle ein wenig an- und wieder abschwollen. Doch jetzt, da es draußen still geworden war, schien mir auch im Haus Stille eingekehrt zu sein.

Erst nachdem ich in der Küche allen möglichen Lärm gemacht hatte – den Herd ließ ich immerhin stehen –, ging ich zu ihnen hinein, aber ich glaube, sie hatten nicht das Geringste gehört. Sie saßen zusammen auf dem Sofa und schauten sich an, als sei eine Frage noch nicht beantwortet oder gestellt, und alle Anzeichen von Verlegenheit waren verschwunden. Daisys Gesicht war tränenverschmiert, und als ich hereinkam, sprang sie auf und wischte vor dem Spiegel mit einem Taschentuch daran herum. Mit Gatsby jedoch war eine schlechthin verblüffende Wandlung vor sich gegangen. Er glühte förmlich; ohne ein Wort oder eine Geste des Überschwangs strahlte er ein Wohlbehagen aus, das den kleinen Raum ganz und gar erfüllte.

»Ah, hallo, alter Knabe«, sagte er, als hätte er mich jahrelang nicht gesehen. Ich dachte schon, er würde mir gleich die Hand schütteln.

»Es hat aufgehört zu regnen.«

»Wirklich?« Als er begriff, wovon ich sprach, und die Sonne hell ins Zimmer blinzeln sah, lächelte er wie der Mann von der Wettervorhersage, wie ein euphorischer Schutzheiliger des wiederkehrenden Lichts, und wiederholte die Neuigkeit für Daisy: »Was sagst du dazu? Es hat aufgehört zu regnen.«

»Das freut mich, Jay.« Ihre Stimme war voll schmerzlicher, wehmütiger Schönheit und enthielt ihr ganzes unerwartetes Glück.

»Ich möchte, dass Sie und Daisy zu mir herüberkommen«, sagte er. »Ich würde ihr gerne alles zeigen.«

»Wollen Sie wirklich, dass ich mitkomme?«

»Absolut, alter Knabe.«

Daisy ging hinauf, um sich das Gesicht zu waschen – zu spät erinnerte ich mich beschämt meiner Handtücher –, während Gatsby und ich draußen auf dem Rasen warteten.

»Mein Haus sieht gut aus, nicht wahr?«, fragte er. »Schauen Sie nur, wie die ganze Fassade in der Sonne leuchtet.«

Ich sagte ihm, es sei fabelhaft.

»Ja.« Sein Blick wanderte über jeden Türbogen und jeden quadratischen Turm. »Ich habe nur drei Jahre gebraucht, bis ich das Geld dafür zusammenhatte.«

»Ich dachte, Sie hätten Ihr Geld geerbt.«

»Habe ich auch, alter Knabe«, antwortete er automatisch, »aber das meiste davon habe ich in der großen Panik – der Panik des Krieges – wieder verloren.«

Ich glaube, er wusste kaum, was er redete, denn als ich ihn fragte, in welcher Branche er tätig sei, sagte er: »Das ist meine Sache«, ehe er merkte, dass das keine angemessene Antwort war.

»Ach, ich habe mal dies und mal das gemacht«, korrigierte er sich. »Zuerst war ich in der Arzneimittelbranche, dann in der Ölbranche. Aber jetzt bin ich in keiner von beiden.« Er schaute mich aufmerksamer an. »Heißt das, Sie haben noch einmal über mein Angebot von neulich Abend nachgedacht?«

Ehe ich antworten konnte, kam Daisy aus dem Haus, und die zwei Reihen Messingknöpfe an ihrem Kleid funkelten im Sonnenlicht.

»Diese Riesenvilla da?«, rief sie und zeigte mit dem Finger darauf.

»Gefällt sie dir?«

»Sie ist herrlich, aber ich begreife nicht, wie du ganz allein dort leben kannst.«

»Ich sorge dafür, dass sie Tag und Nacht voller interessanter Leute ist. Voller Leute, die interessante Dinge tun. Berühmter Leute.«

Anstatt die Abkürzung am Sund entlang zu nehmen, gingen wir über die Straße und betraten sein Grundstück durch das große Seitentor. In betörendem Flüsterton bewunderte Daisy diese oder jene Ansicht der herrschaftlichen Silhouette vor dem Himmel, bewunderte den Garten, den prickelnden Duft der Jonquillen, den schaumigen Duft der Weißdorn- und Pflaumenblüten, den blassgoldenen Duft der Vergissmeinnicht. Es war sonderbar, am Fuß der Marmortreppe angelangt, keine leuchtenden Kleider zur Tür hinein- oder herausflattern zu sehen und nichts zu hören außer den Vogelstimmen in den Bäumen.

Und während wir drinnen durch Musikzimmer im Stile Marie-Antoinettes und Salons im Stile der Restauration wanderten, war mir, als hielten sich Gäste hinter jedem Sofa und jedem Tisch verborgen und hätten Order, stillzuhalten und nicht zu atmen, bis wir wieder fort waren. Als Gatsby die Tür zur »Merton-College-Bibliothek« hinter uns schloss, hätte ich schwören können, den eulenäugigen Mann in gespenstisches Gelächter ausbrechen zu hören.

Dann gingen wir die Treppe hinauf, kamen durch stilecht möblierte, in rosarote und lavendelfarbene Seide gehüllte Schlafzimmer, in denen frische Blumen leuchteten, durch Ankleidezimmer und Billardzimmer und Bäder mit eingebauten Wannen – und platzten bei einem zerzausten Mann im Pyjama hinein, der auf dem Boden lag und seine Leberübungen machte.

Es war Mr. Klipspringer, der »Kostgänger«. Ich hatte ihn am Morgen hungrig am Strand entlangwandern sehen. Schließlich gelangten wir in Gatsbys Privatgemächer – ein Schlafzimmer, ein Badezimmer und ein Büro, wo wir Platz nahmen und ein Glas Chartreuse tranken, den er aus einem Wandschrank hervorholte.

Er hatte die ganze Zeit keinen Blick von Daisy gewandt, und ich glaube, er bewertete alles in seinem Haus noch einmal nach der Reaktion, die er ihr an den angebeteten Augen ablas. Manchmal starrte er auch wie benommen auf all sein Hab und Gut, als wäre in Daisys tatsächlicher, wundersamer Gegenwart nichts mehr davon real. Einmal stolperte er beinahe eine Treppe hinunter.

Sein Schlafzimmer war von allen Zimmern das schlichteste – einmal abgesehen von der Toilettengarnitur aus purem Mattgold auf seiner Frisierkommode. Hingerissen griff Daisy nach der Bürste und strich sich damit übers Haar, worauf Gatsby sich setzte, die Hand über die Augen legte und zu lachen anfing.

»Es ist urkomisch, alter Knabe!« Er war ganz außer sich. »Ich kann gar nicht ... Wenn ich versuche ...«

Er war deutlich sichtbar von einem Gemütszustand in den anderen übergewechselt, und nun gelangte er in einen dritten: Nach der Verlegenheit und der blinden Freude überwältigte ihn das Staunen über ihre Gegenwart. Er war so lange von der bloßen Vorstellung erfüllt gewesen, hatte sie ganz bis zu Ende geträumt und sozusagen mit zusammengebissenen Zähnen in unermesslich hoher Anspannung gewartet. Jetzt löste sich etwas in ihm und kreiste wie die Zeiger einer überdrehten Uhr rückwärts.

Nach einer Minute fing er sich wieder und öffnete zwei gewaltige lackierte Schränke für uns. Darin befanden sich seine gesammelten Anzüge, Morgenmäntel und Krawatten sowie etliche Stapel von je einem Dutzend Hemden, die wie Ziegelsteine aufeinandergeschichtet waren.

»Ich habe in England jemanden, der für mich einkauft.

Er schickt mir zu Beginn jeder Saison, im Frühjahr und im Herbst, eine Auswahl von Kleidern.«

Er nahm einen Stapel Hemden heraus und warf sie eins nach dem anderen vor uns hin, Hemden aus reinem Leinen, dicker Seide und feinem Flanell, die sich im Fallen entfalteten und in einem vielfarbigen Durcheinander über den Tisch verteilten. Während wir sie bewunderten, holte er weitere heraus, und der weiche, verschwenderische Haufen wurde immer höher – Hemden mit Streifen, Schnörkeln und Karos, korallenrote, apfelgrüne, lavendel- oder blassorangefarbene mit Monogrammen in Indisch-Blau. Plötzlich barg Daisy mit einem gequälten Laut den Kopf in den Hemden und begann stürmisch zu weinen.

»Es sind so wunderschöne Hemden«, schluchzte sie in die dicken Stoffe hinein. »Das macht mich furchtbar traurig – ich habe noch nie zuvor so … so wunderschöne Hemden gesehen.«

Nachdem er uns das Haus gezeigt hatte, sollten wir eigentlich das Grundstück und den Swimmingpool und das Wasserflugzeug und die Sommerblumen besichtigen – doch draußen vor Gatsbys Fenster begann es wieder zu regnen, und so standen wir in einer Reihe und blickten auf die geriffelte Oberfläche des Sunds.

»Wenn der Nebel nicht wäre, könnten wir auf der anderen Seite der Bucht euer Haus sehen«, sagte Gatsby. »Am Ende eures Stegs leuchtet die ganze Nacht über ein grünes Licht.«

Daisy schob plötzlich ihren Arm unter seinen, doch Gatsby sann offenbar noch über das nach, was er eben gesagt hatte. Vielleicht dämmerte ihm, dass die ungeheure Bedeutung dieses Lichts jetzt für immer dahin war. Gemessen an der enormen Distanz, die ihn von Daisy getrennt hatte, war das Licht ihr so nah gewesen, dass es sie fast zu berühren schien; es schien ihr so nah zu sein wie ein Stern dem Mond. Jetzt hatte es sich in ein grünes Licht an einem Steg zurückverwandelt. Seine Sammlung verzauberter Gegenstände war um ein Stück kleiner geworden.

Ich lief im Zimmer umher und inspizierte einige im Halbdunkel nur undeutlich erkennbare Dinge. An der Wand über seinem Schreibtisch hing eine große Fotografie von einem älteren Mann in Segelkleidung, die mein Interesse erregte.

»Wer ist das?«

»Das? Das ist Mr. Dan Cody, alter Knabe.«

Der Name klang entfernt vertraut.

»Er lebt nicht mehr. Er war einmal mein bester Freund.«

Auf dem Sekretär stand ein kleines Bild von Gatsby selbst – Gatsby, ebenfalls in Segelkleidung, mit herausfordernd in den Nacken geworfenem Kopf –, aufgenommen, als er ungefähr achtzehn war.

»Wie herrlich!«, rief Daisy aus. »Die Pompadourfrisur! Du hast mir nie erzählt, dass du mal eine Pompadourfrisur hattest – oder eine Jacht!«

»Schau mal«, sagte Gatsby rasch. »Hier sind lauter Zeitungsausschnitte – über dich.«

Seite an Seite betrachteten sie sie. Ich wollte gerade fragen, ob ich die Rubine sehen könne, da klingelte das Telefon, und Gatsby nahm den Hörer ab.

»Ja … Nein, ich kann jetzt nicht reden, alter Knabe …

Ich sagte doch, eine *kleine* Stadt ... Er wird wohl wissen, was eine kleine Stadt ist ... Also, wenn er Detroit für eine kleine Stadt hält, ist er für uns von keinerlei Nutzen ...«

Er legte auf.

»Komm her, *schnell*!«, rief Daisy vom Fenster aus.

Es regnete immer noch, aber im Westen riss der Himmel auf, und über dem Meer bauschten sich rosa und golden die schaumigen Wolken.

»Schau dir das an«, flüsterte sie, und kurz darauf: »Am liebsten würde ich eine dieser rosa Wolken herholen, dich hineinstecken und darin herumschieben.«

Da versuchte ich mich zu verabschieden, aber sie wollten nichts davon hören; vielleicht konnten sie besser miteinander allein sein, solange ich da war.

»Ich weiß, was wir machen«, sagte Gatsby. »Wir bitten Klipspringer, Klavier zu spielen.«

Er ging aus dem Zimmer, und wir hörten ihn »Ewing!« rufen. Ein paar Minuten später kehrte er in Begleitung eines verlegenen, etwas müden jungen Mannes mit Schildpattbrille und spärlichem blondem Haar zurück. Er trug jetzt ordentliche Kleidung, ein »Sporthemd« mit offenem Kragen, Turnschuhe und Segeltuchhosen von einem nebelhaften Farbton.

»Haben wir Sie bei Ihren Übungen gestört?«, fragte Daisy höflich.

»Ich habe geschlafen«, jammerte Mr. Klipspringer in höchster Verlegenheit. »Das heißt, ich *hatte* geschlafen. Dann bin ich aufgestanden –«

Gatsby schnitt ihm das Wort ab. »Klipspringer spielt Klavier«, sagte er.

»Nicht wahr, Ewing? Alter Knabe?«

»Ich spiele nicht gut. Ich spiele – eigentlich fast nie. Ich bin ganz aus der Üb –«

»Lasst uns runtergehen«, unterbrach ihn Gatsby. Er legte einen Schalter um. Die grauen Fenster verschwanden, und das Haus füllte sich mit strahlendem Licht.

Im Musikzimmer knipste Gatsby eine einzelne Lampe neben dem Klavier an. Er gab Daisy mit zitterndem Streichholz Feuer und führte sie zu einem Sofa am anderen Ende des Raums, wo kein Licht war außer dem Schimmer, den der glänzende Fußboden von der Halle hereinwarf.

Nachdem Klipspringer *The Love Nest* gespielt hatte, drehte er sich auf dem Klavierhocker herum und spähte unglücklich ins Halbdunkel, wo er Gatsby auszumachen versuchte.

»Ich bin ganz aus der Übung. Ich habe Ihnen ja gesagt, dass ich nicht spielen kann. Ich bin ganz aus der Üb –«

»Reden Sie nicht so viel, alter Knabe«, befahl Gatsby. »Spielen Sie!«

> *In the morning,*
> *in the evening*
> *Ain't we got fun …*

Draußen blies laut der Wind, und ferner Donner rollte über den Sund. In West Egg gingen alle Lichter an; die elektrischen Züge mit ihrer Menschenfracht stampften von New York durch den Regen nach Hause. Es war die Stunde eines tiefgreifenden menschlichen Wandels, und die Atmosphäre lud sich mit freudiger Erregung auf.

One thing's sure and nothing's surer
The rich get richer and the poor get – children.
In the meantime,
In between time – –

Irgendwann ging ich zu den beiden hinüber, um mich zu verabschieden, und sah, dass der Ausdruck von Verwirrung in Gatsbys Gesicht zurückgekehrt war, als ob er leise an dem Glück, das er empfand, zu zweifeln begänne. Nahezu fünf Jahre! Selbst an jenem Nachmittag muss es Augenblicke gegeben haben, in denen Daisy hinter seine Träume zurückfiel – nicht durch ihre Schuld, sondern weil seine Illusion so kolossal lebendig gewesen war. Sie ging über Daisy, ja eigentlich über alles hinaus. Er hatte sich ihr voll schöpferischer Leidenschaft anheimgegeben und immer noch etwas hinzugefügt, sie mit jeder leuchtenden Feder ausgeschmückt, die ihm über den Weg schwebte. Kein Feuer und kein noch so frischer Wind vermag es mit dem aufzunehmen, was ein Mann in seinem gespenstischen Herzen bewahrt.

Während ich ihn beobachtete, nahm er sich sichtlich ein wenig zusammen. Seine Hand griff nach der ihren, und als sie ihm leise etwas ins Ohr flüsterte, wandte er sich in einer Gefühlsaufwallung zu ihr hin. Ich glaube, es war vor allem die changierende, fiebrige Wärme dieser Stimme, die ihn fesselte, weil kein Traum sie übertraf – diese Stimme war ein unsterbliches Lied.

Sie hatten mich vergessen, aber Daisy blickte auf und reichte mir die Hand; Gatsby kannte mich jetzt gar nicht mehr. Ich schaute sie noch einmal an, und sie erwiderten entrückt meinen Blick, ganz von intensivem Leben erfüllt. Ich ging aus dem Zimmer, lief die Marmortreppe hinunter in den Regen und ließ die beiden dort miteinander allein.

6

Etwa um diese Zeit stand eines Morgens ein junger Reporter aus New York vor Gatsbys Tür und fragte ihn, ob er etwas zu sagen habe.

»Etwas zu sagen – wozu denn?«, erkundigte Gatsby sich höflich.

»Na ja – haben Sie keine Erklärung abzugeben?«

Nach fünfminütigem Hin und Her sickerte durch, dass der Mann in der Redaktion Gatsbys Namen hatte fallen hören, den genauen Zusammenhang aber entweder nicht offenlegen wollte oder nicht gänzlich verstand. Dies war sein freier Tag, und er hatte sich mit lobenswertem Eifer auf den Weg gemacht, um zu »recherchieren«.

Es war ein Schuss ins Blaue, aber der Reporter hatte den richtigen Instinkt gehabt. Dank jenen Hunderten, die Gatsbys Gastfreundschaft genossen hatten und sich folglich bestens in seiner Vergangenheit auskannten, war Gatsbys Ruf über den Sommer immer schlechter geworden, bis er fast eine Nachricht wert war. Legenden wie die von der »unterirdischen Alkohol-Pipeline nach Kanada« verknüpften sich mit seiner Person, und einem besonders hartnäckigen Gerücht zufolge wohnte er gar nicht in einem Haus, sondern in einem Schiff, das wie ein Haus aussah und heimlich die Küste Long Islands hinauf- und herunterschipperte. Warum diese Märchen für James Gatz aus North Dakota eine Quelle der Genugtuung waren, ist nicht ganz leicht zu beantworten.

James Gatz – so lautete sein eigentlicher oder zumindest sein gesetzlicher Name. Er hatte ihn mit siebzehn Jahren und just in dem Moment, der den Beginn seiner Karriere markierte, geändert – und zwar, als er Dan Codys Jacht über der heimtückischsten Untiefe des Lake Superior vor Anker gehen sah. James Gatz war es, der am Nachmittag mit zerschlissenem grünem Pullover und Segeltuchhosen am Strand entlangschlenderte, doch der Mann, der sich kurze Zeit später ein Boot auslieh, zur *Tuolomee* ruderte und Cody warnte, in der nächsten halben Stunde werde ihn womöglich ein Wind erfassen und kentern lassen, war Jay Gatsby.

Ich vermute, er hatte den Namen damals schon lange parat gehabt. Seine Eltern waren Farmer ohne Ehrgeiz und Erfolg gewesen; im Geiste hatte er sie eigentlich nie als seine Eltern angesehen. Die Wahrheit war, dass Jay Gatsby aus West Egg, Long Island, seiner eigenen platonischen Idee von sich selbst entsprang. Er war ein Sohn Gottes – und wenn diese Wendung überhaupt etwas bedeutet, dann genau das –, und er musste im Auftrag Seines Vaters einer grandiosen, vulgären, dirnenhaften Schönheit dienen. So erfand er einen Jay Gatsby, wie ihn nur ein siebzehnjähriger Junge erfinden konnte, und blieb dieser Idee bis zum Ende treu.

Über ein Jahr lang hatte er sich am südlichen Ufer des Lake Superior durchgeschlagen und für Kost und Logis als Muschelsucher, Lachsfischer oder Ähnliches verdingt. Sein brauner, immer zäher werdender Körper bestand das teils harte, teils träge Tagwerk an der frischen Luft mühelos. Früh lernte er die Frauen kennen, und da sie ihn verwöhnten, sah er bald auf sie herab – auf die Jungfrauen wegen ihrer Ahnungslosigkeit, auf die anderen, weil sie sich über Dinge ereiferten, die er in seiner sagenhaften Selbstverliebtheit als gegeben hinnahm.

Doch sein Herz befand sich in andauerndem, wildem Aufruhr. Des Nachts in seinem Bett suchten ihn die groteskesten und absonderlichsten Vorstellungen heim. In seinem Kopf entspann sich ein Universum von unfassbarem Pomp, während die Uhr auf dem Waschtisch tickte und der Mond seine unordentlich am Boden liegenden Kleider mit nassem Licht tränkte. Nacht für Nacht schmückte er seine Wunschbilder weiter aus, bis die Schläfrigkeit die so lebhaft ausgemalten Szenen in die Arme des Vergessens schloss. Eine Zeitlang dienten ihm seine Träumereien als Ventil für seine Phantasie; sie waren ihm Hinweis genug auf die Unwirklichkeit der Wirklichkeit und bezeugten, dass der Fels der Welt sicher auf einem Feenflügel ruhte.

Eine instinktive Ahnung von seinem künftigen Ruhm hatte ihn einige Monate zuvor an das kleine lutherische College St. Olaf im Süden Minnesotas geführt. Er blieb zwei Wochen dort – die grausame Gleichgültigkeit gegenüber den Trommeln seines Schicksals, ja gegenüber dem Schicksal selbst empörte ihn, und seine Arbeit als Hausmeister, die ihm das Studium finanzieren sollte, war ihm verhasst. Danach gondelte er zurück an den Lake Superior, und an jenem Tag, als Dan Codys Jacht in den Untiefen vor der Küste Anker warf, wusste er immer noch nicht recht, was er machen sollte.

Cody war damals fünfzig Jahre alt und hatte sein Glück in den Silberminen Nevadas und am Yukon und überhaupt durch jedes Edelmetall-Fieber seit 1875 gemacht. Seine Geschäfte mit Montana-Kupfer, durch die er zum mehrfachen Millionär geworden war, hatten ihn körperlich gestählt, aber an den Rand des Schwachsinns gebracht – unzählige Frauen merkten das und trachteten ihm nach dem Vermögen. Die nicht eben geschmackvollen Tricks, mit denen die Journalistin Ella Kaye wie eine zweite Madame de Maintenon seine Schwäche ausnutzte und ihn mit einer Jacht zur See schickte, waren den Revolverblättern von 1902 sattsam bekannt. Fünf Jahre war Cody an allzu gastlichen Ufern entlanggesegelt, bevor er als James Gatz' Schicksal in Little Girl Bay aufkreuzte.

Für den jungen Gatz, der auf seine Ruder gestützt zur Reeling hinaufschaute, repräsentierte diese Jacht alle Schönheit und allen Glanz der Welt. Ich vermute, er lächelte Cody an – er wusste wahrscheinlich schon, dass die Menschen ihn mochten, wenn er lächelte. Jedenfalls stellte Cody ihm ein paar Fragen (eine davon entlockte ihm den brandneuen Namen) und merkte, dass er schlagfertig und über die Maßen ehrgeizig war. Ein paar Tage darauf nahm Cody ihn mit nach Duluth und kaufte ihm ein blaues Jackett, sechs Paar weiße Leinenhosen und eine Seglermütze. Und als die *Tuolomee* mit Kurs auf die Karibischen Inseln und die Barbary Coast in See stach, war auch Gatsby an Bord.

Er war in unbestimmter persönlicher Funktion angestellt – solange er bei Cody blieb, diente er abwechselnd als Steward, Maat, Skipper, Sekretär und sogar Gefängniswärter, denn Dan Cody wusste nüchtern sehr gut, zu welchen Ausschweifungen Dan Cody betrunken aufgelegt sein konnte, und sorgte für solche Eventualitäten vor, indem er immer größeres Vertrauen in Gatsby setzte. Dieses Abkommen hielt fünf Jahre, während deren das Schiff dreimal den Kontinent umsegelte. Es hätte noch ewig halten können, wäre nicht eines Nachts in Boston Ella Kaye an Bord gekommen und Dan Cody eine Woche später so ungastlich gewesen zu sterben.

Ich erinnere mich an sein Porträt oben in Gatsbys Schlafzimmer: ein grauer, rüstiger Mann mit einem ausdruckslosen, harten Gesicht – Pionier der Libertinage, der in einer gewissen Phase der amerikanischen Geschichte die rauhen Bordell- und Saloonsitten des Wilden Westens an die östlichen Gestade brachte. Es lag indirekt an Cody, dass Gatsby so wenig trank. Im Verlauf mancher ausgelassenen Party rieben Frauen ihm Champagner ins Haar; er selber gewöhnte es sich an, dem Alkohol fernzubleiben.

Cody vererbte ihm auch Geld – ein Vermögen von fünfundzwanzigtausend Dollar. Aber er bekam es nicht. Er fand nie heraus, welcher rechtliche Trick gegen ihn verwendet wurde, doch was von den Millionen übrig war, ging komplett an Ella Kaye. So musste er sich mit seiner maßgeschneiderten Ausbildung begnügen; die vagen Umrisse Jay Gatsbys hatten sich mit der Substanz eines Mannes gefüllt.

All dies erzählte er mir erst viel später, aber ich füge es schon an dieser Stelle ein, um jenen frühen, wilden Gerüchten über seine Herkunft, die nicht annähernd der Wahrheit entsprachen, den Boden zu entziehen. Im Übrigen erzählte er es mir zu einem Zeitpunkt, als ich so verwirrt war, dass ich alles und gar nichts mehr glaubte, was ich über ihn erfuhr. Deshalb wollte ich die kurze Pause, in der Gatsby sozusagen Luft holte, nutzen, um mit all den falschen Vorstellungen aufzuräumen.

Auch ich war für eine Weile nicht in seine Angelegenheiten verwickelt. Ein paar Wochen lang bekam ich ihn weder zu Gesicht, noch ließ er telefonisch von sich hören – meistens hielt ich mich in New York auf, wo ich mit Jordan durch die Gegend zog und mich bei ihrer senilen Tante einzuschmeicheln versuchte –, doch eines Sonntagnachmittags ging ich schließlich zu ihm hinüber. Ich war kaum zwei Minuten dort, als Tom Buchanan auf einen Drink hereingeführt wurde. Das überraschte mich natürlich, aber viel erstaunlicher schien im Grunde, dass es nicht schon früher geschehen war.

Er war in Begleitung zweier Freunde, und alle drei waren zu Pferde gekommen – Tom, ein Mann namens Sloane und eine hübsche Frau in brauner Reitkleidung, die ich schon einmal bei Gatsby getroffen hatte.

Gatsby stand auf der Veranda. »Ich bin hocherfreut, Sie zu sehen«, sagte er. »Ich bin hocherfreut, dass Sie vorbeischauen.«

Als ob sie das kümmerte!

»Setzen Sie sich doch. Nehmen Sie sich eine Zigarette oder eine Zigarre.« Er lief mit raschen Schritten durchs Zimmer und läutete diverse Glocken. »Ich lasse Ihnen sofort etwas zu trinken bringen.«

Toms Anwesenheit brachte ihn beträchtlich aus der Ruhe. Aber es wäre ihm ohnehin nicht wohl gewesen, ehe er ihnen nicht etwas angeboten hätte, denn ihm war vage bewusst, dass sie allein deswegen gekommen waren. Mr. Sloane wollte nichts. Eine Limonade? Nein, danke. Einen Schluck Champagner? Gar nichts, danke … Verzeihen Sie …

»Hatten Sie einen schönen Ausritt?«

»Sehr gute Wege hier draußen.«

»Obwohl die Autos doch sicher –«

»Ja.«

Einem unwiderstehlichen Impuls folgend, wandte Gatsby sich an Tom, der nicht gemuckt hatte, als man ihn als Fremden vorstellte.

»Ich glaube, wir sind uns schon einmal irgendwo begegnet, Mr. Buchanan.«

»O ja«, sagte Tom rauh, aber höflich und offenbar ohne sich zu erinnern. »Das sind wir. Ich erinnere mich gut.«

»Vor ungefähr zwei Wochen.«

»Stimmt. Sie waren mit Nick zusammen.«

»Ich kenne Ihre Frau«, fuhr Gatsby beinahe aggressiv fort.

»Ach ja?«

Tom wandte sich mir zu.

»Wohnst du hier in der Nähe, Nick?«

»Nebenan.«

»Ach ja?«

Mr. Sloane beteiligte sich nicht an der Unterhaltung, sondern lehnte sich selbstgefällig in seinem Stuhl zurück; auch die Frau blieb stumm – erst nach zwei Highballs taute sie plötzlich auf.

»Wir kommen alle zu Ihrer nächsten Party, Mr. Gatsby«, schlug sie vor. »Was meinen Sie?«

»Unbedingt. Ich würde mich sehr freuen.«

»Wär nett«, sagte Mr. Sloane ohne Dankbarkeit. »Denke, wir sollten jetzt aufbrechen.«

»Oh, bitte keine Eile«, beschwor Gatsby sie. Er hatte sich jetzt unter Kontrolle und wollte nicht, dass Tom schon ging. »Warum ... warum bleiben Sie nicht zum Essen? Es würde mich nicht wundern, wenn noch ein paar Leute aus New York vorbeischauten.«

»Essen Sie doch bei *mir*«, sagte die Dame enthusiastisch. »Sie beide.«

Das schloss mich ein. Mr. Sloane erhob sich.

»Kommen Sie«, sagte er – aber nur zu ihr.

»Nein, wirklich«, insistierte sie. »Seien Sie meine Gäste. Ich habe viel Platz.«

Gatsby schaute fragend zu mir. Er wäre gerne mitgegangen und begriff nicht, dass Mr. Sloane ihn nicht dabeihaben wollte.

»Es tut mir leid, aber ich kann nicht«, sagte ich.

»Aber *Sie* kommen mit«, drängte sie Gatsby.

Mr. Sloane flüsterte ihr etwas ins Ohr.

»Wenn wir jetzt aufbrechen, schaffen wir es noch«, widersprach sie ihm laut.

»Ich habe kein Pferd«, sagte Gatsby. »Ich bin zwar beim Militär geritten, aber ich habe mir nie ein Pferd gekauft. Ich muss mit dem Wagen hinter Ihnen herfahren. Entschuldigen Sie mich einen Augenblick.«

Wir anderen gingen hinaus auf die Veranda, wo Sloane und die Dame sich ein wenig abseits ein heftiges Wortgefecht lieferten.

»Meine Güte, der Mann scheint wirklich mitkommen zu

wollen«, sagte Tom. »Begreift er denn nicht, dass sie das gar nicht möchte?«

»Aber sie hat doch gesagt, sie möchte es.«

»Sie gibt ein großes Abendessen, und er wird dort keine Menschenseele kennen.« Er runzelte die Stirn. »Ich frage mich, wo zum Teufel er Daisy begegnet ist. Mag sein, dass ich altmodische Vorstellungen habe, bei Gott, aber die Frauen rennen heute für meinen Geschmack zu viel allein in der Gegend rum. Da lernen sie alle möglichen schrägen Vögel kennen.«

Plötzlich gingen Mr. Sloane und die Dame die Treppe hinunter und stiegen auf ihre Pferde.

»Kommen Sie«, sagte Mr. Sloane zu Tom. »Wir sind spät dran. Wir müssen los.« Und dann zu mir: »Würden Sie ihm bitte ausrichten, dass wir nicht länger warten konnten?«

Tom und ich schüttelten uns die Hand, wir anderen nickten uns kühl zu, und dann trabten sie rasch die Einfahrt hinunter und verschwanden unter dem Augustlaub, gerade als Gatsby mit einem Hut und einem leichten Sommermantel in der Hand aus der Haustür trat.

Offenbar störte es Tom tatsächlich, dass Daisy allein in der Gegend herumrannte, denn am folgenden Samstagabend tauchte er mit ihr gemeinsam bei Gatsby auf. Vielleicht war es seine Anwesenheit, die dieser Party ihre so eigentümlich bedrückende Atmosphäre verlieh – in meiner Erinnerung jedenfalls sticht sie aus der Reihe der anderen Partys, die Gatsby in diesem Sommer gab, heraus. Es war alles wie sonst – dieselben Leute oder zumindest dieselbe Art von Leuten, derselbe Überfluss an Champagner, dasselbe vielfarbige, vielstimmige Durcheinander, aber irgendetwas Unangenehmes lag in der Luft, eine allgemeine Ruppigkeit, die sonst nie da gewesen war. Vielleicht hatte ich mich inzwischen auch nur daran gewöhnt – hatte West Egg als eine in sich geschlossene Welt zu akzeptieren gelernt, die ihre eigenen Maßstäbe und großen Gestalten hatte, eine Welt, die mit nichts zu vergleichen war, weil sie selbst kein Bewusstsein davon hatte, wie sie wirkte –, und jetzt betrachtete ich sie mit Daisys Augen noch einmal neu. Es ist immer wieder traurig, Dinge, an die man sich selbst nur mit Mühe gewöhnen konnte, mit den Augen eines anderen zu betrachten.

Die beiden kamen in der Dämmerung, und als wir hinaustraten und durch die funkelnden Scharen der Gäste schlenderten, spielte Daisys Stimme ihrer Kehle zärtliche Streiche.

»All das erregt mich ja so«, flüsterte sie. »Wenn du mich irgendwann im Laufe des Abends küssen möchtest, Nick, lass es mich einfach wissen, und ich werd's für dich einrichten. Sag einfach meinen Namen. Oder zeig eine grüne Karte vor. Ich vergebe grüne –«

»Schaut euch um«, forderte Gatsby uns auf.

»Das tue ich ja. Ich amüsiere mich blen –«

»Ihr werdet die Gesichter vieler Leute sehen, von denen ihr schon gehört habt.«

Toms arrogante Augen suchten die Menge ab.

»Wir gehen nicht viel aus«, sagte er. »Ich dachte eben, dass ich hier keine Menschenseele kenne.«

»Vielleicht kennen Sie diese Dame dort.« Gatsby zeigte auf eine wunderhübsche Orchidee von einer Frau, die kaum mehr etwas von einem menschlichen Wesen hatte und unter einem weißen Pflaumenbaum Hof hielt. In Toms und Daisys Blicken spiegelte sich jenes seltsam unwirkliche Gefühl, mit dem man eine bis dahin geisterhafte Berühmtheit aus der Filmwelt wiedererkennt.

»Sie ist bezaubernd«, sagte Daisy.

»Der Mann, der sich über sie beugt, ist ihr Regisseur.«

Gatsby führte sie feierlich von Gruppe zu Gruppe:

»Mrs. Buchanan … und Mr. Buchanan …« Nach kurzem Zögern fügte er hinzu: »… der Polospieler.«

»O nein«, wehrte Tom rasch ab. »Nicht doch.«

Aber Gatsby schien diese Wendung zu gefallen, denn für den Rest des Abends blieb Tom »der Polospieler«.

»Ich habe noch nie so viele berühmte Leute getroffen!«, rief Daisy aus. »Der Mann dort, mit der etwas bläulichen Nase – wie heißt er noch gleich –, der gefällt mir.«

Gatsby nannte ihr seinen Namen und fügte hinzu, er sei ein kleiner Produzent.

»Ach, er gefällt mir trotzdem.«

»Mir wär's lieber, nicht der Polospieler zu sein«, sagte Tom freundlich. »Lieber würde ich mir all die berühmten Leute hier in … inkognito ansehen.«

Daisy und Gatsby tanzten. Ich entsinne mich, dass sein anmutiger, konservativer Foxtrott mich überraschte – ich hatte ihn noch nie zuvor tanzen sehen. Dann schlenderten sie zu meinem Haus hinüber und saßen eine halbe Stunde lang auf der Treppe, während ich auf ihre Bitte hin im Garten Wache hielt: »Für den Fall eines Feuers oder einer Flut«, erklärte sie, »oder sonst einer Naturkatastrophe.«

Tom tauchte aus seinem Inkognito wieder auf, als wir uns gemeinsam zum Essen begaben. »Stört es dich, wenn ich mich zu ein paar Leuten dort drüben setze?«, fragte er. »Da hat jemand ein paar lustige Geschichten auf Lager.«

»Geh ruhig«, antwortete Daisy freundlich. »Und falls du dir irgendwelche Adressen notieren möchtest – hier ist mein kleiner goldener Stift.« Nach einer Weile schaute sie sich um und sagte, das Mädchen sei »gewöhnlich, aber hübsch«, und da wusste ich, dass sie sich abgesehen von der halben Stunde, in der sie mit Gatsby allein gewesen war, bisher nicht gut amüsiert hatte.

Wir saßen in einer besonders feuchtfröhlichen Runde. Das war meine Schuld – Gatsby war ans Telefon gerufen worden, und ich hatte erst zwei Wochen zuvor mit denselben Leuten recht vergnügt beieinandergesessen. Doch was mir damals unterhaltsam erschienen war, bekam jetzt unversehens einen bitteren Beigeschmack.

»Wie geht es Ihnen, Miss Baedeker?«

Die so Angesprochene versuchte gerade erfolglos, sich an meine Schulter sinken zu lassen. Als sie die Frage hörte, richtete sie sich auf und öffnete die Augen.

»Waaas?«

Eine beleibte, lethargische Frau, die Daisy zuvor gedrängt hatte, am nächsten Tag im örtlichen Club mit ihr Golf zu spielen, kam Miss Baedeker zu Hilfe:

»Ach, ihr geht's gut. Nach fünf oder sechs Cocktails fängt sie jedes Mal so an zu kreischen. Ich sage ihr immer, sie soll nichts trinken.«

»Ich trinke ja gar nichts«, erklärte die Angeklagte tonlos.

»Wir haben Sie schreien hören, und ich hab zu Doc Civet gesagt: ›Da braucht wohl jemand Ihre Hilfe, Doc.‹«

»Sie ist Ihnen sicherlich sehr verbunden«, sagte eine andere Freundin kühl. »Aber Sie haben ihr das Kleid ganz nass gemacht, als Sie ihren Kopf in den Pool gesteckt haben.«

»Wenn ich etwas hasse, dann, mit dem Kopf in den Pool gesteckt zu werden«, nuschelte Miss Baedeker. »In New Jersey haben sie mich mal beinahe ertränkt.«

»Dann sollten Sie nichts trinken«, konterte Doktor Civet.

»Schauen Sie sich doch selbst an!«, kreischte Miss Baedeker. »Ihre Hand zittert ja. Ich würde mich nicht von Ihnen operieren lassen!«

So war die Stimmung. Ungefähr das Letzte, woran ich mich erinnere, war, wie ich neben Daisy stand und den Filmregisseur und seinen Star beobachtete. Sie saßen immer noch unter dem Pflaumenbaum, und wäre der blasse, dünne Strahl Mondlicht nicht zwischen ihnen gewesen, hätten ihre Gesichter sich berührt. Mir schien, dass der Mann sich im Laufe des Abends ganz allmählich immer weiter zu der schönen Frau hingeneigt hatte, um ihr so nahe zu kommen, und noch während ich hinschaute, sah ich, wie er sich einen letzten Millimeter vorbeugte und ihre Wange küsste.

»Sie ist toll«, sagte Daisy. »Ich finde sie bezaubernd.«

Doch alles andere erregte ihr Missfallen – und darin blieb sie fest, denn es war kein Gestus, sondern ein Gefühl. Sie war entsetzt über West Egg, dieses beispiellose Kuckucksei von einem »Ort«, das der Broadway einem Fischerdorf auf Long Island ins Nest gelegt hatte – entsetzt über die rohe Energie, die unter der schöngefärbten alten Fassade scheuerte, und die Aufdringlichkeit, mit welcher das Schicksal die Bewohner an einer nichts mit nichts verbindenden Abkürzung zusammenpferchte. Es grauste sie vor dieser vollkommenen Einfachheit, die sie nicht verstand.

Während sie auf ihren Wagen warteten, setzte ich mich mit ihnen auf die Stufen vor dem Haus. Es war dunkel hier vorn: Nur die helle Tür warf drei Quadratmeter Licht im hohen Bogen in den weichen schwarzen Morgen hinaus. Manchmal bewegte sich hinter den Jalousien eines Ankleidezimmers im ersten Stock ein Schatten und wich dann einem anderen Schatten, einer endlosen Prozession von Schatten, die sich vor einem unsichtbaren Glas schminkten und puderten.

»Wer ist dieser Gatsby eigentlich?«, fragte Tom auf einmal. »Irgendein großer Alkoholschmuggler?«

»Wer hat dir das denn erzählt?«, wollte ich wissen.

»Niemand. Ich denk's mir einfach. Viele von diesen Neureichen sind bloß große Alkoholschmuggler, weißt du.«

»Gatsby nicht«, antwortete ich knapp.

Er schwieg einen Moment. Der Kies in der Einfahrt knirschte unter seinen Füßen.

»Jedenfalls muss er sich ganz schön ins Zeug gelegt haben, um den Zirkus hier auf die Beine zu stellen.«

Eine Brise fuhr in den feinen grauen Nebel von Daisys Fellkragen.

»Wenigstens sind die Leute hier interessanter als die, die wir kennen«, sagte sie angestrengt.

»Du wirktest nicht besonders interessiert.«

»War ich aber.«

Tom lachte und wandte sich mir zu.

»Hast du Daisys Gesicht gesehen, als dieses Mädchen sie darum bat, sie unter die kalte Dusche zu stellen?«

Daisy begann in einem rauhen, rhythmischen Flüsterton zu der Musik zu singen und entlockte jedem Wort eine Bedeutung, die es nie zuvor gehabt hatte und nie wieder haben würde. Wenn die Melodie anstieg, brach sich ihre Stimme und wurde so zart, wie nur Altstimmen es sein können, und mit jeder neuen Note verströmte sie ein wenig von ihrem warmen Zauber in der Luft.

»Es kommen etliche Leute her, die gar nicht eingeladen sind«, sagte sie plötzlich. »Dieses Mädchen war nicht eingeladen. Sie verschaffen sich einfach Zutritt, und er ist zu höflich, um sie fortzuschicken.«

»Ich wüsste gerne, wer er ist und was er macht«, wiederholte Tom. »Und ich werd's noch herausfinden.«

»Ich kann es dir auch gleich sagen«, antwortete sie. »Ihm gehörten mal ein paar Drugstores, eine Menge Drugstores. Er hat das Unternehmen selber aufgebaut.«

Die verspätete Limousine kam den Weg heraufgerollt.

»Gute Nacht, Nick«, sagte Daisy.

Ihr Blick löste sich von mir und wanderte zum hell erleuchteten Treppenabsatz empor, wo *Three o'Clock in the Morning*, ein hübscher, trauriger kleiner Walzer aus jenem Jahr, durch die offene Tür herauswehte. Die Zwanglosigkeit von Gatsbys Partys barg romantische Möglichkeiten, die ihrer Welt gänzlich fehlten. Was war dort oben in diesem Lied, dass es sie wieder hineinzurufen schien? Was würde in den kommenden dämmrigen, unberechenbaren Stunden passieren? Vielleicht würde irgendein sagenumwobener Gast eintreffen, eine ganz und gar außergewöhnliche Person, die man bestaunen könnte, ein wahrhaft strahlendes junges Mädchen, das mit einem einzigen frischen Blick in

Gatsbys Augen, einem einzigen magischen Moment fünf Jahre unwandelbarer Hingabe auslöschen würde.

Ich blieb an diesem Abend lange dort. Gatsby hatte mich gebeten, auf ihn zu warten, und so hielt ich mich im Garten auf, bis die unvermeidlichen Schwimmer durchfroren und euphorisch vom schwarzen Strand zurückgekehrt und die Lichter oben in den Gästezimmern gelöscht waren. Als er endlich die Treppe herunterkam, spannte sich die gebräunte Haut ungewöhnlich straff über seinem Gesicht, und seine müden Augen glänzten.

»Es hat ihr nicht gefallen«, sagte er ohne Umschweife.

»Natürlich hat es das.«

»Es hat ihr nicht gefallen«, wiederholte er. »Sie hat sich nicht amüsiert.«

Er schwieg, und ich malte mir seine unaussprechliche Enttäuschung aus.

»Ich fühle mich so fern von ihr«, sagte er. »Es ist schwer, es ihr begreiflich zu machen.«

»Meinen Sie den Tanz?«

»Den Tanz?« Mit einem Fingerschnipsen tat er alle Tanz-feste ab, die er je gegeben hatte. »Ach, alter Knabe, der Tanz ist unwichtig.«

Er wollte von Daisy nicht weniger, als dass sie zu Tom ging und ihm sagte: »Ich habe dich nie geliebt.« Erst wenn sie mit diesem Satz drei Jahre ungeschehen gemacht hätte, würden sie die weiteren notwendigen Schritte unternehmen können. Einer davon war, nach Louisville zurückzukehren und in ihrem Elternhaus zu heiraten – als wäre die Zeit vor fünf Jahren stehengeblieben.

»Und das begreift sie nicht«, sagte er verzweifelt. »Dabei hat sie es doch früher begriffen. Wir konnten stundenlang dasitzen und …«

Er brach ab und begann, auf einem traurigen Pfad aus Obstschalen, achtlos weggeworfenen kleinen Aufmerksamkeiten und zertretenen Blumen hin und her zu laufen.

»Ich würde nicht zu viel von ihr erwarten«, wagte ich ihm zu raten. »Man kann die Vergangenheit nicht wiederholen.«

»Die Vergangenheit nicht wiederholen?«, rief er ungläubig. »Aber natürlich kann man das!«

Er blickte sich aufgeregt um, als lauerte die Vergangenheit gleich hier im Schatten seines Hauses, nur knapp außer Reichweite seiner Hand.

»Ich werde alles genauso herrichten, wie es vorher war«, sagte er und nickte entschlossen. »Sie wird schon sehen.«

Er redete viel von der Vergangenheit, und ich hatte den Eindruck, dass er etwas Bestimmtes wiederzufinden versuchte, eine Vorstellung von sich selbst vielleicht, die in seine Liebe zu Daisy eingeflossen war. Seit fünf Jahren war sein Leben verworren und ungeordnet, doch wenn er, ein einziges Mal nur, an einen bestimmten Ausgangspunkt zurückkehren und langsam alles noch einmal durchgehen könnte, vielleicht würde er dann herausfinden, was dieses Etwas war …

… In einer Herbstnacht vor fünf Jahren waren sie im Blätterregen die Straße hinuntergegangen, und sie kamen an eine Stelle, wo keine Bäume mehr waren und der Gehweg weiß im Mondlicht lag. Sie blieben stehen und schauten einander an. Die Nacht war kühl, und es schwang jene geheimnisvolle Erregung darin, die der Wetterwechsel zwei-mal im Jahr bewirkt. Die stillen Lichter in den Häusern summten in die Dunkelheit hinein, und zwischen den Sternen war ein Schwirren und Flattern. Aus dem Augenwinkel sah Gatsby, dass die Steine des Gehwegs eigentlich eine Leiter bildeten und zu einem geheimen Ort über den Bäumen führten – er allein könnte dort hinaufsteigen, könnte, oben angekommen, an der Brust des Lebens saugen und die einzigartige Zaubermilch in sich hineintrinken.

Sein Herz klopfte schneller und schneller, als Daisys weißes Gesicht sich dem seinen näherte. Wenn er sie jetzt küsste und seine unaussprechlichen Visionen für immer mit ihrem vergänglichen Atem mischte, würde sein Geist nie wieder solch göttliche Kapriolen schlagen, das wusste er. Also wartete er und lauschte noch einen Moment länger auf die Stimmgabel, die eben an einen Stern gerührt hatte. Dann küsste er sie. Als seine Lippen auf ihre trafen, erblühte sie für ihn wie eine Blume, und die Inkarnation war vollkommen.

Alles, was er sagte, selbst seine schauerliche Sentimentalität, rief mir etwas in Erinnerung – einen flüchtigen Rhythmus, Bruchstücke verlorengegangener Wörter, die ich vor langer Zeit einmal gehört hatte. Einen Augenblick lang schien es, als nähme ein Satz in meinem Mund Gestalt an, und meine Lippen öffneten sich wie die eines Stummen, der darum ringt, mehr als nur einen Hauch aufgewirbelter Luft herauszubringen. Aber es kam kein Geräusch, und was mir beinahe wieder eingefallen wäre, blieb für immer ungesagt.

7

Gerade als das Interesse an Gatsby auf dem Höhepunkt angelangt war, blieben eines Samstagabends in seinem Haus die Lichter aus – und so dunkel, wie sie begonnen hatte, endete seine Karriere als Trimalchio.

Erst allmählich nahm ich wahr, dass die Automobile, die erwartungsvoll in seine Einfahrt einbogen, nur kurz anhielten und beleidigt wieder davonfuhren. Ich fragte mich, ob er vielleicht krank war, und ging hinüber, um nachzusehen. Ein fremder Butler mit einer schurkischen Visage stand in der offenen Tür und musterte mich argwöhnisch.

»Ist Mr. Gatsby krank?«

»Nö.« Dann setzte er ohne Eile und recht unwillig »Sir« hinzu.

»Ich habe ihn einige Zeit nicht gesehen und mache mir Sorgen. Sagen Sie ihm, Mr. Carraway habe sich nach ihm erkundigt.«

»Wer?«, fragte er grob.

»Carraway.«

»Carraway. In Ordnung, ich sag's ihm.«

Dann knallte er die Tür zu.

Meine Finnin erzählte mir, Gatsby habe eine Woche zuvor alle seine Hausangestellten entlassen und sie durch ein halbes Dutzend andere ersetzt, die nie nach West Egg Village gingen, um sich von den Händlern bestechen zu lassen, sondern ihre maßvollen Bestellungen telefonisch aufgaben. Der Laufbursche des Lebensmittelhändlers berichtete, die Küche sehe aus wie ein Saustall, und im Dorf glaubten alle, die Neuen seien überhaupt keine Hausangestellten.

Am nächsten Tag rief Gatsby mich an.

»Gehen Sie fort?«, erkundigte ich mich.

»Nein, alter Knabe.«

»Ich habe gehört, Sie hätten Ihr ganzes Personal auf die Straße gesetzt.«

»Ich wollte Leute im Haus haben, die nicht so viel reden. Daisy besucht mich recht oft – am Nachmittag.«

Die ganze Karawanserei war also zusammengestürzt wie ein Kartenhaus, weil sie vor Daisys Augen nicht bestanden hatte.

»Es sind alles Leute, für die Wolfshiem etwas tun wollte. Lauter Geschwister, die mal ein kleines Hotel hatten.«

»Aha.«

Daisy hatte ihn gebeten, mich anzurufen – ob ich morgen zum Mittagessen zu ihr nach Hause kommen könne? Miss Baker werde auch da sein. Eine halbe Stunde später rief Daisy selber an und wirkte erleichtert, als ich zusagte. Irgendetwas bahnte sich an. Und doch konnte ich mir nicht vorstellen, dass sie diese Gelegenheit für eine Szene nutzen würden – schon gar nicht für die einigermaßen unerquickliche Szene, die Gatsby im Garten skizziert hatte.

Der nächste Tag war brütend heiß, beinahe der letzte, mit Sicherheit aber der wärmste des Sommers. Als mein Zug aus dem Tunnel ins Sonnenlicht hinausglitt, störten nur die heißen Sirenen der National Biscuit Company die siedende mittägliche Stille. Die Strohsitze des Eisenbahnwaggons waren kurz davor, in Flammen aufzugehen; die Frau neben mir transpirierte eine Zeitlang dezent in ihre weiße Hemdbluse, und als die Zeitung unter ihren Fingern immer feuchter wurde, brach sie mit einem kläglichen Stöhnen doch noch in Schweiß aus. Ihr Geldbeutel klatschte auf den Boden.

»Ach du meine Güte!«, keuchte sie.

Ich beugte mich ermattet vor, um ihn aufzuheben, und gab ihn ihr mit ausgestrecktem Arm und spitzen Fingern zurück, damit sie sah, dass ich keinerlei diebische Absichten hatte – aber alle Umsitzenden, einschließlich der Frau, verdächtigten mich trotzdem.

»Heiß!«, sagte der Schaffner zu bekannten Gesichtern. »Was für ein Wetter! … Heiß! … Heiß! … Ist es Ihnen heiß genug? Ist es heiß? Ja …?«

Als ich meine Dauerfahrkarte zurückbekam, war ein dunkler Fleck von seiner Hand darauf. Dass es bei dieser Hitze irgendjemanden scherte, wessen gerötete Lippen er küsste, wessen Kopf die Pyjamatasche über seinem Herzen feucht machte!

… Im Haus der Buchanans wehte ein leiser Wind durch die Vorhalle und trug das Läuten eines Telefons zu Gatsby und mir heraus, als wir vor der Tür standen und warteten.

»Der Leichnam des gnädigen Herrn!«, brüllte der Butler in die Muschel. »Es tut mir leid, Madame, aber wir können ihn nicht liefern – er ist heute Mittag viel zu heiß zum Anfassen!«

Was er wirklich sagte, war: »Ja … ja … In Ordnung.«

Er legte den Hörer auf und kam – leicht glänzend – zu uns, um uns die steifen Strohhüte abzunehmen.

»Madame erwartet Sie im Salon!«, rief er und wies uns unnötigerweise die Richtung. Bei dieser Hitze war jede zusätzliche Bewegung ein Anschlag auf die letzten Lebensgeister.

Die Markisen waren heruntergelassen, und im Raum war es dunkel und kühl. Daisy und Jordan lagen wie silberne Götzen auf einer gewaltigen Couch und hielten im singenden Lüftchen der Ventilatoren ihre weißen Kleider in Schach.

»Wir rühren uns nicht vom Fleck«, sagten sie beide.

Jordans Finger, deren Bräune weiß überpudert war, lagen einen Moment lang in meinen.

»Und Mr. Thomas Buchanan, der Athlet?«, fragte ich.

Im selben Augenblick hörte ich seine Stimme, barsch, gedämpft und heiser, am Telefon in der Vorhalle.

Gatsby stand mitten auf dem karmesinroten Teppich und blickte fasziniert in die Runde. Daisy beobachtete ihn und lachte ihr süßes, aufregendes Lachen; ein winziger Puderwirbel stieg von ihrem Busen auf.

»Es geht das Gerücht«, flüsterte Jordan, »Toms Freundin sei am Telefon.«

Wir schwiegen. Die Stimme in der Halle schwoll ärgerlich an. »Na schön, dann werde ich Ihnen den Wagen eben nicht verkaufen ... Ich bin Ihnen zu nichts verpflichtet ... Und dass Sie mich in der Mittagszeit belästigen, dulde ich schon gar nicht!«

»Und die Hand liegt über der Muschel«, sagte Daisy zynisch.

»Nein, nein«, versicherte ich ihr. »Das Geschäft gibt es wirklich. Ich weiß zufällig davon.«

Tom stieß die Tür auf, füllte mit seinem massigen Körper kurz ihren Rahmen und stürmte ins Zimmer.

»Mr. Gatsby!« Mit gut verhohlener Abneigung streckte er seine breite Hand aus. »Freut mich, Sie zu sehen, Sir … Nick …«

»Mach uns einen kalten Drink«, jammerte Daisy.

Als er das Zimmer verließ, stand sie auf, ging zu Gatsby hinüber, zog sein Gesicht zu sich heran und küsste ihn auf den Mund.

»Du weißt, dass ich dich liebe«, murmelte sie.

»Du vergisst, dass hier noch eine Dame anwesend ist«, sagte Jordan.

Daisy schaute sich zweifelnd um.

»Du kannst ja Nick küssen.«

»Du gewöhnliches, ordinäres Ding!«

»Mir egal!«, rief Daisy und begann auf den Steinplatten vor dem Kamin herumzutanzen. Dann besann sie sich auf die Hitze und setzte sich schuldbewusst auf die Couch, gerade als eine frischgewaschene und -gestärkte Kinderfrau mit einem kleinen Mädchen an der Hand ins Zimmer trat.

»Süßester Goldschatz«, sang Daisy und streckte die Arme aus. »Komm her zu deiner Mami, die dich so liebhat.«

Die Kinderfrau ließ das Mädchen los, und es rannte quer durchs Zimmer und vergrub das Gesicht verlegen im mütterlichen Kleid.

»Der süßeste Goldschatz! Hat dein hübsches blondes Köpfchen etwas von Mamis Puder abbekommen? Jetzt stell dich mal hin und sag schön guten Tag.«

Gatsby und ich beugten uns einer nach dem anderen hinab und drückten die kleine, widerstrebende Hand. Danach schaute Gatsby das Kind immer wieder staunend an. Vermutlich hatte er nie wirklich an seine Existenz geglaubt.

»Ich bin vorm Mittagessen extra hübsch angezogen worden«, sagte das Kind aufgeregt zu Daisy.

»Deine Mami wollte dich ja auch vorzeigen.« Daisy vergrub das Gesicht in der kleinen weißen Halsbeuge. »Du Traum, du. Du absoluter kleiner Traum.«

»Ja«, sagte das Kind ruhig. »Tante Jordan hat auch ein weißes Kleid an.«

»Wie gefallen dir Mamis Freunde?« Daisy drehte das Mädchen herum, damit es Gatsby sehen konnte. »Findest du sie nett?«

»Wo ist Daddy?«

»Sie sieht ihrem Vater nicht ähnlich«, erklärte Daisy. »Sie sieht mir ähnlich. Sie hat meine Haare und meine Gesichtsform.«

Daisy setzte sich wieder auf die Couch. Die Kinderfrau trat einen Schritt vor und streckte die Hand aus.

»Komm, Pammy.«

»Tschüs, mein Liebling!«

Das artige Kind hielt mit einem widerstrebenden Blick über die Schulter die Hand seiner Kinderfrau fest und wurde aus der Tür gezogen, gerade als Tom zurückkam und hinter ihm vier Gin Rickeys voll klimpernder Eiswürfel hereingebracht wurden.

Gatsby griff nach seinem Drink.

»Die sehen allerdings kalt aus«, sagte er sichtlich angespannt.

Wir tranken in großen, gierigen Schlucken.

»Ich habe irgendwo gelesen, dass die Sonne von Jahr zu

Jahr heißer wird«, sagte Tom aufgeräumt. »Offenbar wird die Erde ziemlich bald in die Sonne hineinstürzen – oder nein, Augenblick, es ist genau umgekehrt – die Sonne wird von Jahr zu Jahr kälter.«

»Lassen Sie uns auf die Veranda gehen«, schlug er Gatsby vor. »Ich möchte, dass Sie sich alles anschauen.«

Ich begleitete sie. Auf dem grünen Sund, der in der Hitze reglos dalag, kroch ein winziges Segel langsam auf das kühlere Meer zu. Gatsbys Augen folgten ihm einen Moment lang; dann hob er die Hand und zeigte zur anderen Seite der Bucht.

»Ich wohne genau Ihnen gegenüber.«

»So ist es.«

Unsere Blicke wanderten von den Rosenbeeten über den heißen Rasen bis zu dem Seegras, das die Hundstage am Ufer abgelagert hatten. Langsam trieben die weißen Flügel des Bootes vor der blauen, kühlen Grenze des Himmels dahin. Weiter hinten lagen der ausgebogte Ozean und die fruchtbaren Inseln der Seligen.

»Das ist ein Sport«, sagte Tom anerkennend. »Mit so einem Boot würde ich gerne mal ein, zwei Stunden da draußen sein.«

Wir setzten uns zum Mittagsimbiss ins Esszimmer, das gleichfalls gegen die Hitze abgedunkelt war, und nahmen mit dem kalten Ale nervöse Heiterkeit in uns auf.

»Was sollen wir nur heute Nachmittag machen«, jammerte Daisy, »und morgen und in den nächsten dreißig Jahren?«

»Sei nicht so morbide«, sagte Jordan. »Das Leben fängt wieder ganz von vorne an, wenn es im Herbst kühler wird.«

»Aber es ist so heiß«, sagte Daisy, den Tränen nahe. »Und alles ist so ein Durcheinander. Lasst uns zusammen in die Stadt fahren!«

Ihre Stimme kämpfte sich durch die Hitze, warf sich gegen sie, knetete ihre Sinnlosigkeit in Form.

»Dass ein Stall in eine Garage umgebaut wurde, hab ich schon mal gehört«, sagte Tom gerade zu Gatsby, »aber ich bin der Erste, der je eine Garage in einen Stall umgebaut hat.«

»Wer fährt mit in die Stadt?«, fragte Daisy hartnäckig. Gatsbys Augen schweiften durchs Zimmer zu ihr. »Ah«, rief sie, »du siehst so schön kühl aus.«

Ihre Blicke trafen sich, und sie schauten einander an, als seien sie allein auf der Welt. Dann riss Daisy sich zusammen und blickte vor sich auf den Tisch.

»Du siehst immer so schön kühl aus«, wiederholte sie.

Sie hatte ihm gesagt, dass sie ihn liebte, und Tom Buchanan sah es. Er war fassungslos. Sein Mund öffnete sich ein wenig, und er blickte zu Gatsby und dann wieder zu Daisy, als hätte er eben in ihr jemanden wiedererkannt, dem er vor langer Zeit einmal begegnet war.

»Du erinnerst mich an die Reklame mit den Männern«, fuhr sie unbekümmert fort. »Kennst du die Reklame mit den Männern –«

»Also schön«, unterbrach Tom sie rasch, »ich habe nichts dagegen, in die Stadt zu fahren. Kommt – wir fahren alle in die Stadt.«

Er stand auf, während seine Augen weiter zwischen Gatsby und seiner Frau hin- und herschnellten. Keiner rührte sich.

»Nun kommt schon!« Seine Geduld bekam kleine Risse.
»Was ist denn los? Wenn wir in die Stadt wollen, sollten wir
jetzt aufbrechen!«

Als er das Glas mit dem restlichen Ale an die Lippen
führte, zitterte seine Hand, so sehr versuchte er, sich zu
beherrschen. Daisys Stimme half uns, aufzustehen und auf
den gleißenden Kiesweg hinauszutreten.

»Wollen wir denn sofort losfahren?«, wandte sie ein.

»Einfach so? Ohne dass hier noch jemand eine Zigarette
rauchen kann?«

»Wir haben alle das ganze Mittagessen hindurch ge-
raucht.«

»Ach, sei doch nicht so«, bettelte sie. »Es ist zu heiß zum
Streiten.«

Er antwortete nicht.

»Wie du willst«, sagte sie. »Komm, Jordan.«

Sie gingen nach oben, um sich fertigzumachen, während
wir drei Männer dastanden und mit den Füßen die heißen
Kieselsteine hin und her schoben. Im Westen hing schon ein
silberner Mondbogen am Himmel. Gatsby fing an zu reden
und besann sich dann eines Besseren, doch da hatte Tom
sich schon zu ihm gedreht und schaute ihn erwartungsvoll
an.

»Ja bitte?«

»Haben Sie Ihre Stallungen hier auf dem Grundstück?«,
fragte Gatsby bemüht.

»Ein paar hundert Meter die Straße hinunter.«

»Oh.«

Eine Pause.

»Keine Ahnung, warum wir jetzt in die Stadt fahren

müssen«, platzte Tom wütend heraus. »Frauen haben immer die komischsten Ideen ...«

»Nehmen wir etwas zu trinken mit?«, rief Daisy aus einem Fenster im ersten Stock.

»Ich hole Whiskey«, antwortete Tom. Er ging hinein.

Gatsby wandte sich steif mir zu:

»Ich kriege in diesem Haus kein Wort heraus, alter Knabe.«

»Daisy hat eine indiskrete Stimme«, bemerkte ich. »Sie klingt ...«

Ich zögerte.

»Ihre Stimme klingt nach Geld«, sagte er unvermittelt.

Das war es. Jetzt erst begriff ich es. Sie klang nach Geld – das war der unerschöpfliche Charme in ihrem Steigen und Fallen, das Klimpern darin, der Zimbelklang ... Hoch droben in einem weißen Palast, des Königs Tochter, die goldene Maid ...

Tom kam aus dem Haus und schlug eine Literflasche in ein Tuch. Gleich hinter ihm folgten Daisy und Jordan mit kleinen enganliegenden Hüten aus einem metallisch schimmernden Stoff auf dem Kopf und leichten Mänteln über dem Arm.

»Nehmen wir meinen Wagen«, schlug Gatsby vor. Er strich über das grüne Lederpolster. »Ich hätte ihn in den Schatten stellen sollen.«

»Herkömmliche Gangschaltung?«, fragte Tom.

»Ja.«

»Dann nehmen Sie doch mein Coupé und lassen mich mit Ihrem Wagen in die Stadt fahren.«

Der Vorschlag missfiel Gatsby.

»Ich glaube, es ist nicht mehr viel Benzin im Tank«, wandte er ein.

»Reichlich«, sagte Tom übermütig. Er schaute auf die Tankanzeige. »Und wenn's doch zur Neige geht, halte ich bei einem Drugstore an. Im Drugstore kann man heutzutage alles kaufen.«

Eine Pause folgte auf diese scheinbar nur so daher gesagte Bemerkung. Daisy schaute Tom stirnrunzelnd an, und über Gatsbys Gesicht glitt ein unergründlicher Ausdruck, vollkommen fremd und entfernt vertraut zugleich, so als wäre er mir einmal in Worten beschrieben worden.

»Komm, Daisy«, sagte Tom und schob sie mit der Hand zu Gatsbys Wagen. »Du kannst mit mir in diesem Zirkuswagen hier fahren.«

Er öffnete den Schlag, aber sie wand sich aus seiner Armbeuge heraus.

»Nimm du Nick und Jordan mit. Wir fahren im Coupé hinter euch her.«

Sie trat nahe an Gatsby heran und berührte mit der Hand sein Jackett. Jordan, Tom und ich setzten uns vorne in Gatsbys Wagen, Tom probierte die Gänge durch, und schon schossen wir in die drückende Hitze hinaus und ließen die beiden anderen außer Sichtweite hinter uns.

»Habt ihr das gesehen?«, fragte Tom.

Er schaute mich aufmerksam an und begriff, dass Jordan und ich die ganze Zeit über Bescheid gewusst hatten.

»Ihr haltet mich für ziemlich blöd, stimmt's?«, meinte er. »Vielleicht bin ich das, aber manchmal habe ich … beinahe ein zweites Gesicht, das mir sagt, was ich tun soll. Ihr mögt es nicht glauben, aber die Wissenschaft –«

Er hielt inne. Zweifel hatten ihn plötzlich übermannt und vom Rand des theoretischen Abgrunds zurückgerissen.

»Ich habe ein paar Nachforschungen über diesen Kerl angestellt«, fuhr er fort. »Ich hätte noch tiefer graben können, wenn ich gewusst hätte –«

»Willst du damit sagen, du warst bei einem Medium?«, fragte Jordan belustigt.

»Was?« Wir lachten, und er starrte uns verwirrt an. »Bei einem Medium?«

»Wegen Gatsby.«

»Wegen Gatsby! Nein, war ich nicht. Ich sagte, ich habe ein paar Nachforschungen über seine Vergangenheit angestellt.«

»Und herausgefunden, dass er in Oxford studiert hat«, kam Jordan ihm entgegen.

»In Oxford studiert!« Das glaubte er nicht. »Der doch nicht! Er trägt einen grellrosa Anzug!«

»Trotzdem hat er in Oxford studiert.«

»Oxford, New Mexico oder so was«, sagte Tom und schnaubte verächtlich.

»Pass mal auf, Tom. Wenn du so ein Snob bist, warum hast du ihn dann zum Lunch eingeladen?«, fragte Jordan ärgerlich.

»Daisy hat ihn eingeladen; sie haben sich irgendwann vor unserer Hochzeit – Gott weiß wo – kennengelernt!«

Jetzt, da die Wirkung des Ales allmählich verblasste, waren wir alle ein wenig gereizt und fuhren vorsichtshalber eine Weile schweigend weiter. Als Doktor T. J. Eckleburgs blässliche Augen weiter unten an der Straße in Sicht kamen, fiel mir Gatsbys Warnung wegen des Benzins wieder ein.

»Bis in die Stadt wird's noch reichen«, sagte Tom.

»Aber hier ist doch gleich eine Tankstelle«, wandte Jordan ein. »Ich habe keine Lust, bei der Bruthitze irgendwo liegenzubleiben.«

Tom trat unwillig auf die Bremse, und wir kamen in einer Staubwolke abrupt unter Wilsons Schild zum Stehen. Kurz darauf tauchte der Besitzer aus dem Inneren seines Ladens auf und starrte hohläugig auf den Wagen.

»Geben Sie uns Benzin!«, herrschte Tom ihn an. »Was glauben Sie, warum wir hier angehalten haben – wegen der schönen Aussicht?«

»Mir ist nicht gut«, sagte Wilson, ohne sich zu rühren. »Den ganzen Tag schon nicht.«

»Was ist denn los?«

»Ich kann nicht mehr.«

»Schön, soll ich mich also selbst bedienen?«, fragte Tom. »Am Telefon klangen Sie noch ganz munter.«

Mit einiger Anstrengung löste Wilson sich vom Türrahmen, der ihm Halt und Schatten gegeben hatte, und schraubte schwer atmend den Tank auf. Im Sonnenlicht war sein Gesicht grün.

»Tut mir leid, dass ich Sie beim Mittagessen gestört habe«, sagte er. »Aber ich brauch ziemlich dringend Geld, und da wollt ich halt wissen, was Sie mit Ihrem alten Wagen vorhaben.«

»Wie finden Sie den hier?«, fragte Tom. »Hab ich vorige Woche gekauft.«

»Schönes Gelb«, sagte Wilson, während er sich an der Zapfsäule abmühte.

»Wollen Sie ihn kaufen?«

»Klar doch.« Wilson lächelte matt. »Nein, aber der andere könnte mir ein bisschen was einbringen.«

»Wofür brauchen Sie denn auf einmal Geld?«

»Ich bin schon zu lange hier. Ich möchte weg. Meine Frau und ich ziehen in den Westen.«

»Ihre Frau!«, rief Tom erschrocken.

»Sie redet seit zehn Jahren davon.« Er lehnte sich einen Moment lang an die Zapfsäule und beschattete seine Augen mit der Hand. »Und jetzt muss sie, ob sie will oder nicht. Ich schaffe sie von hier weg.«

Das Coupé schoss an uns vorbei, man gewahrte nichts als wirbelnden Staub und eine winkende Hand.

»Was bin ich Ihnen schuldig?«, fragte Tom schroff.

»Ich hab da in den letzten zwei Tagen was spitzgekriegt«, erklärte Wilson. »Deshalb will ich hier weg. Deshalb liege ich Ihnen mit dem Wagen in den Ohren.«

»Was bin ich Ihnen schuldig?«

»Einen Dollar zwanzig.«

Die gnadenlos sengende Hitze verwirrte mir allmählich die Sinne, und einen Moment lang war mir unbehaglich zumute, bis ich merkte, dass Wilsons Verdacht bis jetzt zumindest noch gar nicht auf Tom fiel. Er hatte herausgefunden, dass Myrtle in einer anderen Welt ein Leben fern von ihm führte, und war durch den Schock körperlich krank geworden. Ich starrte erst ihn und dann Tom an, der vor weniger als einer Stunde etwas Ähnliches entdeckt hatte – und dachte bei mir, dass kein Unterschied zwischen den Menschen, gleich welcher Herkunft oder Intelligenz, so groß ist wie der Unterschied zwischen den Kranken und den Gesunden. Wilson war sehr krank, ja er sah aus, als hätte er Schuld auf sich geladen, unverzeihliche Schuld – hätte zum Beispiel ein armes Mädchen mit einem Kind sitzenlassen.

»Sie können den Wagen haben«, sagte Tom. »Ich lasse ihn morgen Nachmittag zu Ihnen bringen.«

Der Ort hatte immer etwas leicht Beunruhigendes, selbst am helllichten Nachmittag, und jetzt wandte ich wie auf eine Warnung hin den Kopf. Über den Aschehügeln hielten die gigantischen Augen von Doktor T. J. Eckleburg Wache, doch kurz darauf bemerkte ich, dass uns nicht mehr als sieben Meter entfernt ein anderes Augenpaar mit sonderbarer Intensität beobachtete.

In einem Fenster über der Werkstatt waren die Gardinen ein wenig beiseitegeschoben, und Myrtle Wilson spähte auf den Wagen herab. Gebannt, wie sie war, bekam sie gar nicht mit, dass sie selber gesehen wurde, und die Gefühle stahlen sich eins nach dem anderen in ihr Gesicht wie Gegenstände in ein sich langsam entwickelndes Foto. Ihr Ausdruck war seltsam vertraut – es war ein Ausdruck, wie ich ihn auf Frauengesichtern schon oft gesehen hatte, doch auf Myrtle Wilsons Gesicht schien er grundlos und unerklärlich, bis ich erkannte, dass ihre vor eifersüchtigem Entsetzen geweiteten Augen nicht Tom, sondern Jordan Baker fixierten, die sie für seine Frau hielt.

Keine Verwirrung gleicht derjenigen eines schlichten Gemüts, und als wir davonfuhren, verspürte Tom die heißen Peitschenhiebe der Panik. Seine Frau und seine Geliebte, bis vor einer Stunde noch in Sicherheit und unversehrt, entglitten jäh seiner Kontrolle. In der zweifachen Absicht,

Daisy einzuholen und Wilson hinter sich zu lassen, trat er instinktiv aufs Gaspedal, und wir rasten mit achtzig Stundenkilometern gen Astoria, bis wir zwischen den spinnenartigen Streben der Hochbahn das gemächlich dahingleitende blaue Coupé entdeckten.

»In den großen Kinos um die fünfzigste Straße herum ist es kühl«, schlug Jordan vor. »Ich liebe New York an den Sommernachmittagen, wenn alle ausgeflogen sind. Es ist dann so sinnlich – überreif, als würden dir im nächsten Moment alle möglichen komischen Früchte in die Hände fallen.«

Das Wort »sinnlich« versetzte Tom in noch größere Unruhe, doch bevor er sich einen Einwand ausdenken konnte, bremste das Coupé ab, und Daisy gab uns ein Zeichen, wir sollten neben ihnen halten.

»Wo wollen wir hin?«, rief sie.

»Wie wär's, wenn wir ins Kino gingen?«

»Es ist so heiß«, jammerte sie. »Geht ihr nur. Wir fahren ein wenig spazieren und treffen uns später.« Matt regte sich ihr Witz: »Wir treffen uns an irgendeiner Ecke. Ich bin der Mann mit den zwei Zigaretten im Mundwinkel.«

»Hier können wir das nicht diskutieren«, sagte Tom mürrisch, als hinter uns die Hupe eines Lastwagens einen lauten Fluch ausstieß. »Fahren wir zum Plaza auf der Südseite des Central Park.«

Er drehte sich mehrmals um und schaute nach ihrem Wagen, und wenn der Verkehr sie aufhielt, bremste er ab, bis sie wieder in Sicht kamen. Ich glaube, er hatte Angst, sie würden mit quietschenden Reifen in eine Seitenstraße einbiegen und für immer aus seinem Leben verschwinden.

Aber das taten sie nicht. Und alle zusammen fassten wir den weniger einleuchtenden Entschluss, uns den Salon einer Suite im Plaza Hotel zu nehmen.

An die ziemlich lange und turbulente Diskussion, die damit endete, dass wir uns alle in besagtem Raum eingepfercht fanden, entsinne ich mich nicht, aber ich habe eine geradezu physische Erinnerung daran, wie meine Unterhose mir wie eine feuchte Schlange die Beine hinaufkroch und mir dann und wann Schweißperlen kühl den Rücken hinunterrannen. Es begann alles damit, dass Daisy meinte, wir sollten uns fünf Badezimmer für kalte Bäder nehmen, ein Vorschlag, der schließlich in etwas praktikablerer Form – »einen Ort, an dem wir Mint Julep trinken können« – in die Tat umgesetzt wurde. Jeder von uns sagte wieder und wieder, das sei ja eine »verrückte Idee« – wir redeten alle gleichzeitig auf einen verdutzten Hotelangestellten ein und hielten uns für unglaublich witzig oder taten zumindest so …

Das Zimmer war groß und stickig, und obwohl es schon vier Uhr war, kam beim Öffnen der Fenster nur ein Luftschwall aus den heißen Sträuchern des Parks herein. Daisy stellte sich mit dem Rücken zu uns vor den Spiegel und richtete sich das Haar.

»Das ist ja eine todschicke Suite«, flüsterte Jordan respektvoll, und alle lachten.

»Mach noch ein Fenster auf«, befahl Daisy, ohne sich umzudrehen.

»Es gibt keins mehr.«

»Tja, dann müssen wir wohl unten anrufen und eine Axt verlangen …«

»Am besten schert man sich gar nicht um die Hitze«,

sagte Tom ärgerlich. »Mit deinem Gejammer machst du es nur zehnmal schlimmer.«

Er rollte die Whiskeyflasche aus dem Tuch und stellte sie auf den Tisch.

»Warum lassen Sie sie nicht in Ruhe, alter Knabe«, bemerkte Gatsby. »Sie waren es doch, der in die Stadt fahren wollte.«

Einen Moment lang herrschte Schweigen. Das Telefonbuch rutschte vom Nagel an der Wand und klatschte auf den Boden, worauf Jordan »Oh, Verzeihung« flüsterte, aber diesmal lachte keiner.

»Ich heb's auf«, erbot ich mich.

»Ich hab's schon.« Gatsby untersuchte die aufgetrennte Kordel, murmelte interessiert »Hm!« und warf das Buch auf einen Stuhl.

»Das ist ja wohl Ihr Lieblingsausdruck, was?«, sagte Tom scharf.

»Welcher denn?«

»Na, das ewige ›alter Knabe‹. Wo haben Sie das überhaupt aufgeschnappt?«

»Pass mal auf, Tom«, sagte Daisy und drehte sich vom Spiegel zu ihm um. »Wenn du jetzt anfängst, Leute zu beleidigen, bleibe ich keine Minute länger hier. Ruf unten an, und bestell Eis für den Mint Julep.«

Als Tom den Hörer abnahm, entlud sich die angestaute Hitze in Musik, und wir lauschten den feierlichen Akkorden von Mendelssohns Hochzeitsmarsch aus dem Ballsaal unter uns.

»Stellt euch bloß vor, bei dieser Hitze zu heiraten!«, seufzte Jordan.

»Ach – ich habe mitten im Juni geheiratet«, sagte Daisy. »Louisville im Juni! Irgendjemand fiel in Ohnmacht. Wer war das noch gleich, der damals in Ohnmacht fiel, Tom?«

»Biloxi«, antwortete er knapp.

»Ein Mann namens Biloxi. ›Blocks‹ Biloxi. Er stellte Boxen her – wirklich – und kam aus Biloxi, Tennessee.«

»Sie haben ihn dann zu mir nach Hause gebracht«, ergänzte Jordan, »weil ich nur zwei Häuser von der Kirche entfernt wohnte. Und er blieb drei Wochen, bis Daddy ihm schließlich die Tür wies. Einen Tag später war Daddy tot.« Und als fürchtete sie, das könne pietätlos klingen, fügte sie hinzu: »Es hatte nichts miteinander zu tun.«

»Ich kannte mal einen Bill Biloxi aus Memphis«, sagte ich.

»Das war sein Vetter. Er hat mir damals seine gesamte Familiengeschichte erzählt. Und mir einen Aluminium-Putter geschenkt, den ich heute noch benutze.«

Die Musik war jetzt verstummt, die Zeremonie hatte begonnen, und langer Beifall wehte zum Fenster herein, mit gelegentlichen »Ja-ha-ha!«-Rufen dazwischen, gefolgt von jäh einsetzender Jazzmusik, als der Tanz anfing.

»Wir werden alt«, sagte Daisy. »Wenn wir jung wären, würden wir jetzt aufstehen und tanzen.«

»Denk an Biloxi«, warnte Jordan sie. »Woher kanntest du ihn, Tom?«

»Biloxi?« Er versuchte angestrengt, sich zu konzentrieren. »Ich kannte ihn gar nicht. Er war Daisys Freund.«

»War er nicht«, entgegnete sie. »Ich hatte ihn noch nie gesehen. Er kam mit dem Zug runter, den du gechartert hattest.«

»Er behauptete aber, dich zu kennen. Sagte, er sei in Louisville aufgewachsen. Asa Bird schleppte ihn im letzten Moment an und fragte, ob wir einen Platz für ihn hätten.«

Jordan lächelte.

»Wahrscheinlich hat er sich damit eine Fahrt nach Hause ergaunert. Mir erzählte er, er sei Präsident eures Jahrgangs in Yale gewesen.«

Tom und ich schauten uns verdutzt an.

»Bil*ox*i?«

»Erstens hatten wir gar keinen Präsidenten ...«

Gatsbys Fuß trommelte einen kurzen, rastlosen Rhythmus auf den Boden. Auf einmal fixierte ihn Tom.

»Ach, apropos, Mr. Gatsby – ich höre, Sie haben in Oxford studiert?«

»Das stimmt nicht ganz.«

»O doch, ich habe gehört, Sie waren in Oxford.«

»Ja – ich *war* dort.«

Eine Pause. Dann Toms Stimme, ungläubig und schneidend:

»Sie müssen ungefähr zur gleichen Zeit dort gewesen sein, als Biloxi in New Haven war.«

Wieder eine Pause. Ein Kellner klopfte und brachte zerstoßenes Eis mit Pfefferminz, doch auch sein »Danke« und die leise ins Schloss fallende Tür konnten das Schweigen nicht brechen. Endlich würde dieses wichtige Detail aufgeklärt werden.

»Ich sage Ihnen doch, dass ich dort war.«

»Das habe ich schon verstanden, aber ich würde gerne wissen, wann.«

»1919. Ich bin nur fünf Monate geblieben. Deshalb kann ich auch nicht wirklich behaupten, ich hätte in Oxford studiert.«

Tom prüfte mit einem Blick in die Runde, ob wir sein Erstaunen spiegelten. Aber wir schauten alle Gatsby an.

»Es war ein Angebot, das manchen Offizieren damals nach dem Waffenstillstand gemacht wurde«, fuhr Gatsby fort. »Wir durften an jede beliebige Universität in England oder Frankreich gehen.«

Ich wäre beinahe aufgestanden und hätte ihm auf die Schulter geklopft. Mein Vertrauen in ihn war voll und ganz wiederhergestellt, wie ich es nun schon ein paarmal erlebt hatte.

Daisy erhob sich leise lächelnd und ging zum Tisch.

»Mach den Whiskey auf, Tom«, befahl sie. »Und ich mixe euch einen Mint Julep. Damit ihr euch nicht mehr so dumm vorkommt ... Schaut euch die Pfefferminze an!«

»Moment«, blaffte Tom sie an. »Ich möchte Mr. Gatsby noch eine Frage stellen.«

»Bitte sehr«, sagte Gatsby höflich.

»Warum versuchen Sie Unfrieden in meinem Haus zu stiften?«

Endlich lagen die Karten offen auf dem Tisch, und Gatsby war es recht.

»Er stiftet keinen Unfrieden.« Daisy blickte verzweifelt von einem zum anderen. »Du stiftest Unfrieden. Bitte nimm dich ein bisschen zusammen.«

»Mich zusammennehmen!«, wiederholte Tom fassungslos. »Das ist ja wohl das Neuste – ich soll mich lässig zurücklehnen und zuschauen, wie Mr. Irgendwer aus Irgendwo mit meiner Frau schläft? Also, wenn das so ist – da mach ich nicht mit … Die Leute rümpfen heute ja schon die Nase über das Familienleben und die familiären Sitten; als Nächstes werfen sie wahrscheinlich alles über Bord und lassen die Mischehe zwischen Schwarzen und Weißen zu.«

Von seinem eigenen leidenschaftlichen Geschwafel erhitzt, sah er sich allein am letzten Grenzposten der Zivilisation stehen.

»Wir sind hier alle weiß«, murmelte Jordan.

»Mir ist klar, dass ich nicht sehr beliebt bin. Ich gebe keine großen Partys. Offenbar muss man sein Haus in einen Schweinestall verwandeln, wenn man Freunde haben will – in der heutigen Welt.«

So peinlich mir das alles war, und das war es uns allen, musste ich mir doch das Lachen verbeißen, sobald er den Mund aufmachte – die Wandlung vom Freigeist zum Tugendbold war einfach verblüffend.

»Jetzt möchte ich Ihnen mal was sagen, alter Knabe –«, hob Gatsby an. Doch Daisy ahnte, was er vorhatte.

»Bitte nicht!«, unterbrach sie ihn verzweifelt. »Bitte lass uns alle nach Hause fahren! Warum fahren wir nicht einfach nach Hause?«

»Das ist eine gute Idee.« Ich stand auf. »Komm mit, Tom. Keiner von uns möchte einen Drink.«

»Ich möchte aber wissen, was Mr. Gatsby mir zu sagen hat.«

»Ihre Frau liebt Sie nicht«, sagte Gatsby ruhig. »Sie hat Sie nie geliebt. Sie liebt mich.«

»Sie sind wohl verrückt!«, rief Tom unwillkürlich aus.

Gatsby sprang voll innerer Erregung auf.

»Sie hat Sie nie geliebt, hören Sie?«, rief er. »Sie hat Sie nur geheiratet, weil ich arm war und sie nicht länger auf mich warten mochte. Es war ein schrecklicher Fehler, aber in ihrem Herzen hat sie nie einen anderen geliebt als mich!«

An dieser Stelle wollten Jordan und ich gehen, doch Tom und Gatsby versuchten, einer hartnäckiger als der andere, uns zum Bleiben zu bewegen – als ob keiner von ihnen etwas zu verbergen hätte, ja als wäre es ein Privileg, als Zuschauer an ihren Gefühlen teilzuhaben.

»Setz dich, Daisy.« Toms Stimme rang vergebens um einen väterlichen Ton. »Was ist los? Ich möchte alles wissen.«

»Ich habe Ihnen schon gesagt, was los ist«, sagte Gatsby. »Was seit fünf Jahren los ist – und Sie wussten es nicht.«

Tom schaute Daisy scharf an.

»Du triffst dich seit fünf Jahren mit diesem Kerl?«

»Das nicht«, sagte Gatsby. »Nein, treffen konnten wir uns nicht. Aber wir haben uns die ganze Zeit geliebt, alter Knabe, und Sie haben es nicht gewusst. Ich musste manchmal lachen –«, doch da war kein Lachen in seinen Augen, »wenn ich daran dachte, dass Sie nichts wussten.«

»Ach – das ist alles.« Tom legte wie ein Pfaffe seine dicken Finger aneinander und lehnte sich in seinem Stuhl zurück.

»Sie sind verrückt!«, polterte er. »Was vor fünf Jahren passiert ist, darüber kann ich nichts sagen, da kannte ich Daisy noch nicht – und ich fresse einen Besen, wenn Sie damals auch nur bis auf einen Kilometer an sie herangekommen sind, es sei denn, Sie haben die Lebensmittel an die Hintertür geliefert. Aber alles andere ist eine gottverdammte

Lüge. Daisy liebte mich, als wir geheiratet haben, und sie liebt mich auch jetzt.«

»Nein«, sagte Gatsby und schüttelte den Kopf.

»O doch. Das einzige Problem ist, dass sie gelegentlich auf merkwürdige Ideen kommt und nicht mehr weiß, was sie tut.« Er nickte weise. »Und was wichtiger ist: Ich liebe Daisy ebenfalls. Ich erlaube mir wohl mal die eine oder andere Eskapade und benehme mich wie ein Idiot, aber ich komme immer wieder zurück, und in meinem Herzen habe ich immer nur Daisy geliebt.«

»Du bist widerlich«, sagte Daisy. Sie wandte sich mir zu, und ihre Stimme, die jetzt eine Oktave tiefer sank, erfüllte den Raum mit bebendem Hohn: »Weißt du, Nick, warum wir aus Chicago weggezogen sind? Ich bin überrascht, dass dir die Geschichte dieser kleinen Eskapade bisher vorenthalten wurde.«

Gatsby ging zu ihr hinüber und stellte sich neben sie.

»Daisy, das ist jetzt alles vorbei«, sagte er ernst. »Es spielt keine Rolle mehr. Sag ihm einfach die Wahrheit – dass du ihn nie geliebt hast –, und alles ist für immer ausgelöscht.«

Sie sah ihn aus blinden Augen an. »Wie konnte … ich ihn … bloß jemals lieben?«

»Du hast ihn nie geliebt.«

Sie zögerte. Ihr Blick wanderte ein wenig flehentlich zu Jordan und mir, als merkte sie erst jetzt, was sie hier tat – und als hätte sie das nie gewollt. Aber jetzt war es geschehen. Es war zu spät.

»Ich habe ihn nie geliebt«, sagte sie mit spürbarem Widerstreben.

»Auch nicht in Kapiolani?«, fragte Tom plötzlich.

»Nein.«

Aus dem Ballsaal drangen gedämpfte, erstickte Akkorde auf Wellen heißer Luft zu uns herauf.

»Oder als ich dich vom Punch Bowl heruntergetragen habe, damit deine Schuhe nicht nass wurden?« In seinem Ton lag eine rauhe Zärtlichkeit. »… Daisy?«

»Bitte nicht.« Ihre Stimme war kalt, aber aller Groll war daraus verschwunden. Sie schaute Gatsby an. »Da, Jay«, sagte sie – aber als sie sich eine Zigarette anzuzünden versuchte, zitterte ihre Hand. Plötzlich warf sie die Zigarette und das brennende Streichholz auf den Teppich.

»Ach, du willst zu viel!«, sagte sie zu Gatsby. »Ich liebe dich jetzt – reicht das denn nicht? Ich kann nicht ändern, was einmal war.« Sie fing hilflos an zu weinen. »Ich *habe* ihn einmal geliebt – aber dich habe ich auch geliebt.«

Gatsbys Lider hoben und senkten sich.

»Du hast mich *auch* geliebt?«, wiederholte er.

»Selbst das ist eine Lüge«, sagte Tom grimmig. »Sie wusste ja gar nicht, dass Sie noch am Leben waren. Tja – es gibt Dinge zwischen Daisy und mir, von denen Sie nie erfahren werden und die keiner von uns je vergessen kann.«

Die Wörter schienen Gatsby regelrecht zu schneiden.

»Ich möchte allein mit Daisy sprechen«, sagte er. »Sie ist ganz außer sich …«

»Auch wenn wir allein sind, kann ich nicht sagen, ich hätte Tom nie geliebt«, gab sie mit kläglicher Stimme zu. »Es wäre nicht wahr.«

»Natürlich nicht«, bestätigte Tom.

Sie schaute ihren Mann an.

»Als ob dir das etwas bedeutete«, sagte sie.

»Natürlich bedeutet es mir etwas! Von jetzt an werde ich mich mehr um dich kümmern.«

»Sie haben es offenbar noch nicht verstanden«, sagte Gatsby mit einem Hauch von Panik. »Sie werden sich überhaupt nicht mehr um sie kümmern.«

»Ach nein?« Tom machte die Augen weit auf und lachte. Jetzt konnte er es sich leisten, sich zusammenzunehmen. »Und wieso nicht?«

»Daisy wird Sie verlassen.«

»Unsinn.«

»Doch, das werde ich«, sagte sie mit sichtlicher Anstrengung.

»Sie wird mich nicht verlassen!« Toms Worte beugten sich plötzlich tief über Gatsby. »Ganz bestimmt nicht für einen gewöhnlichen Schwindler, der den Ring, den er ihr anstecken wollte, erst stehlen müsste!«

»Hört auf damit!«, schrie Daisy. »Oh, lasst uns doch bitte hier weggehen!«

»Wer sind Sie überhaupt?«, fuhr Tom fort. »Sie gehören doch zu dieser Clique um Meyer Wolfshiem – so viel weiß ich zufällig. Ich habe ein paar Nachforschungen über Ihre Geschäfte angestellt – und morgen werde ich noch tiefer graben!!«

»Nur zu, alter Knabe«, sagte Gatsby gleichmütig.

»Ich habe herausgefunden, welcher Art Ihre ›Drugstores‹ waren.« Er wandte sich jetzt an uns und sprach schnell. »Er und dieser Wolfshiem haben hier und in Chicago eine Menge kleiner Drugstores aufgekauft und Äthylalkohol über den Tresen vertrieben. Das ist nur eins seiner Bravourstückchen. Ich habe ihn auf den ersten Blick für einen Alkoholschmuggler gehalten und hatte nicht unrecht damit.«

»Was wollen Sie?«, sagte Gatsby höflich. »Ihr Freund Walter Chase war sich auch nicht zu schade, mit einzusteigen.«

»Und Sie haben ihn im Schlamassel sitzenlassen, oder etwa nicht? Sie haben tatenlos zugesehen, als er drüben in New Jersey für einen Monat in den Knast wanderte. Herrgott! Sie müssten mal hören, wie Walter über Sie spricht!«

»Als er zu uns kam, war er völlig abgebrannt. Er war froh, ein bisschen Geld zu verdienen, alter Knabe.«

»Ich verbitte mir Ihr ›alter Knabe‹!«, rief Tom. Gatsby schwieg.

»Walter könnte Sie auch mit den Wettbestimmungen drankriegen, aber Wolfshiem hat ihn so eingeschüchtert, dass er den Mund hält.«

Der fremde und doch wiedererkennbare Ausdruck trat wieder auf Gatsbys Gesicht.

»Das Drugstore-Geschäft war bloß Kleinkram«, fuhr Tom langsam fort, »aber jetzt haben Sie etwas laufen, das Walter mir gar nicht zu erzählen wagt.«

Ich sah, wie Daisy entsetzt zwischen Gatsby und ihrem Mann hin- und herblickte und auch Jordan, die jetzt einen unsichtbaren, doch ihre volle Konzentration fordernden Gegenstand auf der Kinnspitze balancierte, einen Blick zuwarf. Dann schaute ich wieder zu Gatsby und erschrak. Er sah aus – und dies sei mit aller gebotenen Verachtung für das verleumderische Geschwätz in seinem Garten gesagt –, als hätte er »jemanden umgebracht«. Für einen Moment hätte man seinen Gesichtsausdruck in ebendieser irrwitzigen Weise beschreiben können.

Der Moment ging vorüber, und dann redete Gatsby erregt auf Daisy ein, leugnete alles und verteidigte seinen Namen gegen Anschuldigungen, die niemand erhoben hatte. Doch mit jedem seiner Worte zog sie sich weiter in sich zurück, und so gab er es auf, und nur der tote Traum kämpfte weiter, versuchte, während der Nachmittag dahinschwand, zu berühren, was unerreichbar geworden war, und rang unglücklich, unerschütterlich, um jene verlorene Stimme am anderen Ende des Raums.

Die Stimme flehte erneut darum aufzubrechen.

»*Bitte,* Tom! Ich halte es hier nicht mehr aus.«

Ihr angstvoller Blick bezeugte, dass von allen Absichten, die sie gehabt haben mochte, und auch von ihrem Mut nicht das Geringste mehr übrig war.

»Fahrt ihr beide schon mal vor, Daisy«, sagte Tom. »Mit Mr. Gatsbys Wagen.«

Sie schaute Tom erschrocken an, doch er beharrte mit gönnerhafter Großmut auf seinem Vorschlag.

»Geh nur. Er wird dich in Ruhe lassen. Ich glaube, er hat begriffen, dass sein anmaßender kleiner Flirt vorbei ist.«

Sie waren fort, ohne ein Wort, ausgeknipst, unwichtig geworden und wie Schatten sogar von unserem Mitleid ausgeschlossen.

Nach einer kleinen Weile stand Tom auf und wickelte die ungeöffnete Whiskeyflasche in das Tuch.

»Wollt Ihr einen Schluck? Jordan? … Nick?«

Ich antwortete nicht.

»Nick?«, fragte er noch einmal.

»Was?«

»Willst du einen Schluck?«

»Nein … Mir ist gerade eingefallen, dass ich heute Geburtstag habe.«

Ich war dreißig. Vor mir erstreckte sich der unheilvolle, bedrohliche Weg in ein neues Jahrzehnt.

Gegen sieben setzten wir uns in das Coupé und fuhren gen Long Island. Tom redete in einem fort, ausgelassen und voller Übermut, doch sein Geplapper war Jordan und mir so fern wie das fremde Stimmengewirr auf den Gehwegen oder der Krach der Hochbahn über unseren Köpfen. Menschliches Mitgefühl hat seine Grenzen, und wir waren nicht unglücklich, als ihre tragische Auseinandersetzung mit den Lichtern der Stadt hinter uns verblasste. Dreißig – das verhieß ein Jahrzehnt der Einsamkeit, weniger ungebundene Männer in der Bekanntschaft, weniger Vorräte an Begeisterungsfähigkeit, weniger Haare auf dem Kopf. Doch da war Jordan neben mir, die, anders als Daisy, zu klug war, um wohlvergessene Träume von einem Lebensalter ins andere mitzuschleppen. Auf der dunklen Brücke sank ihr fahles Gesicht müde an meine Schulter, und der sagenhafte Schreck, der mich angesichts der Dreißig befallen hatte, erstarb unter dem tröstlichen Druck ihrer Hand.

So fuhren wir durch das kühler werdende Zwielicht weiter auf den Tod zu.

Der junge Grieche Michaelis, der den Imbiss am Fuß der Aschehügel betrieb, war Hauptzeuge bei der gerichtlichen Untersuchung. Er hatte während der größten Hitze, bis kurz nach fünf, geschlafen und war dann zur Werkstatt hinübergeschlendert, wo er George Wilson krank in seinem Büro antraf – richtig krank, bleich wie sein bleiches Haar und am ganzen Leib zitternd. Michaelis riet ihm, sich ins Bett zu legen, doch Wilson weigerte sich; er fürchtete um seine Geschäfte. Während sein Nachbar ihm gut zuredete, brach über ihnen ein gewaltiger Radau los.

»Ich habe meine Frau oben eingesperrt«, erklärte Wilson ruhig. »Da bleibt sie bis übermorgen, und dann ziehen wir weg von hier.«

Michaelis staunte; sie waren seit vier Jahren Nachbarn, und er hätte nie gedacht, dass Wilson zu einer solchen Äußerung fähig wäre. Normalerweise war er einer jener immermüden Männer: Wenn er nicht arbeitete, saß er auf einem Stuhl in seiner Tür und starrte den Leuten und Autos nach, die auf der Straße vorbeikamen. Wenn er angesprochen wurde, lachte er stets auf eine freundliche, farblose Weise. Er war ein Mann, der seiner Frau gehörte und nicht sich selbst.

Also versuchte Michaelis natürlich herauszufinden, was passiert war, doch Wilson wollte nichts sagen – stattdessen bedachte er seinen Besucher mit sonderbaren, misstrauischen Blicken und fragte ihn, wo er zu bestimmten Zeiten an bestimmten Tagen gewesen sei. Als diesem gerade unbehaglich zumute wurde, kamen ein paar Arbeiter an der Tür vorbei und steuerten auf sein Lokal zu, und Michaelis nutzte die Gelegenheit, das Weite zu suchen, nahm sich aber vor, später noch einmal nach dem Rechten zu sehen. Doch das tat er nicht. Er habe es wohl einfach vergessen, meinte er. Erst als er kurz nach sieben hinausgegangen sei, habe er sich wieder an das Gespräch mit Wilson erinnert, weil er unten in der Werkstatt Mrs. Wilsons Stimme gehört habe, laut und wütend.

»Schlag mich doch!«, hörte er sie brüllen. »Stoß mich um und schlag mich, du dreckiger kleiner Feigling!«

Einen Augenblick später rannte sie schreiend und gestikulierend in die Dämmerung hinaus; und ehe er einen Schritt von seiner Tür weg machen konnte, war alles vorbei.

Der »Todeswagen«, wie die Zeitungen ihn nannten, hielt nicht an; er kam aus der wachsenden Dunkelheit, schwankte einen Moment lang dramatisch und verschwand hinter der nächsten Biegung. Michaelis war nicht einmal sicher, welche Farbe er hatte – dem ersten Polizisten sagte er, er sei hellgrün gewesen. Das andere, Richtung New York fahrende Auto kam hundert Meter weiter zum Stehen, und der Fahrer eilte zu der Stelle zurück, wo Myrtle Wilson, ihres Lebens gewaltsam beraubt, mitten auf der Straße auf den Knien lag und ihr dickes, dunkles Blut sich mit dem Staub mischte.

Michaelis und besagter Mann waren als Erste bei ihr, doch als sie ihr die noch feuchte Hemdbluse aufgerissen hatten, sahen sie, dass die linke Brust lose wie ein Lappen herabhing und sie nicht mehr nach dem Herzschlag darunter zu horchen brauchten. Ihr Mund war weit geöffnet und an den Winkeln eingerissen, so als hätte sie ein wenig gewürgt, als sie die ungeheure Vitalität aufgab, die sie so lange unter Verschluss gehalten hatte.

Wir sahen die drei oder vier Automobile und die kleine Menschenmenge schon aus einiger Entfernung.

»Ein Unfall!«, sagte Tom. »Gut. Das wird Wilson endlich ein bisschen Arbeit bescheren.«

Er fuhr langsamer, zuerst noch ohne die Absicht anzuhalten, bis ihn die stillen, aufmerksamen Gesichter der Leute an der Werkstatttür automatisch auf die Bremse treten ließen.

»Wir schauen uns das mal an«, sagte er zweifelnd, »nur ganz kurz.«

Jetzt nahm ich ein tonloses, klagendes Geräusch wahr, das unablässig aus der Werkstatt nach draußen drang, und als wir aus dem Coupé gestiegen waren und uns der Tür näherten, löste es sich in die Wörter »O mein Gott!« auf, die jemand wieder und wieder stöhnend hervorstieß.

»Da ist etwas Schlimmes passiert«, sagte Tom aufgeregt.

Er stellte sich auf die Zehenspitzen und spähte über einen Kreis aus Köpfen hinweg in die Werkstatt, die nur von einer gelben Birne in einem an der Decke baumelnden Drahtkorb erleuchtet war. Dann machte er ein rauhes Geräusch hinten in der Kehle und bahnte sich mit ein paar rabiaten Stößen seiner kräftigen Arme einen Weg durch die Menge.

Reihum empörtes Gemurmel, ehe der Kreis sich wieder schloss; es dauerte einen Moment, bis ich überhaupt etwas sehen konnte. Dann verschoben sich die Reihen, weil noch mehr Leute hinzukamen, und Jordan und ich wurden plötzlich in die Mitte gedrängt.

Myrtle Wilsons Leichnam, in mehrere Decken gehüllt, als litte sie in der heißen Nacht unter Schüttelfrost, lag auf einer Werkbank an der Wand, und Tom beugte sich mit dem Rücken zu uns über sie. Neben ihm stand ein Polizist in

Motorradfahrerkluft und notierte mit viel Schweiß und Mühe Namen in einem kleinen Buch. Zuerst konnte ich die Quelle der hohen, klagenden Wörter, die laut durch den kahlen Werkstattraum hallten, nicht ausmachen – dann sah ich Wilson, der auf der etwas erhöhten Schwelle zu seinem Büro stand, vor- und zurückschwankte und sich mit beiden Händen an den Türpfosten festhielt. Ein Mann redete mit leiser Stimme auf ihn ein und versuchte ab und zu, ihm eine Hand auf die Schulter zu legen, doch Wilson hörte und sah ihn nicht. Sein Blick wanderte immer wieder langsam von der schaukelnden Lampe zur beladenen Werkbank hinab und zuckte dann zur Lampe zurück, und unablässig ertönte sein hoher, schauerlicher Ruf.

»O mein Go-ott! O mein Go-ott! O Go-ott! O mein Go-ott!«

Jetzt hob Tom jäh den Kopf, und nachdem er mit glasigen Augen in der Werkstatt umhergeblickt hatte, richtete er eine nuschelige, unverständliche Frage an den Polizisten.

»M-a-v…«, sagte der Polizist gerade, »-o- …«

»Nein, –r-«, korrigierte ihn der Mann, »M-a-v-r-o- …«

»Hören Sie!«, murmelte Tom ungeduldig.

»r-«, sagte der Polizist, »-o- …«

»g-«

»g-« Er schaute auf, als Toms Pranke ihm schwer auf die Schulter fiel. »Was woll'n Sie denn?«

»Was passiert ist, will ich wissen!«

»Vom Auto überfahr'n. Sofort tot.«

»Sofort tot«, wiederholte Tom mit starrem Blick.

»Sie is auf die Straße rausgerannt. Hat nich mal angehalten, der Mistkerl.«

»Da war'n zwei Autos«, sagte Michaelis. »Eins hier lang, eins da lang, sehn Sie?«

»Und in welche Richtung war'n die unterwegs?«, fragte der Polizist scharfsinnig.

»In jede Richtung eins. Und sie –«, seine Hand wollte auf die Decken zeigen, hielt jedoch auf halbem Weg inne und fiel wieder herab, »– sie is auf die Straße, und der Wagen aus N'York mit fünfzig, sechzig Sachen direkt in sie rein.«

»Wie heißt der Ort hier?«, fragte der Ordnungshüter.

»Hat keinen Namen.«

Ein hellhäutiger, gutangezogener Schwarzer trat näher.

»Es war ein gelber Wagen«, sagte er. »Ein großer gelber Wagen. Neu.«

»Haben Sie den Unfall gesehn?«

»Nein, aber der Wagen ist kurz danach an mir vorbeigerast, mit über siebzig Sachen. Eher neunzig, hundert.«

»Kommen Sie her, wir brauchen Ihren Namen. Aufgepasst. Ich will jetzt seinen Namen notieren.«

Ein paar Gesprächsfetzen mussten zu Wilson, der immer noch schwankend in der Bürotür stand, durchgedrungen sein, denn inmitten seines klagenden Wehgeschreis klang plötzlich ein neues Motiv an.

»Sie brauchen mir nicht zu erzählen, was für ein Wagen das war! Ich weiß genau, was für ein Wagen das war!«

Ich beobachtete Tom und sah, wie die Muskelpolster unter den Schultern seines Jacketts sich strafften. Er ging rasch zu Wilson hinüber und packte ihn fest an den Oberarmen.

»Sie müssen sich zusammenreißen«, sagte er in begütigend rauhem Ton.

Wilsons Blick fiel auf Tom; er versuchte, sich auf die Zehenspitzen zu stellen, und wäre eingeknickt, wenn Tom ihn nicht aufrecht gehalten hätte.

»Hören Sie zu«, sagte Tom und schüttelte ihn ein wenig. »Ich bin erst vor einer Minute hier angekommen, aus New York. Ich wollte Ihnen das Coupé bringen, von dem wir gesprochen haben. Der gelbe Wagen, den ich heute Nachmittag gefahren habe, gehört mir nicht, verstehen Sie? Ich habe ihn den ganzen Nachmittag nicht gesehen.«

Nur der Schwarze und ich konnten hören, was Tom sagte, doch dem Polizisten schien irgendetwas an seinem Tonfall verdächtig vorzukommen, denn er schaute argwöhnisch zu uns herüber.

»Was ist da los?«, wollte er wissen.

»Ich bin ein Freund von ihm.« Tom wandte den Kopf, hielt aber mit den Händen weiter Wilsons Körper fest. »Er sagt, er kennt den Wagen … Es war ein gelber Wagen.«

Aus einem vagen Impuls heraus schaute der Polizist Tom misstrauisch an.

»Und welche Farbe hat Ihr Auto?«

»Blau. Es ist ein Coupé.«

»Wir kommen direkt aus New York«, sagte ich.

Jemand, der hinter uns gefahren war, bestätigte dies, und der Polizist wandte sich ab.

»Also, jetzt buchstabier'n Sie mir den Namen noch mal richtig …«

Tom hob Wilson wie eine Puppe hoch, trug ihn ins Büro, setzte ihn dort auf einen Stuhl und kam zurück.

»Könnte wohl jemand die Güte haben und sich zu ihm setzen!«, rief er gebieterisch. Er wartete ab, bis die beiden Männer, die ihm am nächsten standen, einen Blick tauschten und widerwillig in den Raum hinübergingen. Dann schloss Tom die Tür hinter ihnen und kam die Stufe herunter, ohne zur Werkbank zu schauen. Als er bei mir war, flüsterte er: »Lass uns gehen.«

Selbstbewusst bahnte Tom uns mit seinen starken Ellbogen einen Weg durch die immer noch anwachsende Menge, wobei wir einem gehetzten Arzt ausweichen mussten, den man eine halbe Stunde zuvor in wilder Hoffnung gerufen hatte.

Tom fuhr langsam, bis wir die Biegung hinter uns gelassen hatten – dann trat er fest aufs Gaspedal, und das Coupé raste durch die Nacht. Nach einer Weile hörte ich ein leises, heiseres Schluchzen und sah Tränen über sein Gesicht strömen.

»Dieser gottverdammte Feigling!«, wimmerte er. »Nicht mal angehalten hat er!«

Das Haus der Buchanans trieb plötzlich durch die dunklen, raschelnden Bäume auf uns zu. Tom parkte neben der Veranda und spähte zum ersten Stock hinauf, wo zwei Fenster zwischen den Weinranken in hellem Licht erstrahlten.

»Daisy ist zu Hause«, sagte er. Als wir ausstiegen, schaute er zu mir und runzelte ein wenig die Stirn.

»Ich hätte dich in West Egg absetzen sollen, Nick. Heute Nacht können wir ja doch nichts mehr tun.«

Eine Veränderung war mit ihm vorgegangen, und er sprach ernst und mit großer Bestimmtheit. Als wir über den mondbeschienenen Weg zur Veranda gingen, verfügte er mit ein paar raschen Sätzen über die Situation.

»Ich rufe dir ein Taxi, und in der Zwischenzeit geht ihr

zwei am besten in die Küche und lasst euch etwas zu essen geben – wenn ihr wollt.« Er öffnete die Tür. »Kommt rein.«

»Nein, danke. Aber ich wäre froh, wenn du mir ein Taxi bestellen würdest. Ich warte hier draußen.«

Jordan legte mir eine Hand auf den Arm.

»Willst du nicht mit reinkommen, Nick?«

»Nein, danke.«

Mir war ein wenig unwohl, und ich wollte allein sein. Aber Jordan zögerte noch einen Moment.

»Es ist erst halb zehn«, sagte sie.

Der Teufel sollte mich holen, wenn ich mit hineinging; ich hatte für heute genug von ihnen allen, und das schloss auf einmal auch Jordan ein. Sie sah es mir wohl am Gesicht an, denn sie drehte sich abrupt um, lief die Verandatreppe hinauf und verschwand im Haus. Ich setzte mich einen Augenblick hin und stützte den Kopf in die Hände, bis ich hörte, wie drinnen der Telefonhörer abgenommen wurde und die Stimme des Butlers ein Taxi bestellte. In der Absicht, vorne am Tor zu warten, ging ich langsam die Einfahrt hinunter.

Ich war kaum zwanzig Meter weit gekommen, als plötzlich jemand meinen Namen sagte und Gatsby zwischen zwei Sträuchern hervortrat. Ich muss inzwischen in einer ziemlich sonderbaren Gemütsverfassung gewesen sein, denn mir fiel lediglich auf, wie stark sein grellrosa Jackett im Mondschein leuchtete.

»Was machen Sie da?«, fragte ich ihn.

»Ich stehe hier bloß, alter Knabe.«

Das schien mir irgendwie keine anständige Beschäftigung zu sein. Woher sollte ich wissen, ob er nicht gleich das Haus ausrauben würde; es hätte mich nicht gewundert, wenn hinter ihm im dunklen Gesträuch finstere Gesichter, die Gesichter von »Wolfshiems Leuten«, aufgetaucht wären.

»Haben Sie auf der Straße irgendwas gesehen?«, fragte er nach einer Weile.

»Ja.«

Er zögerte.

»Ist sie tot?«

»Ja.«

»Das dachte ich mir; und das habe ich Daisy auch sofort gesagt. Besser, man sieht der Wahrheit gleich voll ins Gesicht. Sie hat es ziemlich gut aufgenommen.«

Er tat, als wäre Daisys Reaktion das Einzige, was zählte.

»Ich bin auf einer Nebenstraße nach West Egg gekommen«, fuhr er fort, »und habe das Auto in meiner Garage abgestellt. Ich glaube nicht, dass uns jemand gesehen hat, aber beschwören kann ich das natürlich nicht.«

Ich empfand inzwischen solche Abneigung gegen ihn, dass ich es nicht nötig fand, ihm zu sagen, dass er sich täuschte.

»Wer war die Frau?«, fragte er.

»Sie heißt Wilson. Ihrem Mann gehört die Werkstatt. Wie zum Teufel ist das passiert?«

»Nun, ich habe noch versucht, das Steuer herumzureißen –« Er brach ab, und mit einem Schlag wusste ich Bescheid.

»Ist Daisy gefahren?«

»Ja«, antwortete er nach kurzem Zögern, »aber ich werde natürlich alles auf mich nehmen. Wissen Sie, als wir in New

York aufbrachen, war sie ziemlich außer sich und dachte, es würde sie beruhigen, zu fahren – und diese Frau rannte uns direkt vors Auto, als uns gerade ein anderer Wagen entgegenkam. Es ging alles blitzschnell, aber ich hatte den Eindruck, als wollte sie mit uns sprechen, ja, als glaubte sie uns zu kennen. Zuerst wollte Daisy der Frau ausweichen und steuerte auf das andere Auto zu, aber dann verlor sie die Nerven und riss das Lenkrad wieder herum. In dem Moment, als meine Hand das Steuer berührte, spürte ich den Stoß – sie muss sofort tot gewesen sein.«

»Sie wurde regelrecht aufgeschlitzt.«

»Verschonen Sie mich, alter Knabe.« Er verzog das Gesicht. »Wie auch immer – Daisy gab Gas. Ich wollte, dass sie anhielt, aber sie konnte nicht, also zog ich die Handbremse. Dann kippte sie zur Seite, mir in den Schoß, und ich fuhr weiter.«

»Morgen geht es ihr sicher besser«, sagte er nach einer kurzen Pause. »Ich möchte nur hier warten und sehen, ob er ihr wegen der unangenehmen Szene heute Nachmittag Schwierigkeiten macht. Sie hat sich in ihrem Zimmer eingeschlossen, und falls er irgendwie handgreiflich wird, schaltet sie das Licht aus und wieder an.«

»Er wird ihr nichts tun«, sagte ich. »Er denkt im Augenblick gar nicht an sie.«

»Ich traue ihm nicht, alter Knabe.«

»Wie lange wollen Sie hier warten?«

»Wenn's nötig ist, die ganze Nacht. Jedenfalls so lange, bis alle schlafen gegangen sind.«

Mir kam ein neuer Gedanke. Angenommen, Tom fand heraus, dass Daisy am Steuer gesessen hatte. Er könnte glauben, dass es da einen Zusammenhang gab – er könnte alles Mögliche glauben. Ich drehte mich zum Haus um und sah unten zwei oder drei hell erleuchtete Fenster und oben im ersten Stock den rosa Lichtschein aus Daisys Zimmer.

»Warten Sie hier«, sagte ich. »Ich schaue mal nach, ob es irgendwelche Anzeichen von Streit gibt.«

Ich lief am Rand des Rasens entlang zurück, ging leise über den Kies und schlich auf Zehenspitzen die Stufen zur Veranda hoch. Die Wohnzimmervorhänge waren offen, und ich sah, dass der Raum leer war. Ich überquerte die Loggia, auf der wir an jenem Juniabend vor drei Monaten gespeist hatten, und kam zu einem kleinen Rechteck aus Licht, vermutlich das Fenster der Anrichte. Die Jalousie war heruntergezogen, aber ich fand einen Spalt unten beim Fensterbrett.

Daisy und Tom saßen einander am Küchentisch gegenüber, zwischen ihnen ein Teller kaltes gebratenes Huhn und zwei Flaschen Ale. Er redete eindringlich mit ihr, und in seinem Ernst hatte er unwillkürlich seine Hand auf die ihre gelegt. Dann und wann schaute sie zu ihm hoch und nickte zustimmend.

Sie waren nicht glücklich, und keiner von beiden hatte das Huhn oder das Ale auch nur angerührt – aber unglücklich waren sie auch nicht. Das Bild strahlte eine unverkennbare natürliche Intimität aus, und jeder hätte gesagt, die beiden heckten gerade etwas zusammen aus.

Als ich mich auf Zehenspitzen von der Veranda schlich, hörte ich, wie mein Taxi sich über die dunkle Straße langsam dem Haus näherte. Gatsby wartete noch dort, wo ich ihn vorhin hatte stehenlassen.

»Ist alles ruhig?«, fragte er besorgt.

»Ja, alles ist ruhig.« Ich zögerte. »Kommen Sie lieber mit nach Hause, und versuchen Sie ein bisschen zu schlafen.«

Er schüttelte den Kopf.

»Ich möchte hier warten, bis Daisy ins Bett gegangen ist. Gute Nacht, alter Knabe.«

Er steckte die Hände in die Jackentaschen und nahm angestrengt die Beobachtung des Hauses wieder auf, so als ob meine Gegenwart seine heilige Wache entweihte. Also ließ ich ihn dort im Mondlicht stehen und weiterwachen – über nichts.

8

Ich konnte die ganze Nacht nicht schlafen; auf dem Sund stöhnte unablässig ein Nebelhorn, und ich warf mich halbkrank zwischen einer grotesken Wirklichkeit und wüsten, furchterregenden Träumen auf meinem Bett hin und her. Kurz vor Tagesanbruch hörte ich ein Taxi in Gatsbys Einfahrt einbiegen, und ich sprang augenblicklich aus dem Bett und zog mich an – ich hatte das Gefühl, als müsste ich ihm etwas sagen, ihn vor etwas warnen, und am Morgen wäre es dafür zu spät.

Ich ging über seinen Rasen und sah, dass die Haustür noch offen stand und Gatsby sich vor Mutlosigkeit oder Erschöpfung ganz benommen an einen Tisch in der Eingangshalle lehnte.

»Es ist nichts passiert«, sagte er matt. »Ich habe gewartet, und gegen vier kam sie ans Fenster, stand dort eine Minute lang und löschte dann das Licht.«

Sein Haus war mir noch nie so gewaltig vorgekommen wie in jener Nacht, als wir die riesengroßen Räume nach Zigaretten durchforsteten. Wir schoben Vorhänge zur Seite, die Festzelten glichen, und tasteten an unzähligen Metern dunkler Wände nach Lichtschaltern – einmal stolperte ich und platschte auf die Tasten eines geisterhaften Klaviers. Überall lag unerklärlich viel Staub, und die Zimmer waren muffig, als wären sie seit Tagen nicht gelüftet worden. Auf irgendeinem Tisch fand ich schließlich den Humidor mit zwei alten, vertrockneten Zigaretten darin. Wir stießen die Terrassentüren des Wohnzimmers auf, setzten uns und rauchten in die Dunkelheit hinein.

»Sie sollten besser verschwinden«, sagte ich. »Die werden Ihr Auto garantiert aufspüren.«

»*Jetzt* verschwinden, alter Knabe?«

»Fahren Sie für eine Woche nach Atlantic City oder rauf nach Montreal.«

Das kam für ihn nicht in Frage. Er konnte Daisy unmöglich verlassen, ehe er nicht wusste, was sie tun würde. Er klammerte sich an eine letzte Hoffnung, und ich brachte es nicht über mich, ihn loszurütteln.

In jener Nacht erzählte er mir die merkwürdige Geschichte seiner Jugend mit Dan Cody – erzählte sie mir, weil »Jay Gatsby« wie Glas an Toms harter Boshaftigkeit zersplittert und der heimliche, extravagante Traum ausgeträumt war. Ich glaube, er hätte jetzt alles zugegeben, rückhaltlos, aber er wollte über Daisy sprechen.

Sie war das erste »feine« Mädchen, das er je kennengelernt hatte. In mancher nicht näher beschriebenen Eigenschaft hatte er mit ihresgleichen schon zu tun gehabt, doch war immer ein unsichtbarer Stacheldraht dazwischen gewesen. Er fand Daisy auf erregende Weise begehrenswert. Er besuchte sie – zuerst mit anderen Offizieren vom Camp Taylor, später allein – bei ihr zu Hause und war fasziniert: Er hatte noch nie ein so wunderschönes Haus von innen gesehen. Aber die gewisse atemlose Spannung, die in seinen Räumen herrschte, rührte daher, dass Daisy dort wohnte –

dabei war es für sie so nebensächlich wie sein Zelt beim Militär für ihn. Es trug etwas Geheimnisvolles in sich, eine Ahnung von Schlafzimmern im oberen Stockwerk, die schöner und kühler waren als andere Schlafzimmer, von ausgelassenem und funkelndem Treiben auf den Fluren und Liebesaffären, die nicht muffig und in Lavendel verpackt, sondern frisch und lebendig waren und die glänzenden Automobile der Saison heraufbeschworen und Tanzfeste, deren Blumen eben erst welkten. Es erregte ihn auch, dass schon viele Männer vor ihm Daisy geliebt hatten – in seinen Augen steigerte das ihren Wert. Er spürte die Gegenwart dieser Männer überall im Haus, wo sie die Luft mit den Schatten und Echos noch vibrierender Gefühle erfüllten.

Aber er wusste, dass er nur durch einen kolossalen Zufall in Daisys Haus geraten war. Wie glorreich seine Zukunft als Jay Gatsby auch immer sein mochte, gegenwärtig war er ein mittelloser junger Mann ohne Vergangenheit, und der unsichtbare Deckmantel seiner Uniform konnte ihm jeden Augenblick von den Schultern rutschen. Und so nutzte er die Zeit, so gut es ging. Er nahm sich, was er kriegen konnte, heißhungrig und skrupellos, nahm in einer stillen Oktobernacht auch Daisy – nahm sie, weil er im Grunde nicht einmal das Recht hatte, ihre Hand zu berühren.

Er hätte sich dafür verachten können, denn zweifellos hatte er ihr falsche Tatsachen vorgespiegelt. Ich meine damit nicht, dass er auf seine Phantom-Millionen angespielt hätte, sondern dass er Daisy vorsätzlich ein Gefühl der Sicherheit gab; er ließ sie glauben, er entstamme im wesentlichen der gleichen Gesellschaftsschicht wie sie und sei vollkommen in der Lage, für sie zu sorgen. In Wirklichkeit jedoch verfügte er über keinerlei solche Möglichkeiten – er hatte keine gutgestellte Familie hinter sich und konnte nach dem Belieben einer unpersönlichen Staatsgewalt in der ganzen Welt herumgeschickt werden.

Aber er verachtete sich nicht, und es kam nicht so, wie er es sich ausgemalt hatte. Vermutlich hatte er die Absicht gehabt, sich zu nehmen, was er kriegen konnte, und wieder zu gehen, doch dann merkte er, dass er sich auf die Jagd nach einem Gral eingelassen hatte. Daisy war eine außergewöhnliche Frau, so viel wusste er, doch er ahnte noch nicht, *wie* außergewöhnlich ein »feines« Mädchen wirklich sein konnte. Sie verschwand in ihrem reichen Haus, in ihrem reichen, vollen Leben und ließ Gatsby mit leeren Händen zurück. Das Problem war nur, dass er sich mit ihr verheiratet fühlte.

Als sie sich zwei Tage später wiedertrafen, war Gatsby selbst der Atemlose, irgendwie Betrogene. Daisys Veranda erstrahlte im gekauften Luxus des Sternenlichts; das Korbgeflecht ihrer Sitzbank knarrte elegant, als sie sich zu ihm neigte und er ihren eigenwilligen, schönen Mund küsste. Sie hatte sich erkältet, weshalb ihre Stimme heiserer und betörender klang denn je, und Gatsby war überwältigt von so viel Jugend und Zauber, die der Reichtum in sich einsperrt und erhält, von der Frische der vielen Kleider und von Daisy, die sich, glänzend wie Silber, in sicherer und stolzer Entfernung von den hitzigen Kämpfen der Armen befand.

»Ich kann Ihnen mein Erstaunen nicht beschreiben, als ich merkte, dass ich sie liebte, alter Knabe. Eine Zeitlang hoffte ich sogar, sie würde mir den Laufpass geben, doch das tat sie nicht, denn sie war auch in mich verliebt. Sie glaubte, ich wisse viel, weil ich andere Dinge wusste als sie ... Tja, da war ich nun, weit von meinen ehrgeizigen Zielen entfernt, mit jeder Minute schwerer verliebt, und auf einmal war mir das einerlei. Warum große Taten vollbringen, wenn es doch schöner war, ihr zu erzählen, welch große Taten ich noch vollbringen würde?«

Am Nachmittag, bevor er nach Europa ging, saßen Daisy und er lange beieinander, und er hielt sie still in seinen Armen. Es war ein kalter Herbsttag, ein Feuer brannte im Zimmer, und ihre Wangen waren gerötet. Ab und zu regte sie sich, und er bewegte sacht seinen Arm, und einmal küsste er sie auf ihr dunkles, schimmerndes Haar. Der Nachmittag hatte ihnen für eine Weile Ruhe geschenkt, wie um ihnen für die lange Trennung, die vor ihnen lag, eine starke, bleibende Erinnerung mitzugeben. Sie waren sich in dem Monat ihrer Liebe nie näher gewesen, hatten nie tiefer übereingestimmt als jetzt, da sie mit stummen Lippen seinen Ärmel streifte oder er ihre Fingerkuppen berührte, so sanft, als schliefe sie.

Im Krieg bewährte er sich ausgezeichnet. Er ging als Hauptmann an die Front, wurde nach der Schlacht in den Argonnen zum Major befördert und erhielt das Kommando über die Maschinengewehrabteilung der Division. Nach dem Waffenstillstand versuchte er verzweifelt heimzukehren, doch aufgrund einer Komplikation oder eines Missverständnisses landete er in Oxford. Jetzt machte er sich Sorgen, denn in Daisys Briefen klang eine gewisse bange

Verzweiflung an. Sie verstand nicht, warum er nicht kommen konnte. Um dem Druck der Außenwelt standzuhalten, wollte sie Gatsby sehen, wollte seine Gegenwart neben sich spüren und sich vergewissern, dass sie sich wirklich richtig entschieden hatte.

Denn Daisy war jung, und ihre künstliche Welt duftete nach Orchideen und lässigem, heiterem Snobismus und Orchestern, die den Rhythmus des Jahres vorgaben und in neuen Melodien die Traurigkeit und Tiefgründigkeit des Lebens anklingen ließen. Nächtelang heulten die Saxophone den wehmutsvollen *Beale Street Blues,* während Hunderte von goldenen und silbernen Slippern den schimmernden Staub umherschoben. Wenn die graue Teestunde anbrach, gab es immer Räume, die unentwegt in diesem leichten, süßen Fieber erschauerten, und frische Gesichter wurden hierhin und dorthin geweht wie von traurigen Hörnern über den Boden geblasene Rosenblüten.

Im Zwielicht dieser Welt bewegte sich Daisy allmählich wieder im Takt der Jahreszeit; plötzlich hatte sie wieder jeden Tag ein halbes Dutzend Rendezvous mit einem halben Dutzend Männern und schlummerte im Morgengrauen ein, auf dem Boden neben ihrem Bett die Perlen und Rüschen einer Abendrobe, die sie achtlos zwischen sterbende Orchideen geworfen hatte. Und die ganze Zeit über schrie etwas in ihr nach einer Entscheidung. Sie wollte, dass ihr Leben eine Gestalt bekam, sofort, und die Entscheidung musste durch irgendeine greifbare Macht – der Liebe, des Geldes, der unzweifelhaften Zweckmäßigkeit – herbeigeführt werden.

Eine solche Macht nahm mitten im Frühling Gestalt an,

als Tom Buchanan auf der Bildfläche erschien. Seine Person und seine Stellung hatten etwas wohltuend Wuchtiges, und Daisy war geschmeichelt. Vermutlich gab es ein gewisses Ringen und eine gewisse Erleichterung. Der Brief erreichte Gatsby, noch während er in Oxford war.

Auf Long Island dämmerte es jetzt. Wir machten uns daran, die übrigen Fenster im Erdgeschoss zu öffnen, und füllten das Haus mit zuerst grau, dann golden werdendem Licht. Der Schatten eines Baums fiel jäh über den Tau, und Geistervögel begannen zwischen den blauen Blättern zu singen. Ein leichtes, angenehmes Lüftchen, kaum Wind zu nennen, versprach einen kühlen, herrlichen Tag.

»Ich glaube nicht, dass sie ihn je geliebt hat.« Gatsby wandte sich von einem Fenster zu mir um und schaute mich herausfordernd an. »Sie müssen bedenken, alter Knabe, wie aufgeregt sie den ganzen Nachmittag war. Er erzählte ihr all diese Dinge auf eine Weise, dass sie es mit der Angst zu tun bekam – es klang ja so, als wäre ich ein billiger kleiner Ganove. Mit dem Ergebnis, dass sie kaum wusste, was sie sagte.«

Er setzte sich hin und zog ein finsteres Gesicht.

»Mag ja sein, dass sie ihn für einen kurzen Moment geliebt hat, als sie frisch verheiratet waren – und selbst da hat sie mich noch mehr geliebt.«

Plötzlich machte er eine sehr seltsame Bemerkung:

»Jedenfalls«, sagte er, »war es rein persönlich.«

Wie war das zu verstehen, wenn nicht so, dass die Angelegenheit für ihn eine Intensität hatte, die nicht messbar war?

Er kehrte aus Frankreich zurück, als Tom und Daisy noch in den Flitterwochen waren, und leistete sich vom Rest seines Wehrsolds eine leidvolle, aber unwiderstehliche Reise nach Louisville. Er blieb eine Woche dort, lief die Straßen ab, auf denen ihre Schritte gemeinsam durch die Novembernacht geklappert hatten, und suchte noch einmal die abgelegenen Orte auf, an die sie mit ihrem weißen Wagen gefahren waren. Genauso, wie Daisys Haus stets geheimnisvoller und fröhlicher auf ihn gewirkt hatte als andere Häuser, war für ihn auch die Stadt, obwohl Daisy nicht mehr dort wohnte, von melancholischer Schönheit durchdrungen.

Bei seiner Abreise war ihm, als hätte er sie finden können, wenn er sich nur mehr bemüht hätte – als ließe er sie hier zurück. In dem Bummelzug – er besaß jetzt keinen Pfennig mehr – war es heiß. Er ging auf die offene Plattform und setzte sich auf einen Klappstuhl, der Bahnhof entfernte sich, und die Rückseiten fremder Häuser zogen an ihm vorbei. Dann hinaus auf die Frühjahrsfelder, wo ein gelber Omnibus voller Menschen, die einst auf dieser oder jener Straße den blassen Zauber von Daisys Gesicht gewahrt haben mochten, eine Minute lang mit ihnen um die Wette fuhr.

Die Schienen machten eine Kurve und führten von der Sonne weg, die im Untergehen ihren Segen über die immer kleiner werdende Stadt zu breiten schien, in der Daisy ein- und ausgeatmet hatte. Er streckte verzweifelt die Hand aus, als wollte er wenigstens einen Lufthauch erhaschen, ein Stück von jenem Ort bewahren, den sie für ihn so verschönert hatte. Doch jetzt flog alles zu schnell an seinen verschleierten Augen vorbei, und er wusste: Diesen Teil, den frischesten und besten, hatte er für immer verloren.

Es war neun Uhr, als wir mit dem Frühstück fertig waren und auf die Veranda traten. Über Nacht hatte sich das Wetter spürbar geändert, und die Luft war von einem herbstlichen Aroma erfüllt. Der Gärtner, der letzte von Gatsbys ehemaligen Angestellten, stand unten an der Treppe.

»Ich wollte heute das Wasser aus dem Pool lassen, Mr. Gatsby. Bald beginnen die Blätter zu fallen, und dann gibt's jedes Mal Probleme mit den Rohren.«

»Bitte nicht heute«, antwortete Gatsby und sagte dann entschuldigend zur mir: »Denken Sie nur, alter Knabe, ich habe den Pool den ganzen Sommer über nicht benutzt.«

Ich schaute auf meine Uhr und stand auf.

»In zwölf Minuten geht mein Zug.«

Ich hatte keine Lust, in die Stadt zu fahren. Ich taugte heute zu keiner vernünftigen Arbeit, aber das war nicht alles – ich wollte Gatsby nicht allein lassen. Und so verpasste ich diesen Zug und auch den nächsten, ehe ich mich zum Aufbruch entschließen konnte.

»Ich rufe Sie an«, sagte ich.

»Tun Sie das, alter Knabe.«

»So gegen zwölf.«

Wir gingen langsam die Treppe hinunter.

»Daisy wird wahrscheinlich auch anrufen.« Er sah mich ängstlich an, als hoffte er, ich würde es ihm bestätigen.

»Ja, wahrscheinlich.«

»Schön – auf Wiedersehen.«

Wir schüttelten uns die Hand, und ich machte mich auf

den Weg. Kurz bevor ich bei der Hecke angekommen war, fiel mir etwas ein, und ich drehte mich um.

»Das ist ein übles Pack«, rief ich ihm über den Rasen hinweg zu. »Sie sind mehr wert als die ganze verfluchte Bande zusammen.«

Ich bin heute noch froh, dass ich das gesagt habe. Es war das einzige Kompliment, das ich ihm je machte, weil ich alles an ihm missbilligte. Zuerst nickte er höflich, und dann breitete sich auf seinem Gesicht jenes strahlende, gewinnende Lächeln aus, so als wären wir hinsichtlich dieser Tatsache schon immer voll und ganz einer Meinung gewesen. Sein fabelhafter rosa Fummel von einem Anzug bildete einen leuchtenden Farbfleck vor den weißen Stufen, und ich dachte an den Abend vor drei Monaten zurück, als ich zum ersten Mal in sein herrschaftliches Haus gekommen war. Auf dem Rasen und in der Einfahrt hatten sich die Gesichter all jener gedrängt, die Mutmaßungen über seine Verderbtheit anstellten – und er hatte auf ebendieser Treppe gestanden, ihnen zum Abschied zugewinkt und seinen unverderblichen Traum vor ihnen verborgen gehalten.

Ich dankte ihm für seine Gastfreundschaft. Dafür dankten wir ihm immer – ich und die anderen.

»Auf Wiedersehen«, rief ich. »Danke fürs Frühstück, Gatsby.«

In der Stadt schlug ich mich eine Weile mit einer endlosen Liste von Aktiennotierungen herum und schlief dann in meinem Drehstuhl ein. Kurz vor zwölf weckte mich das Telefon. Ich schrak hoch, und auf meiner Stirn brach der Schweiß aus. Es war Jordan Baker; sie rief mich häufig um diese Uhrzeit an, weil ihre Wege zwischen Hotels und Clubs und Privathäusern zu unberechenbar waren und man anders kaum mit ihr Verbindung aufnehmen konnte. Normalerweise kam ihre Stimme so frisch und kühl durch die Leitung, als flöge ein Stück Rasen von einem grünen Golfplatz durch mein Bürofenster, doch an diesem Morgen klang sie trocken und hart.

»Ich bin bei Daisy ausgezogen«, sagte sie. »Ich bin jetzt in Hempstead und fahre heute Nachmittag nach Southampton.«

Wahrscheinlich war es taktvoll gewesen, bei Daisy auszuziehen, aber es ärgerte mich auch, dass sie es getan hatte, und bei ihrer nächsten Bemerkung wurde ich stocksteif.

»Du warst gestern Abend nicht sehr nett zu mir.«

»Spielte das unter diesen Umständen denn eine Rolle?«

Ein Augenblick Schweigen. Dann –

»Wie dem auch sei – ich möchte dich gerne sehen.«

»Ich dich auch.«

»Wie wär's, wenn ich nicht nach Southampton führe, sondern heute Nachmittag in die Stadt käme?«

»Nein – heute Nachmittag lieber nicht.«

»Wie du meinst.«

»Es geht heute Nachmittag nicht. Verschiedene …«

So redeten wir eine Zeitlang, und auf einmal redeten wir nicht mehr. Ich weiß nicht, wer von uns mit einem scharfen Klicken den Hörer auflegte, aber ich weiß, dass es mir gleich war. Ich hätte an jenem Tag um keinen Preis am Teetisch sitzen und mit ihr plaudern können, und wenn ich in diesem Leben nie wieder mit ihr plaudern würde.

Ein paar Minuten später rief ich bei Gatsby an, doch dort

war besetzt. Ich versuchte es viermal, bis mir ein aufgebrachter Mitarbeiter der Telefonzentrale mitteilte, die Leitung müsse für ein Ferngespräch aus Detroit frei gehalten
werden. Ich holte meinen Fahrplan heraus und kringelte
den Drei-Uhr-fünfzig-Zug ein. Dann lehnte ich mich in
meinem Stuhl zurück und versuchte nachzudenken. Es war
gerade zwölf.

Als mein Zug an jenem Morgen an den Aschehügeln vor-
beigefahren war, hatte ich mich bewusst auf die andere
Seite gesetzt. Ich nahm an, dass den ganzen Tag eine Menge
Schaulustiger dort sein würden, während kleine Jungen im
Staub nach dunklen Flecken suchten und ein redseliger
Mann wieder und wieder erzählte, was passiert war, bis es
ihm selbst immer weniger real erschien und er es nicht mehr
erzählen konnte und Myrtle Wilsons tragisches Ende vergessen war. Jetzt möchte ich ein wenig zurückgehen und
berichten, was in der Werkstatt geschah, nachdem wir sie
am Abend zuvor verlassen hatten.

Nur mit Mühe konnte Myrtles Schwester Catherine ausfindig gemacht werden. Sie musste an jenem Abend wohl
ihr Abstinenzgelübde gebrochen haben, denn als sie ein-
traf, war sie sternhagelvoll und unfähig zu begreifen, dass
der Krankenwagen sich bereits auf dem Weg nach Flushing
befand. Als man es ihr endlich klargemacht hatte, fiel sie
augenblicklich in Ohnmacht, als wäre dies der unerträgli-
che Teil der Geschichte. Irgendein netter oder neugieriger
Mensch lud sie in sein Auto und chauffierte sie hinter dem
Leichnam ihrer Schwester her nach Flushing.

Bis weit nach Mitternacht brandeten immer neue Menschenströme gegen die Fassade der Werkstatt, während George Wilson drinnen auf der Couch vor- und zurückschaukelte. Eine Zeitlang stand die Tür zum Büro offen, und jeder, der in die Werkstatt kam, warf unweigerlich einen Blick dort hinein. Schließlich sagte jemand, das sei eine Schande, und schloss die Tür. Michaelis und ein paar andere Männer waren bei ihm – zuerst vier oder fünf, später zwei oder drei. Noch etwas später musste Michaelis den letzten Fremden bitten, fünfzehn Minuten zu bleiben, damit er selber nach Hause gehen und eine Kanne Kaffee kochen konnte. Danach war er bis zum Morgengrauen mit Wilson allein.

Gegen drei Uhr veränderte sich Wilsons unzusammenhängendes Gemurmel – er wurde ruhiger und begann von dem gelben Wagen zu reden. Er werde schon rauskriegen, wem der gelbe Wagen gehöre, verkündete er, und dann stieß er hervor, dass seine Frau ein paar Monate zuvor mit einem blauen Auge und geschwollener Nase aus der Stadt nach Hause gekommen sei.

Doch sobald er sich dies hatte sagen hören, zuckte er zusammen und fing aufs Neue zu stöhnen an. »O mein Gott!« Michaelis machte einen unbeholfenen Versuch, ihn abzulenken.

»Wie lange sind Sie schon verheiratet, George? Kommen Sie, versuchen Sie eine Minute stillzusitzen und meine Frage zu beantworten. Wie lange sind Sie schon verheiratet?«

»Seit zwölf Jahren.«

»Je Kinder gehabt? Los, George, sitzen Sie still – ich hab Sie was gefragt. Haben Sie je Kinder gehabt?«

Harte braune Käfer prallten in einem fort gegen die trübe

Glühbirne, und jedes draußen auf der Straße vorbeirasende Auto klang für Michaelis wie der Wagen, der ein paar Stunden zuvor nicht angehalten hatte. Er mochte nicht in die Werkstatt gehen, weil dort, wo der Leichnam gelegen hatte, Flecken auf der Werkbank waren, also lief er nervös im Büro hin und her – ehe der Morgen anbrach, kannte er jeden einzelnen Gegenstand im Raum –, und ab und zu setzte er sich neben Wilson und versuchte ihn zu beruhigen.

»Gibt's nicht vielleicht eine Kirche, wo Sie manchmal hingehen, George? Auch wenn Sie lange nicht mehr da waren? Vielleicht könnte ich da anrufen und einen Pfarrer bitten, dass er herkommt und mit Ihnen redet, verstehen Sie?«

»Bin in keiner Kirche.«

»Sie brauchen aber eine, für Zeiten wie diese. Sie sind doch sicher früher mal zur Kirche gegangen. Sind Sie nicht kirchlich getraut worden?«

»Das ist lange her.«

Die Anstrengung, die das Antworten ihn kostete, brachte ihn aus dem Schaukelrhythmus, und er schwieg einen Moment lang. Dann trat wieder jener halb wissende, halb irre Blick in seine trüben Augen.

»Schauen Sie in die Schublade da«, sagte er und zeigte auf den Schreibtisch.

»In welche?«

»In diese Schublade – die da.«

Michaelis öffnete die Schublade, die ihm am nächsten war. Es war nichts darin außer einer kleinen, teuren Hundeleine aus Leder und geflochtenem Silber. Sie war offensichtlich neu.

»Die?«, fragte er und hielt sie hoch.

Wilson starrte darauf und nickte.

»Die hab ich gestern Nachmittag gefunden. Sie wollte mir das irgendwie erklären, aber ich wusste gleich, dass da was faul war.«

»Sie meinen, Ihre Frau hat die Leine gekauft?«

»Jedenfalls lag das Ding in Seidenpapier gewickelt auf ihrem Sekretär.«

Michaelis konnte nichts Merkwürdiges daran finden, und er nannte Wilson ein Dutzend Gründe, warum seine Frau die Hundeleine gekauft haben mochte. Doch Wilson hatte ein paar dieser Erklärungen vermutlich schon einmal von Myrtle gehört, denn er fing wieder an, »O mein Gott!« zu flüstern – und sein Tröster sah vom Aufzählen weiterer Gründe ab.

»Dann hat er sie umgebracht«, sagte Wilson. Plötzlich blieb ihm der Mund offen stehen.

»Wer?«

»Das kriege ich noch raus.«

»Sie sind krank, George«, sagte sein Freund. »Die Sache hat Sie sehr mitgenommen, und Sie wissen nicht, was Sie reden. Versuchen Sie einfach, ganz ruhig hier zu sitzen, bis es Morgen wird.«

»Er hat sie ermordet.«

»Es war ein Unfall, George.«

Wilson schüttelte den Kopf. Er kniff die Augen zusammen, und sein Mund dehnte sich ein wenig über einem kaum hörbaren, überlegenen »Hm!«.

»Ich weiß es«, sagte er entschieden. »Ich bin eigentlich ein gutgläubiger Kerl und will niemandem was Böses, aber wenn ich was weiß, dann weiß ich's. Es war der Mann in dem Auto. Sie ist auf die Straße gelaufen, um mit ihm zu sprechen, und er hat einfach nicht angehalten.«

Das hatte Michaelis auch gesehen, aber er war nicht auf die Idee gekommen, dass es eine besondere Bedeutung haben könnte. Er glaubte, dass Mrs. Wilson vor ihrem Mann davongelaufen war, und nicht, dass sie ein bestimmtes Auto anzuhalten versucht hatte.

»Warum hätte sie das tun sollen?«

»Bei ihr weiß man nie«, sagte Wilson, als beantwortete das die Frage. »A-a-ch ...«

Er fing wieder an zu schaukeln, und Michaelis stand da und drehte die Leine in der Hand.

»Haben Sie vielleicht einen Freund, den ich anrufen könnte, George?«

Das war eine vergebliche Hoffnung – er hätte wetten können, dass Wilson keinen Freund hatte: Er reichte ja nicht einmal für seine Frau. Erleichtert nahm Michaelis wenig später eine Veränderung im Zimmer wahr, einen bläulichen Schimmer am Fenster, der die Morgendämmerung ankündigte. Gegen fünf war es draußen blau genug, um das Licht auszuknipsen.

Wilsons glasiger Blick wanderte hinaus zu den Aschehügeln, wo kleine graue Wölkchen phantastische Formen annahmen und im leichten Morgenwind hierhin und dorthin eilten.

»Ich habe mit ihr geredet«, murmelte er nach langem Schweigen. »Ich habe ihr gesagt, mir könne sie vielleicht etwas vormachen, aber Gott nicht. Ich bin mit ihr zum Fenster gegangen ...« – er erhob sich mühsam, trat ans hintere Fenster und drückte das Gesicht an die Scheibe – »... und habe gesagt: ›Gott weiß genau, was du getan hast. Alles. Mir kannst du vielleicht was vormachen, aber Gott nicht!‹«

Michaelis stellte sich hinter ihn und erschrak, als er begriff, dass Wilson in die Augen von Doktor T. J. Eckleburg blickte, die gerade eben blass und gewaltig aus der schwindenden Nacht aufgetaucht waren.

»Gott sieht alles«, wiederholte Wilson.

»Das ist eine Reklame«, beruhigte ihn Michaelis. Unwillkürlich wandte er sich vom Fenster ab und schaute wieder ins Zimmer. Wilson aber stand noch lange Zeit mit dem Gesicht dicht an der Fensterscheibe da und nickte in die Morgendämmerung hinein.

Um sechs Uhr war Michaelis am Ende seiner Kräfte und dankbar, als er draußen einen Wagen vorfahren hörte. Es war einer der Männer, die in der Nacht Wache gehalten und versprochen hatten wiederzukommen, und so machte Michaelis für sie drei ein Frühstück, das er und der andere Mann zu sich nahmen. Wilson hatte sich ein wenig beruhigt, und Michaelis ging nach Hause, um zu schlafen; als er vier Stunden später aufwachte und zur Werkstatt zurückeilte, war Wilson verschwunden.

Seine Spur – er ging die ganze Zeit zu Fuß – konnte später bis Port Roosevelt und von dort bis Gad's Hill verfolgt werden, wo er sich ein Sandwich kaufte, das er nicht aß, und eine Tasse Kaffee trank. Wahrscheinlich war er müde und kam nur langsam voran, denn er erreichte Gad's Hill erst gegen Mittag. Bis dahin war es nicht schwierig, herauszufinden, wann er wo gewesen war – ein paar Jungen hatten einen Mann gesehen, der sich »irgendwie verrückt benahm«, und ein paar Autofahrer berichteten, er hätte sie vom Straßenrand aus so komisch angestarrt. Dann verschwand er für drei Stunden von der Bildfläche. Aufgrund seiner von Michaelis zu Protokoll gegebenen Aussage, er werde »schon rauskriegen«, wer es gewesen sei, vermutete die Polizei, dass er in dieser Zeit die Werkstätten der Gegend abgeklappert und sich nach einem gelben Wagen erkundigt hatte. Andererseits meldete sich kein einziger Werkstattbesitzer, der dies bestätigt hätte – und vielleicht war Wilson auch eine einfachere, sicherere Methode eingefallen, in Erfahrung zu bringen, was er wissen wollte. Gegen halb drei tauchte er in West Egg auf, wo er jemanden nach dem Weg zu Gatsbys Haus fragte. Zu diesem Zeitpunkt kannte er also bereits Gatsbys Namen.

Um zwei Uhr zog Gatsby sich seinen Badeanzug an und gab dem Butler die Anweisung, falls ein Anruf komme, möge man ihn benachrichtigen, er sei unten am Pool. Er ging in die Garage, um die Luftmatratze zu holen, mit der seine Gäste sich den Sommer über vergnügt hatten, und der Chauffeur half ihm, sie aufzupumpen. Dann ordnete er an, der offene Wagen dürfe unter keinen Umständen herausgefahren werden – was merkwürdig war, weil der vordere rechte Kotflügel dringend repariert werden musste.

Gatsby schulterte die Matratze und machte sich auf den Weg zum Pool. Einmal blieb er stehen, um sie ein wenig zurechtzurücken, und der Chauffeur fragte ihn, ob er Hilfe brauche, doch Gatsby schüttelte den Kopf und verschwand einen Augenblick später zwischen den sich schon gelb färbenden Bäumen.

Es kam kein Anruf, doch der Butler verzichtete auf seinen Mittagsschlaf und wartete bis vier Uhr – bis es längst niemanden mehr gab, den er hätte benachrichtigen können. Ich halte es für möglich, dass Gatsby selber gar nicht mehr mit dem Anruf rechnete, und vielleicht war es ihm inzwischen auch egal. Für diesen Fall muss er sich gefühlt haben, als hätte er die alte, warme Welt verloren und einen hohen Preis dafür gezahlt, dass er zu lange mit einem einzigen Traum gelebt hatte. Er muss durch beängstigendes Blätterwerk zu einem fremden Himmel emporgeschaut und gezittert haben, als er sah, was für ein groteskes Ding eine Rose ist und wie brutal das Sonnenlicht auf das kaum gesprossene Gras fiel. Eine neue Welt, materiell, aber nicht real, voller armseliger Geister, die ziellos umherdrifteten, während sie Träume schöpften wie Atem … zum Beispiel jene aschgraue, phantastische Gestalt, die durch die unförmigen Bäume auf ihn zugeschwebt kam.

Der Chauffeur – einer von Wolfshiems Schützlingen – hörte die Schüsse; später konnte er nur sagen, er habe sich nichts weiter dabei gedacht. Ich fuhr vom Bahnhof direkt zu Gatsbys Haus, und erst als ich in großer Sorge die Treppe zur Haustür hinaufstürmte, zeigte sich dort überhaupt jemand alarmiert. Aber sie wussten es, davon bin ich fest überzeugt. Beinahe wortlos eilten wir, der Chauffeur, der Butler, der Gärtner und ich, zu viert hinunter zum Pool.

Ein frisch herausströmender Strahl, der von der einen Seite zum Abfluss auf der anderen drängte, bewegte das Wasser sacht, fast unmerklich. Winzige Wellen trieben die beladene Matratze mal hierhin, mal dorthin. Ein kleiner Windstoß, der kaum die Oberfläche kräuselte, genügte, um den zufälligen Kurs der Matratze mit ihrer zufälligen Last zu stören. Als sie an ein paar Blätter stieß, drehte sie sich langsam um sich selbst und zeichnete wie der Schenkel eines Zirkels einen dünnen roten Kreis ins Wasser.

Erst als wir uns mit Gatsby auf den Weg zum Haus machten, sah der Gärtner ein Stück weiter oben Wilsons Leiche im Gras liegen, und das Massaker war perfekt.

9

Wenn ich heute, nach zwei Jahren, an den Rest jenes Tages und den Abend und den folgenden Tag zurückdenke, sehe ich ein einziges endloses Defilee von Polizisten und Fotografen und Journalisten vor mir, die zu Gatsbys Haustür hinein- und wieder herausmarschierten. Vor dem Eingangstor war ein Seil gespannt, und ein Polizist hielt die Schaulustigen zurück, doch die kleinen Jungen hatten schnell entdeckt, dass sie auch durch meinen Garten hineingelangen konnten, und so standen immer ein paar von ihnen beieinander unten am Pool und gafften. Ein entschlossen auftretender Mensch, vielleicht ein Detektiv, gebrauchte den Ausdruck »Wahnsinniger«, als er sich an jenem Nachmittag über Wilsons Leiche beugte, und die zufällige Autorität seiner Stimme prägte den Ton der Zeitungsberichte am nächsten Morgen.

Die meisten dieser Berichte waren Schauermärchen – absurd, ausufernd, aufgeregt und falsch. Als Michaelis' Zeugenaussage ans Licht brachte, welchen Verdacht Wilson gegen seine Frau hegte, fürchtete ich, die ganze Sache würde binnen kurzem zu einer schlüpfrigen Skandalgeschichte aufbereitet werden – doch Catherine, die alles Mögliche hätte sagen können, sagte kein Wort. Sie bewies überhaupt erstaunlich viel Charakter – schaute dem Untersuchungsrichter unter ihren korrigierten Brauen hervor fest in die Augen und schwor, dass ihre Schwester sich nie mit Gatsby getroffen habe, dass ihre Schwester vollkommen glücklich mit ihrem Mann gewesen sei, dass ihre Schwester nichts Unrechtes getan habe. Sie glaubte es schließlich selbst und weinte in ihr Taschentuch, als wäre der bloße Verdacht mehr, als sie ertragen könne. Und so wurde von Wilson am Ende gesagt, er sei wohl »vor Kummer verrückt geworden«, damit der Fall mit der denkbar einfachsten Erklärung abgeschlossen werden konnte. Und dabei ließ man es bewenden.

Doch dieser Teil der Geschichte berührte mich kaum und schien ohne Belang. Ich fand mich auf Gatsbys Seite wieder, und zwar allein. Seit ich in West Egg Village angerufen und die Nachricht von der Katastrophe verkündet hatte, wurde jede Vermutung über ihn und jede praktische Frage mit mir erörtert. Zuerst war ich überrascht und verwirrt; doch als er Stunde um Stunde in seinem Haus lag und sich weder bewegte noch atmete noch sprach, begriff ich allmählich, dass ich verantwortlich war, weil sonst niemand Anteil nahm – und ich meine damit jene intensive persönliche Anteilnahme, auf die am Ende jeder Mensch ein gewisses Anrecht hat.

Eine halbe Stunde nachdem wir ihn gefunden hatten, rief ich instinktiv und ohne zu zögern Daisy an. Doch sie und Tom waren am frühen Nachmittag weggefahren und hatten Gepäck mitgenommen.

»Haben sie keine Adresse hinterlassen?«

»Nein.«

»Oder gesagt, wann sie wiederkommen?«

»Nein.«

»Irgendeine Vermutung, wo sie sein könnten? Wie ich sie erreichen könnte?«

»Ich weiß es nicht. Keine Ahnung.«

Ich wollte jemanden holen, der ihm beistand. Ich wollte in das Zimmer gehen, wo er lag, und ihm sagen: »Ich hole Ihnen jemanden, Gatsby. Seien Sie unbesorgt. Vertrauen Sie mir einfach, ich hole jemanden ...«

Meyer Wolfshiems Name stand nicht im Telefonbuch. Der Butler gab mir die Adresse seines Büros am Broadway, und ich rief bei der Auskunft an, doch als ich die Nummer endlich in Erfahrung gebracht hatte, war es weit nach fünf, und niemand nahm mehr ab.

»Versuchen Sie's noch einmal.«

»Ich habe es schon dreimal versucht.«

»Es ist sehr wichtig.«

»Tut mir leid. Ich fürchte, es ist niemand da.«

Ich ging wieder ins Wohnzimmer und dachte einen Moment lang, all die Leute, die von Berufs wegen da waren – und von denen es plötzlich wimmelte –, seien unangemeldete Besucher. Doch als sie das Laken zurückschlugen und Gatsby ungerührt betrachteten, hörte ich ihn in meinem Kopf erneut protestieren.

»Tun Sie mir einen Gefallen, alter Knabe, und holen Sie jemanden, der mir beisteht. Geben Sie sich Mühe. Allein verkrafte ich das hier nicht.«

Irgendjemand fing an, mir Fragen zu stellen, aber ich ließ ihn stehen, ging in den ersten Stock hinauf und durchsuchte, soweit er unverschlossen war, hastig Gatsbys Schreibtisch – Gatsby hatte mir nie ausdrücklich gesagt, dass seine Eltern nicht mehr lebten. Aber ich fand nichts – nur das

Bild von Dan Cody, Andenken an vergessene Abenteuer, blickte starr von der Wand herab.

Am nächsten Morgen schickte ich den Butler mit einem Brief nach New York, in dem ich Wolfshiem um ein paar Auskünfte bat und ihn beschwor, mit dem nächsten Zug herzukommen. Letzteres erschien mir im Grunde überflüssig. Ich war überzeugt, er würde sich auf den Weg machen, sobald er in die Zeitungen schaute, so wie ich auch überzeugt war, dass noch vor zwölf Uhr mittags ein Telegramm von Daisy eintreffen würde. Doch es kam kein Telegramm, und auch Wolfshiem kam nicht – noch sonst irgendjemand, abgesehen von weiteren Polizisten und Fotografen und Journalisten. Als der Butler mir Wolfshiems Antwort brachte, keimte in mir eine Art von Groll, von trotziger Solidarität mit Gatsby gegen alle anderen.

Lieber Mr. Carraway. So einen furchtbaren Schock hab ich in meinem Leben noch nicht erlebt, ich kann's gar nicht glauben, dass das wahr ist. Ein Wahnsinn, was der Mann da getan hat, sollte uns alle nachdenklich machen, ich kann jetzt nicht kommen, werde hier von wichtigen Geschäften festgehalten und will da im Moment in nichts reingezogen werden. Wenn ich ein bisschen später mal irgendwas tun kann, lassen Sie's mich durch Edgar in einem Brief wissen. Ich versteh gar nichts mehr, wenn ich so was höre, und bin völlig zerstört und am Boden.

Ihr ergebener
Meyer Wolfshiem

Und darunter ein eiliger Zusatz:

Sagen Sie mir Bescheid wegen der Beerdigung etc.,
kenne überhaupt niemanden von seiner Familie.

Als an jenem Nachmittag das Telefon klingelte und die Vermittlung ein Ferngespräch aus Chicago ankündigte, dachte ich, das sei endlich Daisy. Doch dann meldete sich, sehr dünn und weit entfernt, eine Männerstimme.

»Hier spricht Slagle …«

»Ja?« Der Name sagte mir nichts.

»Schöne Bescherung, was? Is' mein Telegramm angekommen?«

»Es sind gar keine Telegramme gekommen.«

»Parke Junior is' aufgeflogen«, sagte er schnell. »Sie haben ihn geschnappt, als er gerade die Wertpapiere übern Schalter schob. Hatten keine fünf Minuten vorher ein Schreiben aus New York mit den Kennziffern auf dem Tisch gehabt. Was sagen Sie dazu, hm? In diesen Käffern ist man aber auch nie sicher …«

»Hallo!«, rief ich atemlos dazwischen. »Hören Sie – hier ist nicht Mr. Gatsby. Mr. Gatsby ist tot.«

Eine lange Pause am anderen Ende, gefolgt von einem Ausruf … Dann ein rasches Knacken, und die Verbindung war abgebrochen.

Am dritten Tag, glaube ich, kam ein Telegramm von einem gewissen Henry C. Gatz aus einer Stadt in Minnesota. Es enthielt nur die Nachricht, dass der Absender sich sofort auf den Weg machen werde und man die Beerdigung aufschieben möge, bis er da sei.

Es war Gatsbys Vater, ein ernster alter Mann, der in seiner Bestürzung völlig hilflos wirkte und sich zum Schutz gegen den warmen Septembertag in einen langen, billigen Ulster eingemummelt hatte. Seine Augen tränten vor lauter Aufregung in einem fort, und als ich ihm seine Tasche und seinen Regenschirm abnahm, begann er so unausgesetzt an seinem spärlichen grauen Bart zu zupfen, dass ich Mühe hatte, ihm den Mantel auszuziehen. Er stand kurz vor einem Nervenzusammenbruch, deshalb führte ich ihn ins Musikzimmer, drückte ihn in einen Sessel und ließ etwas zu essen kommen. Aber er wollte nichts essen, und das Glas Milch rutschte ihm aus der zitternden Hand.

»Ich hab's in Chicago in der Zeitung gelesen«, sagte er. »Es stand alles in der Zeitung. Ich habe mich sofort auf den Weg gemacht.«

»Ich wusste nicht, wie ich Sie erreichen sollte.«

Seine Augen schweiften, ohne etwas zu sehen, unaufhörlich durch das Zimmer.

»Der Mann war wahnsinnig«, sagte er. »Er muss wahnsinnig gewesen sein.«

»Möchten Sie nicht ein bisschen Kaffee trinken?«, drängte ich ihn.

»Ich möchte nichts. Es geht schon wieder, Mr. …«

»Carraway.«

»Gut, also, es geht schon wieder. Wo haben sie Jimmy denn hingebracht?«

Ich führte ihn ins Wohnzimmer, wo sein Sohn lag, und ließ ihn dort allein. Ein paar kleine Jungen waren die Treppe heraufgestiegen und schauten in die Eingangshalle; als ich ihnen sagte, wer gerade gekommen sei, gingen sie widerstrebend fort.

Nach einer kleinen Weile machte Mr. Gatz die Tür auf und trat heraus. Sein Mund war weit geöffnet, sein Gesicht leicht gerötet, und aus seinen Augen rannen einzelne saumselige Tränen. Er hatte ein Alter erreicht, in dem der Tod keine schreckliche Überraschung mehr ist, und als er sich jetzt zum ersten Mal umschaute und die hohe und prachtvolle Eingangshalle gewahrte, die in großzügige Räume überging, welche sich ihrerseits in weitere Zimmer auffächerten, da begann seine Trauer sich mit einer Art ehrfürchtigem Stolz zu mischen. Ich begleitete ihn in ein Schlafzimmer im ersten Stock; während er Jacke und Weste ablegte, versicherte ich ihm, dass man mit allen Vorkehrungen auf ihn gewartet habe.

»Ich wusste ja nicht, welche Wünsche Sie haben, Mr. Gatsby –«

»Mein Name ist Gatz.«

»... Mr. Gatz. Ich dachte mir, Sie würden den Leichnam vielleicht in den Westen überführen wollen.«

Er schüttelte den Kopf.

»Jimmy gefiel es schon immer besser im Osten. Hier im Osten hat er Karriere gemacht. Waren Sie ein Freund von meinem Jungen, Mr. ...?«

»Wir waren gute Freunde.«

»Er hatte eine große Zukunft vor sich, wissen Sie. Er war noch jung, aber er hatte ganz schön viel auf dem Kasten – hier.«

Er tippte sich vielsagend an den Kopf, und ich nickte.

»Hätt er noch weitergelebt, wär sicher noch ein großer Mann aus ihm geworden. Ein Mann wie James J. Hill. Hätte noch geholfen, das Land aufzubauen.«

»Das ist wahr«, sagte ich betreten.

Er zupfte unbeholfen an der bestickten Tagesdecke und versuchte sie vom Bett zu nehmen. Dann legte er sich steif darauf – und schlief auf der Stelle ein.

Am Abend rief ein offenkundig verängstigter Mann an und wollte wissen, wer ich sei, ehe er seinen Namen preisgab.

»Hier ist Mr. Carraway«, sagte ich.

»Oh …« Er klang erleichtert. »Hier ist Klipspringer.«

Auch ich war erleichtert, weil ich neue Hoffnung schöpfte, dass nun doch noch ein Freund an Gatsbys Grab erscheinen würde. Ich wollte nicht in der Zeitung inserieren und auf diese Weise lauter Schaulustige anlocken, deshalb hatte ich selbst ein paar Bekannte von ihm angerufen. Sie waren schwer ausfindig zu machen.

»Die Beerdigung ist morgen«, sagte ich. »Um drei Uhr nachmittags hier im Haus. Es wäre schön, wenn Sie jedem Bescheid geben könnten, der vielleicht gerne kommen würde.«

»Jaja, mach ich«, antwortete er hastig. »Ist zwar nicht sehr wahrscheinlich, dass ich irgendwen sehe, aber wenn, dann sag ich's weiter.«

Sein Ton machte mich misstrauisch.

»Sie selber kommen doch auf jeden Fall.«

»Na ja, ich werde es natürlich versuchen. Aber eigentlich rufe ich an, weil –«

»Moment«, unterbrach ich ihn. »Warum sagen Sie nicht klipp und klar, dass Sie kommen?«

»Na ja, also, wissen Sie – also die Sache ist die, ich bin hier bei ein paar Freunden in Greenwich, und sie gehen wohl davon aus, dass ich den morgigen Tag mit ihnen verbringe. Es ist ein Picknick oder so etwas geplant. Aber ich werde mein Möglichstes tun, hier wegzukommen.«

Ich stieß ein unbeherrschtes »Was!« aus, das er gehört haben musste, denn er fuhr etwas angespannt fort:

»Eigentlich rufe ich an, weil ich ein Paar Schuhe in Gatsbys Haus vergessen habe. Würde es wohl allzu große Umstände machen, wenn der Butler sie mir gelegentlich schicken ließe? Es sind Tennisschuhe, und ohne sie bin ich sozusagen aufgeschmissen, verstehen Sie. Meine Adresse ist: c/o B. F. –«

Den Rest des Namens hörte ich nicht, weil ich den Hörer auflegte.

Danach empfand ich um Gatsbys willen eine gewisse Scham – ein Herr, den ich anrief, ließ durchblicken, Gatsby habe bekommen, was er verdiene. In dem Fall war ich allerdings selber schuld, denn er gehörte zu denjenigen, die sich häufig mit Gatsbys Alkohol Mut angetrunken hatten und dann umso heftiger über ihn hergezogen waren, und ich hätte ihn gar nicht erst anrufen sollen.

Am Morgen der Beerdigung fuhr ich nach New York, um Meyer Wolfshiem aufzusuchen; ich sah keine andere Möglichkeit, ihn zu erreichen. Ein Liftboy wies mir den Weg, und ich öffnete eine Tür, auf der »The Swastika Holding Company« stand. Zuerst schien niemand anwesend zu sein, doch nachdem ich ein paarmal vergebens »Hallo!« gerufen hatte, brach hinter einer Trennwand ein Streit aus, und gleich darauf erschien eine hübsche Jüdin in einer Tür und musterte mich mit schwarzen, feindseligen Augen.

»Keiner da«, sagte sie. »Mr. Wolfshiem ist in Chicago.«

Der erste Teil war offenkundig unwahr, denn drinnen begann gerade jemand, sehr unmelodisch *The Rosary* zu pfeifen.

»Sagen Sie ihm bitte, Mr. Carraway wünsche ihn zu sprechen.«

»Ich kann ihn schlecht aus Chicago zurückholen, oder?«

Im selben Moment rief aus dem anderen Raum jemand »Stella!« – es war unverkennbar Wolfshiems Stimme.

»Hinterlassen Sie eine Nachricht auf dem Schreibtisch«, sagte sie rasch. »Ich gebe sie ihm, sobald er zurückkommt.«

»Aber ich höre doch, dass er da ist.«

Sie machte einen Schritt auf mich zu und strich sich mit den Händen empört über die Hüften.

»Ihr jungen Männer glaubt wohl, ihr könnt euch hier jederzeit Zutritt verschaffen«, schimpfte sie. »Wir haben die Nase voll davon. Wenn ich sage, er ist in Chicago, dann ist er in Chicago.«

Ich erwähnte Gatsbys Namen.

»Oh-h!« Sie musterte mich mit neuer Aufmerksamkeit. »Würden Sie – wie war noch gleich Ihr Name?«

Sie verschwand. Einen Augenblick später erschien Meyer Wolfshiem ernst im Türrahmen und streckte mir beide Hände entgegen. Er zog mich in sein Büro hinein, sagte mit feierlicher Stimme, dies sei ein trauriges Ereignis für uns alle, und bot mir eine Zigarre an.

»Ich denke an den Tag zurück, als ich ihm zum ersten Mal begegnete«, sagte er. »Ein junger Major, eben aus der Armee raus und von oben bis unten mit Kriegsorden behängt. Er war so abgebrannt, dass er seine Uniform weiter tragen musste, weil er sich nichts anderes kaufen konnte. Irgendwann tauchte er in Winebrenner's Wettbüro in der Dreiundvierzigsten auf und bat mich um einen Job; da hab ich ihn zum ersten Mal gesehen. Er hatte ein paar Tage lang nix zu beißen gehabt. ›Kommen Sie, wir gehen was essen‹, hab ich gesagt. Innerhalb einer halben Stunde hatte er für über vier Dollar Essen in sich reingeschaufelt.«

»Haben Sie ihn in die Geschäftswelt eingeführt?«

»Eingeführt? Ich hab ihn gemacht!«

»Oh.«

»Ich hab ihn aus dem Nichts geholt, direkt aus der Gosse. Ich hab gleich gesehen, das ist ein ganz vornehmer, feiner junger Herr, und als er mir erzählte, er wär in Oggsford gewesen, wusste ich, dass ich ihn brauchen konnte. Ich hab ihn dazu gebracht, in die American Legion einzutreten, wo er nachher ein ganz hohes Ansehen hatte. Gleich als Erstes hat er für einen meiner Kunden oben in Albany was erledigt. Wir waren *so* dicke, in allem ...« – er hielt zwei kurze Wurstfinger hoch –, »immer zusammen.«

Ich fragte mich, ob diese Partnerschaft auch den World's-Series-Coup im Jahr 1919 eingeschlossen hatte.

»Und jetzt ist er tot«, sagte ich nach einer kurzen Pause. »Sie waren sein engster Freund, Sie kommen doch bestimmt heute Nachmittag zu seiner Beerdigung.«

»Würde ich ja gerne.«

»Dann tun Sie's.«

Die Haare in seiner Nase zitterten ein wenig, und als er den Kopf schüttelte, füllten sich seine Augen mit Tränen.

»Das geht nicht – ich kann's mir nicht erlauben, in irgendwas reingezogen zu werden«, sagte er.

»Sie können nirgends mehr hineingezogen werden. Es ist alles vorbei.«

»Wenn einer umgebracht wird, will ich damit nichts zu tun haben, auf keinen Fall. Da halt ich mich lieber raus. Als ich jünger war, hab ich das noch anders gesehen – wenn ein Freund von mir starb, egal wie, hab ich ihm bis zum Ende die Treue gehalten. Sie finden das vielleicht sentimental, aber es war so – bis zum bitteren Ende.«

Ich begriff, dass er aus irgendeinem Grund entschlossen war, nicht zu kommen, also stand ich auf.

»Waren Sie auf dem College?«, fragte er mich unvermittelt.

Ich dachte schon, er wolle mir »Gondagde« anbieten, aber er nickte nur und schüttelte mir die Hand.

»Wir sollten lernen, einem Mann unsere Freundschaft zu beweisen, solange er lebt, und nicht erst, wenn er tot ist«, erklärte er. »Ich jedenfalls mische mich dann lieber nicht mehr ein.«

Als ich sein Büro verließ, hatte der Himmel sich verdunkelt, und bei meiner Ankunft in West Egg nieselte es. Nachdem ich mich umgezogen hatte, ging ich hinüber und traf Mr. Gatz an, der begeistert in der Halle hin und her lief. Sein Stolz auf seinen Sohn und dessen Eigentum wuchs unaufhörlich, und er wollte mir unbedingt etwas zeigen.

»Jimmy hat mir einmal dieses Bild hier geschickt.« Er holte mit zittrigen Fingern seine Brieftasche hervor. »Schauen Sie.«

Es war ein Foto von Gatsbys Haus, mit Eselsohren und Fingerabdrücken vom vielen Anfassen. Aufgeregt wies er mich auf jede Einzelheit hin – »Schauen Sie!« – und sah mich immer wieder Bewunderung heischend an. Mir schien, als hätte er es so oft herumgezeigt, dass es für ihn inzwischen wirklicher war als das Haus selbst.

»Jimmy hat es mir geschickt. Ein sehr schönes Bild, finde ich. Gut getroffen.«

»Sehr gut. Haben Sie ihn in letzter Zeit noch einmal gesehen?«

»Vor zwei Jahren hat er mich besucht und mir das Haus gekauft, in dem ich jetzt wohne. Als er damals durchbrannte, war's natürlich aus zwischen uns, aber jetzt sehe ich, dass er einen guten Grund dafür hatte. Er wusste, was für eine große Zukunft vor ihm lag. Und seit der Erfolg da war, ist er mir gegenüber immer sehr großzügig gewesen.«

Er bekam gar nicht genug von dem Bild und hielt es mir eine weitere Minute lang vor die Nase. Schließlich steckte er seine Brieftasche wieder weg und förderte ein zerfleddertes altes Buch mit dem Titel *Hopalong Cassidy* aus seiner Jackentasche zutage.

»Schauen Sie mal, das hat früher ihm gehört. Es sagt alles.«

Er klappte den hinteren Buchdeckel auf und drehte das Buch so herum, dass ich lesen konnte, was dort stand. Auf der letzten Seite sah ich das Wort STUNDENPLAN, daneben das Datum 12. September 1906. Und darunter:

Aufstehen	6 Uhr
Hanteltraining, Kletterübungen	6.15–6.30 Uhr
Elektrizitätslehre etc. lernen	7.15–8.15 Uhr
Arbeiten	8.30–16.30 Uhr
Baseball und Sport	16.30–17 Uhr

| Freie Rede und sicheres Auftreten üben | 17–18 Uhr |
| Über nötige Erfindungen nachdenken | 19–21 Uhr |

ALLGEMEINE VORSÄTZE

Keine Zeit vergeuden bei Shafters oder
    (unleserlicher Name)
Keine Zigaretten, kein Kautabak
Alle zwei Tage baden
Jede Woche ein gutes Buch oder eine anspruchsvolle
    Zeitschrift lesen
$ 5 (durchgestrichen) $ 3 pro Woche sparen
Eltern netter behandeln

»Ich hab das Buch zufällig gefunden«, sagte der alte Mann.
»Aber es sagt alles, oder?«

    »Ja, es sagt alles.«

    »War ganz klar, dass aus Jimmy mal was werden würde.
Er hatte immer irgendwelche Vorsätze oder so was. Sehen
Sie, wie er's darauf anlegt, sich zu bilden? Darin war er
schon als Junge ganz groß. Einmal hat er mir gesagt, ich
fräße wie'n Schwein, und ich hab ihn dafür geschlagen.«

    Er mochte das Buch gar nicht wieder zuklappen; er las
jede einzelne Zeile laut vor und schaute mich dann erwartungsvoll an. Ich glaube, halbwegs hoffte er, ich würde die
Liste für meinen eigenen Gebrauch abschreiben.

    Kurz vor drei traf der lutherische Geistliche aus Flushing
ein, und unwillkürlich blickte ich immer wieder aus dem

Fenster, um nach weiteren Wagen Ausschau zu halten. Gatsbys Vater tat das Gleiche. Und als es immer später wurde und die Angestellten hereinkamen und in der Eingangshalle standen, begann er nervös mit den Augen zu blinzeln und sprach auf beklommene, ängstliche Weise vom Regen. Der Geistliche schaute ein paarmal verstohlen auf seine Uhr, bis ich ihn beiseitenahm und ihn fragte, ob er noch eine halbe Stunde warten könne. Aber es war zwecklos. Niemand kam.

Gegen fünf Uhr erreichte unsere Prozession aus drei Wagen den Friedhof und hielt im dichten Nieselregen vor dem Tor – vorne ein Leichenwagen, schauderhaft schwarz und naß, dahinter Mr. Gatz, der Geistliche und ich in einer Limousine und ein wenig später vier oder fünf Angestellte sowie der Postbote aus West Egg in Gatsbys Kombiwagen, allesamt nass bis auf die Haut. Als wir gerade durch das Tor auf das Friedhofsgelände gingen, hörte ich einen Wagen anhalten, und kurz darauf spritzte jemand über den durchweichten Boden hinter uns her. Ich drehte mich um. Es war der Mann mit der Eulenaugen-Brille, der an jenem Abend vor drei Monaten die Bücher in Gatsbys Bibliothek bestaunt hatte.

Ich war ihm seitdem nie wieder begegnet. Ich habe keine Ahnung, woher er von der Beerdigung wusste, oder auch nur, wie er hieß. Der Regen strömte über seine dicken Brillengläser. Er nahm die Brille ab und wischte sie trocken, um zu sehen, wie die Schutzplane von Gatsbys Grab gerollt wurde.

Da versuchte ich, einen Moment lang Gatsbys zu gedenken, doch er war schon zu weit weg, und alles, was mir in den Sinn kam, war, dass Daisy weder eine Karte noch Blumen geschickt hatte. Undeutlich hörte ich jemanden »Selig sind die Toten, auf die der Regen fällt« murmeln, und der eulenäugige Mann sagte mit tapferer Stimme »Amen«.

Wir hasteten durch den Regen zu den Autos zurück. Beim Tor sprach Eulenauge mich an.

»Ich hab's nicht geschafft, zum Haus zu kommen«, bemerkte er.

»Das hat auch sonst keiner geschafft.«

»Was sagen Sie da!« Er war bestürzt. »Ach, herrje! Aber sonst kamen sie doch immer zu Hunderten!«

Er nahm seine Brille ab und wischte sie erneut außen und innen trocken.

»Das arme Schwein«, sagte er.

Zu meinen lebhaftesten Erinnerungen gehört die alljährliche Heimkehr aus der *prep school* und später aus dem College zu Beginn der Weihnachtsferien. Wer noch weiter als bis nach Chicago fahren musste, fand sich an einem Dezemberabend um sechs in der alten, schummrigen Union Station ein, um ein paar Freunden aus Chicago, die ebenfalls schon in ausgelassener Ferienstimmung waren, noch schnell auf Wiedersehen zu sagen. Ich erinnere mich an die Pelzmäntel der Mädchen, die von einem Tee bei dieser oder jener Freundin kamen, und an das Geschnatter gefrorenen Atems und die winkenden Hände hoch über den Köpfen, wenn jemand alte Bekannte erspähte, und das Abgleichen von Einladungen: »Gehst du auch zu den Ordways?, den Herseys?, den Schultzes?«, und die länglichen grünen Fahrkarten in unseren behandschuhten Händen; und zuletzt an die schmuddelig gelben Waggons der Chicago, Milwaukee & St. Paul Railroad, die auf den Gleisen hinter den Schranken so fröhlich wirkten wie Weihnachten selbst.

Wenn wir dann in die winterliche Nacht hinausfuhren und der richtige Schnee, unser Schnee, sich zu beiden Seiten ausbreitete und in die Fenster blinzelte und die schummrigen Lichter der kleinen Bahnhöfe Wisconsins an uns vorbeizogen, frischte die Luft mit einem Mal scharf und heftig auf. Wir sogen sie, wenn wir nach dem Abendessen durch die kalten Abteilwagen zurückliefen, tief ein und waren uns unserer Zugehörigkeit zu diesem Land eine seltsame Stunde lang unaussprechlich bewusst, ehe wir wieder ganz und gar mit ihm verschmolzen.

Das ist mein Mittelwesten – nicht der Weizen oder die Prärien oder die verlorenen Schweden-Städte, sondern die fröhlichen heimkehrenden Züge meiner Jugend, die Straßenlaternen und Schlittenglöckchen in der frostigen Dunkelheit und die Stechpalmenkränze, deren Schatten die erleuchteten Fenster auf den Schnee werfen. Ich bin ein Teil davon – ein bisschen ernst wegen jener langen Winter und ein bisschen selbstgefällig, weil ich in einer Stadt, wo die Häuser bis heute über Jahrzehnte hinweg den Namen einer Familie tragen, in der Carraway-Villa aufgewachsen bin. Ich erkenne jetzt, dass dies letzten Endes eine Geschichte aus dem Westen ist – Tom und Gatsby, Daisy, Jordan und ich, wir stammten alle aus dem Westen, und vielleicht war uns allen der gleiche Mangel eigen, der uns für das Leben im Osten auf subtile Weise untauglich machte.

Selbst dann, wenn mir der Osten am aufregendsten erschien, wenn ich seine Überlegenheit gegenüber den gelangweilten, wuchernden, aufgequollenen Städten jenseits des Ohio mit ihrer ewigen inquisitorischen Neugier, die nur die Kinder und die ganz Alten verschonte, am deutlichsten spürte – mutete er mich immer irgendwie monströs an. Vor allem West Egg spielt in meinen wilderen Träumen noch heute eine Rolle. Ich sehe es als eine nächtliche Szene von El Greco vor mir: einhundert Häuser, herkömmlich und grotesk zugleich, ducken sich unter einem düsteren, tief hängenden Himmel und einem glanzlosen Mond. Im Vordergrund gehen vier Männer im Anzug mit einer Trage, auf der eine betrunkene Frau in weißem Abendkleid liegt, ernst den Bürgersteig entlang. An ihrer über den Rand der Trage herabhängenden Hand funkeln kalt die Brillanten. Gravitätisch steuern die Männer auf ein Haus zu – das falsche Haus. Aber niemand weiß, wie die Frau heißt, und niemanden kümmert es.

Genauso seelenlos kam mir der Osten nach Gatsbys Tod vor, so monströs, dass meine Augen es nicht mehr zu korrigieren vermochten. Und als der blaue Rauch trockener Blätter die Luft erfüllte und der Wind die nasse Wäsche auf der Leine steif blies, beschloss ich, nach Hause zurückzukehren.

Etwas musste noch geregelt werden, ehe ich ging, eine peinliche, unangenehme Angelegenheit, die man vielleicht besser auf sich hätte beruhen lassen. Aber ich wollte alles ins Reine bringen und nicht einfach darauf vertrauen, dass jenes willfährige und gleichgültige Meer meine Abfälle schon mit sich fortspülen würde. Ich traf mich mit Jordan Baker und redete darüber und darum herum, was mit uns

beiden geschehen war und was hinterher mit mir allein geschehen war, und sie lag vollkommen reglos in einem großen Sessel und hörte mir zu.

Sie hatte ihren Golfdress an, und ich weiß noch, dass ich
fand, sie sehe wie eine gelungene Illustration aus: das Kinn
anmutig ein wenig vorgereckt, das Haar von der Farbe eines Herbstblatts, das Gesicht so braun wie der fingerlose
Handschuh auf ihrem Knie. Als ich geendet hatte, teilte sie
mir kommentarlos mit, sie sei mit einem anderen Mann verlobt. Das bezweifelte ich, obwohl es eine Reihe von Männern gab, die sie auf den kleinsten Wink hin hätte heiraten
können, aber ich tat so, als wäre ich überrascht. Ich überlegte kurz, ob ich nicht einen Fehler machte, doch dann besann ich mich rasch wieder und stand auf, um ihr Lebewohl
zu sagen.

»Trotzdem hast du mich ganz schön abblitzen lassen«,
sagte Jordan plötzlich. »Damals am Telefon. Heute bist du
mir völlig schnuppe, aber es war eine neue Erfahrung für
mich, und eine Zeitlang war ich ein bisschen benommen.«

Wir schüttelten uns die Hand.

»Ach, übrigens«, fügte sie hinzu, »erinnerst du dich noch
an unser Gespräch übers Autofahren?«

»Hm – nicht so genau.«

»Du hast gesagt, ein schlechter Autofahrer habe nichts
zu befürchten, solange er nicht auf einen anderen schlechten Autofahrer treffe. Tja, und genau das ist mir passiert,
nicht wahr? Ich meine – es war leichtfertig von mir, dich so
falsch einzuschätzen. Ich dachte, du wärst ein ehrlicher,
geradliniger Mensch. Ich dachte, das wäre dein heimlicher
Stolz.«

»Ich bin dreißig«, sagte ich. »Ich bin fünf Jahre zu alt, um mich selbst zu belügen und es Ehre zu nennen.«

Sie gab keine Antwort. Gereizt und halb in sie verliebt und mit grenzenlosem Bedauern wandte ich mich ab und ging.

Eines Nachmittags Ende Oktober sah ich auf der Fifth Avenue Tom Buchanan wieder. Er lief auf jene für ihn so typische wachsame, streitlustige Weise vor mir her, die Arme leicht abgewinkelt, als müsste er sich permanent Zudringlichkeiten vom Leibe halten, während sein Kopf sich ruckartig hierhin und dorthin wandte, um seinen ruhelosen Augen zu folgen. Da ich ihn nicht überholen wollte, verlangsamte ich meinen Schritt, doch im selben Moment blieb er stehen und blickte stirnrunzelnd in das Schaufenster eines Juweliers. Plötzlich sah er mich und kam mit ausgestreckter Hand auf mich zu.

»Was ist los, Nick? Gibst du mir jetzt nicht mal mehr die Hand?«

»Nein. Du weißt, was ich von dir halte.«

»Du bist verrückt, Nick«, sagte er rasch. »Völlig verrückt. Ich weiß nicht, was in dich gefahren ist.«

»Tom«, fragte ich ihn, »was hast du an jenem Nachmittag zu Wilson gesagt?«

Er starrte mich wortlos an, und ich wusste, dass meine Vermutung hinsichtlich der fraglichen Stunden richtig war. Ich wandte mich zum Gehen, doch er kam einen Schritt hinter mir her und packte mich am Arm.

»Ich habe ihm die Wahrheit gesagt. Kurz bevor wir aufbrechen wollten, stand er unten vor unserer Tür, und als ich ihm ausrichten ließ, wir seien nicht zu Hause, versuchte er gewaltsam die Treppe heraufzukommen. Er war derart von Sinnen, er hätte mich umgelegt, wenn ich ihm nicht gesagt hätte, wem der Wagen gehörte. Er hatte einen Revolver in der Tasche und ließ ihn, solange er im Haus war, nicht eine Sekunde los …« Er hielt trotzig inne. »Ich hab's ihm gesagt – na und? Der Kerl hat doch das Schicksal herausgefordert. Er hat dir Sand in die Augen gestreut, genau wie Daisy, aber er war ein knallharter Bursche. Hat Myrtle überfahren wie einen Hund und nicht mal angehalten.«

Dazu gab es nichts zu sagen, außer der einen, unaussprechlichen Tatsache, dass es nicht die Wahrheit war.

»Und wenn du glaubst, ich hätte nicht gelitten – ich sage dir, als ich die Wohnung auflöste und die verdammte Schachtel Hundekuchen im Regal stehen sah, hab ich mich hingesetzt und geflennt wie ein kleines Kind. Bei Gott, das war furchtbar …«

Ich konnte ihm nicht vergeben und auch keine Zuneigung für ihn aufbringen, aber ich sah, dass das, was er getan hatte, ihm selber voll und ganz gerechtfertigt erschien. Mir kam das alles sehr leichtfertig und verworren vor. Sie waren leichtfertige Menschen, Tom und Daisy – sie zerstörten Dinge und Lebewesen, und dann zogen sie sich wieder in ihr Geld oder ihre grenzenlose Leichtfertigkeit zurück oder was immer es war, das sie zusammenhielt, und ließen andere das Chaos beseitigen, das sie angerichtet hatten …

Ich schüttelte ihm die Hand; es nicht zu tun wäre mir albern erschienen, denn ich hatte auf einmal das Gefühl, als spräche ich mit einem Kind. Dann ging er in das Juweliergeschäft hinein, um eine Perlenkette zu kaufen – oder vielleicht auch nur ein Paar Manschettenknöpfe –, für alle Zeit von meiner provinziellen Zimperlichkeit erlöst.

Am Tag meiner Abreise stand Gatsbys Haus immer noch leer – das Gras in seinem Garten war jetzt genauso hoch wie meins. Ein Taxifahrer aus dem Dorf fuhr nie am Eingangstor vorüber, ohne einen Moment anzuhalten und hineinzudeuten; vielleicht war er derjenige, der Daisy und Gatsby am Abend des Unfalls nach East Egg gebracht hatte, und vielleicht erzählte er seine ganz eigene Geschichte davon. Ich wollte sie nicht hören, und wenn ich aus dem Zug stieg, ging ich ihm aus dem Weg.

Ich verbrachte die Samstagabende in New York, weil die Erinnerung an jene glitzernden, glanzvollen Partys in Gatsbys Haus in mir so lebendig war, dass die Musik und das Gelächter aus seinem Garten und die Geräusche der vor- und abfahrenden Wagen vor seinem Tor immer noch leise und stetig an mein Ohr drangen. Eines Abends hörte ich dort tatsächlich ein Auto vorfahren und sah seine Scheinwerfer vor den Stufen halten. Aber ich kümmerte mich nicht darum. Wahrscheinlich war es irgendein letzter Gast, der gerade erst vom anderen Ende der Welt zurückkehrte und nicht wusste, dass die Party vorüber war.

An meinem letzten Abend – mein Koffer war gepackt, mein Auto an den Lebensmittelhändler verkauft – ging ich hinüber und schaute mir jene riesige, absurde Verfehlung von einem Haus noch einmal an. Auf den weißen Stufen leuchtete ein Schimpfwort im Mondschein, das wohl ein Junge mit einem Stück Ziegel dorthin gekritzelt hatte, und ich schabte mit meinem Schuh über den Stein und wischte es weg. Dann schlenderte ich zum Strand hinunter und streckte mich im Sand aus.

Die meisten großen Villen am Ufer waren jetzt geschlossen und verriegelt, und mit Ausnahme des schattenhaften, langsam über den Sund gleitenden Schimmers einer Fähre schien fast nirgends Licht. Und während der Mond immer höher stieg, schmolzen die nichtigen Häuser weg, bis ich allmählich die alte Insel gewahrte, so wie sie einst vor den Augen holländischer Seefahrer erblüht war – die frische, grüne Brust der neuen Welt. Ihre längst gefallenen Bäume, jene Bäume, die Gatsbys Haus weichen mussten, hatten einst flüsternd den letzten und größten aller Menschheitsträume genährt; einen flüchtigen, verzauberten Moment lang muss der Mensch im Angesicht dieses Kontinents den Atem angehalten haben, in eine ästhetische Betrachtung hineingezwungen, die er weder verstand noch gesucht hatte, und zum letzten Mal in der Geschichte schaute er ein für ihn fassbares Wunder.

Und wie ich so dasaß und über die alte, unbekannte Welt nachsann, dachte ich daran, welches Wunder es für Gatsby bedeutet haben musste, als er zum ersten Mal das grüne Licht am Ende von Daisys Steg erblickte. Er hatte einen weiten Weg bis zu diesem blauen Rasen zurückgelegt, und sein Traum muss ihm zum Greifen nah erschienen sein. Er wusste nicht, dass der Traum bereits hinter ihm lag, irgendwo in jener unermesslichen Finsternis jenseits der Stadt, wo die dunklen Felder des Landes unter dem Nachthimmel wogten.

Gatsby glaubte an das grüne Licht, die wundervolle Zukunft, die Jahr für Jahr vor uns zurückweicht. Damals entwischte sie uns, aber was macht das schon – morgen laufen wir schneller, strecken die Arme weiter aus … Und eines schönen Tages …

So kämpfen wir weiter, wie Boote gegen den Strom, und unablässig treibt es uns zurück in die Vergangenheit.

MIN JIN LEE

Der dritte Roman des Wunderkinds

Eine Einführung zu *Der große Gatsby*
von F. Scott Fitzgerald
aus dem amerikanischen Englisch
von Susanne Höbel

Ich bin eine Spätentwicklerin. Deshalb bewundere ich die blaue Flamme des Wunderkinds.

Es dauerte elf Jahre, bis mein erster Roman fertig war. Mein Debüt mit achtunddreißig. Zehn Jahre später kam mein zweiter Roman heraus. Jetzt bin ich einundfünfzig und arbeite an meinem dritten Roman. So sieht es aus.

Dass ich Schriftstellerin werden würde, kam mir in meiner Jugend nicht in den Sinn. Als ich sieben Jahre alt war, wanderte meine Familie aus Südkorea aus, und ich wuchs in Elmhurst, Queens, auf. In unserem ersten Jahr hatte mein Dad einen Zeitungsstand in einem Büroblock in Manhattan. Danach betrieben meine Eltern bis zur Rente einen sechzig Quadratmeter großen Schmuckladen in Koreatown. Meine Schwestern und ich waren Schlüsselkinder. Als wir in die P. S. 102 eingeschult wurden, bekamen wir im ersten Schuljahr freie Mittagsmahlzeiten, danach bezahlten wir – weil unsere Mutter darauf bestand – den Betrag selbst. Bis zum Beginn meines Studiums in Yale, wo ich Geschichte studierte, ging ich auf öffentliche Schulen, und nach dem Studium begann ich in Georgetown mein juristisches Fachstudium. Zwei Jahre lang war ich als Juristin tätig. Mit sechsundzwanzig gab ich das auf, weil ich Schriftstellerin werden wollte.

Zu Beginn wusste ich nicht, wie man eine professionelle Schriftstellerin ist. Das Schreiben von Romanen lernte ich, indem ich große Werke immer wieder las und außerdem billige Kurse in Fortbildungszentren besuchte. Ich verfasste viele schreckliche Entwürfe, von denen nicht einer veröffentlicht wurde.

Beim dritten Roman weiß man mehr über die Arbeit und die Branche. Man sollte mehr über das Leben wissen und wie man darüber schreibt. Man hat immer noch manches zu sagen, und das ist der Grund, warum man weiterschreibt.

The Great Gatsby war F. Scott Fitzgeralds dritter Roman, den ich schon deshalb sehr mochte, weil er zeigt, dass der Autor Ungerechtigkeit verstand. Weil er außerdem ein meisterhafter Schriftsteller war, gelang es ihm, den Leser zum Nachdenken über Ungleichheit zu bringen, indem er den verträumten Jay Gatsby, »das arme Schwein«, schuf.

Dank seiner unvergesslichen literarischen Stimme, der eines mitfühlenden Beteiligten und Erzählers, und der langsamen Enthüllung von Gatsbys zum Scheitern verurteilten Liebessehnsucht geht Fitzgeralds Lehrstück durch die Kehle wie ein Milchshake. Gestützt von einem symmetrisch angelegten Erzählgerüst und einer Menge Symbolismus hatte Fitzgerald dies zu sagen: Wenn du nicht dazugehörst, behandelt dich das Leben ungerecht, deshalb achte darauf, welchen Wert deine Träume haben, und verwechsle niemals Reichtum mit Status. Wie ein guter Arzt sorgt er dafür, dass man die Medizin leicht schlucken kann.

Fast hundert Jahre nach Erscheinen von *The Great Gatsby* wird das Werk heute als »der größte Roman der amerikanischen Literatur« betrachtet. Ich kann mir kein Buch vorstellen, das überzeugender und lesbarer von zerstörten Illusionen, sozialer Klasse und vom weißen Amerika der 1920er-Jahre handelt und zugleich die mit jeder Assimilation einhergehenden Gefahren und Eitelkeiten aufzeigt. Noch immer ist es ein moderner Roman, weil er die Schnittpunkte von sozialen Hierarchien, weißer Weiblichkeit, der Liebe weißer Männer und einem ungezügelten Kapitalismus erforscht. Schon seit vielen Jahren lese und liebe ich *Der große Gatsby,* und bei jedem neuen Lesevorgang wird mein Verständnis des Romans vielschichtiger und provokanter. Als Schriftstellerin will ich verstehen, wie ein solches Buch zustande kam, wie sein engagierter Autor wollte, dass wir es lesen, und wie es ein Jahrhundert überdauert und der Veraltung getrotzt hat, indem es unsere sehnsuchtsvolle Natur so klar durchschaut. Die Veröffentlichung des Romans, müssen Sie wissen, brach Fitzgerald das Herz; er erholte sich nie wieder davon. Dass dieser Roman so wunderbar überlebt hat, ist ein bedeutungsvoller Trost für all diejenigen unter uns, die wir aus unserem Inneren Dinge erschaffen – die paradoxerweise jenseits unserer Reichweite liegen und dennoch zum Greifen nah erscheinen.

The Great Gatsby wurde am 10. April 1925 in den USA bei Scribner veröffentlicht und war kein kommerzieller Erfolg.

Fitzgeralds legendärer Lektor Maxwell Perkins schrieb ihm, die Besprechungen seien hervorragend, die Verkäufe jedoch mäßig. Für Fitzgerald war das eine herbe Enttäuschung – er brauchte dringend Geld. Er hatte eine anspruchsvolle künstlerische Frau, die schicke Hotels und Pelzmäntel mochte, und eine kleine Tochter mit einem Kindermädchen. Fitzgerald reiste in großem Stil an der französischen Riviera und gab das Geld mit vollen Händen aus. Er hatte gehofft, *Gatsby* würde sich besser verkaufen als seine ersten beiden Bücher zusammen, aber schließlich wurden nur 20870 Exemplare verkauft, und nachdem sein Vorschuss verrechnet war, blieben ihm ganze 261 Dollar. Die 3000 Exemplare der zweiten Auflage wurden zu seinen Lebzeiten nicht abverkauft.

Die Besprechungen waren mit die besten, die Fitzgerald in seiner Schriftstellerlaufbahn bekommen sollte. T.S. Eliot las *Gatsby* dreimal und schrieb: »Mir scheint, das ist der erste Schritt, den die amerikanische Belletristik seit Henry James gemacht hat.« Edith Wharton sagte, es sei »ein großer Sprung« nach Fitzgeralds früherem Werk. Gertrude Stein verglich den Roman mit Thackerays *Jahrmarkt der Eitelkeiten*. In *The Dial* schrieb der Kritiker Gilbert Seldes, Fitzgerald »ist Meister seines Talents und hat zu einem herrlichen Flug angesetzt ... bei dem er die Schriftsteller seiner Generation sowie die meisten seiner Vorgänger weit hinter sich lässt«. Aber wie zum Beweis, dass kein Schriftsteller alle Kritiker glücklich machen kann, nannte H.L. Mencken *Der große Gatsby* »eine aufgemotzte Anekdote«. Bedenkt man, dass es Glückssache war, ob man überhaupt besprochen wurde, waren die Besprechungen hervorragend. Die meisten Schriftsteller wären glücklich gestorben, nicht aber unser Scott. Er hatte sich so viel mehr gewünscht.

1924: Das Jahr davor.

»Ich möchte wieder über die Maßen bewundert werden«, schrieb Fitzgerald an einen Studienkollegen wenige Tage bevor *Der große Gatsby* veröffentlicht wurde. Er war achtundzwanzig und sehnte sich jetzt schon zurück nach seinem Anfangserfolg.

Fitzgeralds erster Roman, *Diesseits vom Paradies,* erschien 1920; damals war er dreiundzwanzig. Die Veröffentlichung war auch die Bedingung dafür, dass er Zelda Sayre, eine gefeierte Südstaaten-Debütantin und Tochter eines Richters am Alabama Supreme Court, heiraten durfte. Fitzgerald, das wahrhaftige Wunderkind, bewies seine Tauglichkeit zum Familienernährer, indem er den schwierigsten Trick in der Verlagsbranche schaffte: sowohl bei den Kritikern als auch im Verkauf einen Erfolg zu landen.

Zwei Jahre später erschien Fitzgeralds zweiter Roman, *Die Schönen und Verdammten:* die Geschichte der Ausschweifungen und des Niedergangs eines glanzvollen, egoistischen Paares war ebenfalls ein Erfolg, aber keinesfalls vergleichbar mit dem des ersten Buchs.

Mittlerweile verheiratet und Vater einer kleinen Tochter, besann sich Fitzgerald auf sein Interesse am Theater und schrieb *The Vegetable,* dessen Inszenierung ihn, so hoffte er, reich machen würde. Aber das Stück war ein Misserfolg, es kam nicht auf die New Yorker Bühnen, stattdessen stürzte es Fitzgerald in tiefe Niedergeschlagenheit und hohe Schulden.

Im Mai 1924 reisten Fitzgerald, Zelda und ihre Tochter Scottie nach Europa. Dort arbeitete er an seinem neuen Roman, von dem er sagte, er sei »wunderbar«. Seinem Studienfreund schrieb er, die Geschichte – über vier Neuankömmlinge im New York der »Roaring Twenties«: den Versicherungsvertreter Nick Carraway, seine Cousine Daisy Fay, deren Ehemann Tom Buchanan sowie den geheimnisvollen Jay Gatsby – sei gut »zehn Jahre besser als alles, was ich bisher gemacht habe«. Er sei »es leid, der Autor von *Diesseits vom Paradies* zu sein« und hoffte auf einen »Neuanfang«.

Der Sommer 1924 war für die Fitzgeralds schwierig. Während Scott mit der Bearbeitung des Manuskripts beschäftigt war, lernte Zelda den französischen Piloten Edouard Jozan kennen und begann, sich regelmäßig mit ihm zu treffen. Ihre Freunde Sara und Gerald Murphy wurden Zeugen der Annäherung und sahen, wie sehr Scott darunter litt.

Von dieser Sommeraffäre an der französischen Riviera gibt es zahlreiche Schilderungen, und die meisten sind sich in den folgenden Punkten einig: Im Juli bat Zelda um die Scheidung. Erzürnt suchte Scott eine Konfrontation mit Jozan, und als ihm das nicht gelang, schloss er Zelda in ihrem Zimmer ein. Im August 1924 versuchte Zelda sich mit einer Überdosis Schlaftabletten das Leben zu nehmen. (In einer anderen Version war der Suizidversuch ein Jahr später.) Im Herbst 1924 reiste Jozan ab und sah die Fitzgeralds nie wieder. Ernest Hemingway erinnerte sich daran, dass Fitzgerald ihm nach dem Ende von Zeldas Affäre mit Jozan davon erzählte. In einem Jahre später geführten Interview »leugnete Jozan heftig, je eine Affäre mit Zelda gehabt zu haben«. Affäre oder Flirt, Scheidungsgedanken, Hausarrest, Suizidversuch – Scott erkannte die verschiedenen Einzelheiten und widersprüchlichen Versionen und hielt fest: »Im September 1924 wusste ich, dass etwas geschehen war, das niemals mehr repariert werden konnte.«

In *Der große Gatsby* gibt es parallel angelegte ehebrecherische Affären – die von Myrtle Wilson, der Frau des Tankstellenbesitzers, mit dem Polo-spielenden Tom Buchanan, und die der ehemaligen Debütantin Daisy Buchanan mit Jay Gatsby, dem Schwarzbrenner. Mittels dieser die Klassengrenzen überschreitenden Affären – arme Frau und reicher Mann, reiche Frau und armer Junge, der zu Reichtum gekommen ist – stellt Fitzgerald die wichtige Frage, wer lieben darf, wer verletzt wird und wer sich dem angerichteten Unheil entziehen darf.

Als George Wilson, der arme Tankstellenbesitzer aus dem Valley of Ashes (was jetzt Flushing, Queens, ist), entdeckt, dass Myrtle eine Affäre hat, schließt er sie im Haus ein. Als Myrtle sich dagegen auflehnt, hält er sie wie eine Gefangene, und bei ihrem Versuch, sich zu befreien, kommt sie ums Leben. In einem Brief an seinen Lektor besteht Fitzgerald auf dem gewaltsamen Tod: »Ich will, dass Myrtles Brust abgerissen wird – genau darum geht es, glaube ich.« Er beschreibt ihren leblosen Körper: »… sahen, dass ihre linke Brust lose wie ein Lappen herabhing und sie nicht mehr nach dem Herzschlag darunter zu horchen brauchten«. Fitzgerald, ehemals Katholik, der einst erwogen hatte,

Priester zu werden, und lyrischer Schriftsteller, der keine Gelegenheit zu Symbolik auslässt, sieht für die ehebrecherische Myrtle eine Märtyrerstrafe vor. Myrtles Verstümmelung erinnert an das Schicksal der heiligen Agatha, der die Brüste abgeschnitten wurden, weil sie sich weigerte, einen römischen Herrscher zu heiraten.

Ist Myrtles Tod notwendig?

Ja. Er nimmt den Mord-Selbstmord von Gatsby und George vorweg, der aufzeigt, dass Daisy und Tom »leichtfertige Menschen sind … sie zerstörten Dinge und Lebewesen, dann zogen sie sich wieder in ihr Geld … zurück« und »ließen andere das Chaos beseitigen, das sie angerichtet hatten«. Die drei tragischen Tode bestätigen Fitzgeralds Behauptung von Klasse und Korruption in Amerika. Aber kritisiert Fitzgerald – ein Anhänger von Karl Marx – auch die Institution der Ehe und die Ansicht, dass Ehefrauen wie Ware behandelt und als solche eingesperrt werden können? Da Fitzgerald möglicherweise seine eigene Frau eingesperrt hat, könnte man zu einem anderen Schluss kommen.

In seinen Romanen schöpft Fitzgerald ausgiebig aus seiner eigenen Ehe. Die Parallelen zwischen Zeldas angeblicher Untreue und Daisys und Myrtles Affären, zwischen Fitzgeralds anmaßendem Ehrgeiz, Zelda für sich zu gewinnen, und Gatsbys groß angelegter Eroberungskampagne für Daisy deuten darauf hin, dass die von Fitzgerald dargestellten Gefühle aus dem wahren Leben gegriffen waren, und indem er Gestalten von so authentischer Emotionalität und Lebendigkeit schuf, brachte er diese Gefühle dem Leser nahe. Auch bediente Fitzgerald sich – größtenteils mit ihrem Wissen – an Zeldas Briefen und Tagebucheinträgen.

Biografen sind sich darin einig, dass »Zelda der wichtigste Einfluss auf Fitzgeralds Schreiben war«. Fitzgerald schrieb: »Ich weiß nicht, ob Zelda und ich wahrhaftige Menschen sind oder Gestalten in einem meiner Romane.« Im Herbst 1924 war die Affäre mit Jozan vorbei, und Fitzgerald war so weit, dass er das Manuskript einreichen konnte. Seinem Lektor schrieb er: »Endlich habe ich etwas ganz Eigenes geschaffen.«

Der Titel: Trimalchio

Im Oktober 1924 reichte Fitzgerald das Manuskript von *Der große Gatsby* bei seinem Lektor Maxwell Perkins ein, der den Roman für »außergewöhnlich« hielt. Einen Monat später wollte Fitzgerald, dass Perkins den Titel zu *Trimalchio in West Egg* ändere. In den folgenden Monaten, selbst nachdem das Manuskript im Satz war und schon die Fahnen vorlagen, nahm er weitere Änderungen am Roman vor.

Fitzgerald quälte sich mit dem Titel. Er hatte verschiedene Versionen im Sinn: *Trimalchio in West Egg, Gold-hatted Gatsby, Trimalchio, On the Road to West Egg, The High-bouncing Lover, Under the Red, White and Blue* und weitere mehr. Perkins zog *Der große Gatsby* vor, wie auch Zelda.

Als der Roman sich nicht gut verkaufte, führte Fitzgerald das zum Teil auf den Titel zurück. Seinem Gefühl nach wäre *Trimalchio* besser gewesen.

Im Roman selbst gibt es nur einen Hinweis auf Trimalchio, nämlich in Kapitel 7, gleich nachdem Gatsby und

Daisy ihre Affäre wieder aufnehmen. Gatsby hatte die spektakulären Partys auf seinem Landsitz in West Egg nur ausgerichtet, um Daisy dorthin zu locken; sobald er sie erobert hatte, brauchte er die Partys nicht mehr: »Eines Samstagabends [blieben] in seinem Haus die Lichter aus«, und so »endete seine Karriere als Trimalchio«. Vorbei.

Trimalchio – der Name bedeutet dreimaliger Meister – ist ein ehemaliger Sklave, der nach seiner Freilassung zu Wohlstand gelangt. Er ist eine Figur in *Satyricon,* einer pikaresken römischen Erzählung aus dem ersten Jahrhundert, dessen Verfasser Petronius ein Höfling im Dienst des notorischen Kaisers Nero war. Die Erzählung schildert die Wanderungen von Encolpius und Giton, seinem Sklaven und jungen Geliebten. Die auffallendste Gestalt in der Erzählung ist Trimalchio, der üppige Feste ausrichtet und anderen befreiten Sklaven und Anhängern seinen neuen Reichtum vorführt. Als Parvenü wird er von besser gestellten Menschen mit gesellschaftlichem Gespür verspottet.

Wie Trimalchio lädt Gatsby zu opulenten Partys ein, bei denen sich die Gäste auf seine Kosten schadlos halten und über ihn klatschen. Und so wie Trimalchio seine Frau über die Maßen preist und sich damit der Lächerlichkeit aussetzt, wird Gatsby seine exzessive Verehrung von Daisy zum schicksalhaften Verhängnis. Der Sklave wird freigelassen, weil er seinem Meister getreulich gedient hat. Gatsby schafft den Aufstieg aus dem ländlichen Dakota, indem er dem Tycoon Dan Cody treue Dienste erweist.

Sowohl Petronius als auch Fitzgerald stellen Menschen dar, die sich über ihre Stellung erheben, sei es vom Sklaven zum freien Mann oder vom Bauernlümmel zum wohlhabenden Schwarzbrenner, und zeigen zugleich, wie diejenigen, die in der gesellschaftlichen Hierarchie über ihnen stehen, sie wahrnehmen und verachten. Warum führt Petronius Trimalchio vor? Warum lehnt Tom den »gewöhnlichen Schwindler« Gatsby als ebenbürtigen Rivalen ab und betrachtet dessen Affäre mit Daisy als einen »anmaßenden kleinen Flirt«? Wie die Klassik-Expertin Helen Morales schreibt: »Gesellschaftliche Emporkömmlinge zu verspotten ist eine Methode, um die unteren Schichten kleinzuhalten und die Überlegenheit der Elite zu schützen.« So ist es.

Anders als Petronius hat Fitzgerald keine pikareske Erzählung geschrieben, und anders als Encolpius, die Erzählerfigur bei Petronius, liefert Fitzgeralds Erzähler Nick Carraway keine Karikatur der Trimalchio-Gestalt Jimmy Gatz, des Bauernjungen aus North Dakota. Im Gegenteil, Gatsby, der Parvenü und Gangster und die amerikanische Verkörperung des Trimalchio, ist Fitzgeralds tragischer Held, der für seine Liebesillusionen mit dem Leben bezahlt. Am Ende des Romans wendet Nick sich von seiner eigenen Klasse ab und stellt sich zu Gatsby, mit dem er sich in »trotziger Solidarität« gegen die Welt verbündet.

In Fitzgeralds Anspielung auf die Geschichte von Trimalchio zeigt sich sein Interesse an Klassenhierarchie; er nimmt die Borniertheit der Elite wahr, aber auch unseren Wunsch, von gesellschaftlich Höhergestellten zur Kenntnis genommen zu werden. Dem Wirtschaftswissenschaftler E. Ray Canterbery zufolge betrachtet Fitzgerald sich »nicht nur als guten Historiker, sondern auch als praktizierenden Sozialisten«. Mir leuchtet das ein. *Der große Gatsby,* ein großer sozialkritischer Roman, bezeugt das Interesse des Autors an Geschichte und Ökonomie, indem er ein kritisches Porträt einer Ära zeichnet, die vom Hedonismus der praktisch steuerfrei lebenden, reichen, weißen Plutokraten geprägt ist.

Indem Fitzgerald Trimalchio einbringt, bezieht er Position. Aus seiner antielitären Haltung heraus klagt er die begüterten Amerikaner der Roaring Twenties an, weil sie den romantischen Gatsby ebenso wie den vertrauensvollen George und die unzufriedene Myrtle zerstören – und damit zieht er eine direkte Linie von der herrschenden Gruppe im Rom des ersten Jahrhunderts, die für gesellschaftliche Außenseiter nichts als Spott übrighat, hin zu der unveränderten Dynamik in den Vereinigten Staaten der 1920er-Jahre, wo Spott zu Mord wird. Und jetzt, noch einmal hundert Jahre später, wird unser Land noch immer von krasser Einkommensungleichheit, von stagnierenden Gehältern und verpassten Chancen bestimmt, trotz wohlmeinender Anstrengungen der schwindenden Mittelschicht. Die stark auseinanderklaffenden wirtschaftlichen Gegebenheiten können nur zu Unterschieden bei den Klassenidentitäten führen. Wie weise Fitzgerald in seiner Voraussicht war.

Trimalchio erlaubt zudem eine queere Lesart von *Der große Gatsby*. Petronius' Erzähler hat einen jüngeren Liebhaber (was im alten Rom nicht ungewöhnlich war; auch Kaiser Nero war mehr als einmal mit einem jüngeren Mann niederen Standes liiert). Encolpius' Entsprechung im *Gatsby*, Nick Carraway, hat eine Begegnung mit Mr. McKee, dem »blassen, femininen« verheirateten Fotografen, die möglicherweise sexueller Natur ist.

Im zweiten Kapitel lädt Tom Nick dazu ein, den Tag mit ihm und seiner Geliebten Myrtle in ihrem Liebesnest in Manhattan zu verbringen. Myrtle lädt ihre Schwester und ihre Freunde, die McKees, zum Trinken hinzu, und als der lange Nachmittag in einen Streit zwischen Tom und Myrtle mündet, der zu Handgreiflichkeiten führt, ist die Party zu Ende. Mrs. McKee und Myrtles Schwester bleiben sturzbetrunken zurück, während Mr. McKee die Wohnung verlässt; Nick folgt ihm. Im Aufzug auf der Fahrt nach unten schlägt McKee vor, sie könnten sich »irgendwann einmal« zum Lunch treffen, und Nick stimmt zu. Dann schreibt Fitzgerald über Nick: »Ich stand an seinem Bett, und er saß aufrecht, in Unterwäsche, in den Kissen und hielt eine große Fotomappe in den Händen.« Es gibt keinen Lunch zu einem späteren Zeitpunkt, auch keinen Zeitsprung. Vielmehr geht es übergangslos vom Aufzug des Wohnblocks zu McKees Schlafzimmer, wo McKee, seiner Kleider entledigt, Nick seine Fotos zeigt.

Ob es zwischen Nick und McKee eine sexuelle Begegnung gegeben hat, ist nicht unbedingt relevant, aber die Episode zeigt uns Nicks Zuneigung für Gatsby in einem anderen Licht. Nicks anfängliche Neugier auf die lokale Berühmtheit wandelt sich zu tiefer Bewunderung und Identifikation mit dem Gleichaltrigen. Zwischen ihnen gibt es keine sexuelle Verbindung, aber ihr Interesse aneinander und die platonische Liebe füreinander ist zweifellos authentisch und bewegend. In *The Great Gatsby* wird die Freundschaft von Nick und Gatsby zur idealen Liebe erhoben. Heute würde man sagen, der Roman ist eine fesselnde »Bromance«.

Laut Fitzgeralds Biografen Matthew J. Bruccoli »gibt es keine Hinweise, dass Fitzgerald je eine homosexuelle Beziehung hatte«. Zelda warf ihm vor, eine Affäre mit Hemingway gehabt zu haben, und ein gemeinsamer Bekannter von Fitzgerald und Hemingway verbreitete Gerüchte von einer Liebschaft zwischen den beiden. Fitzgerald leugnete das, und der Homosexualität bezichtigt zu werden, bekümmerte ihn. Er hatte Zelda lesbische Regungen vorgeworfen, die einen Widerwillen in ihm hervorriefen. Ganz gleich, was Fitzgeralds persönliche Ansichten zu sexueller Identität waren, es ist nicht von der Hand zu weisen, dass er den Roman »Trimalchio« nennen wollte, nach einer Figur aus einem »über die Maße kontroversen Werk des klassischen Literaturkanons«, geschrieben von einem intimen Höfling eines Kaisers, der die sexuelle Liebe zwischen Männern zu etwas Normalem machte. Was seinen Leitstern anging, hatte Fitzgerald eine eindeutige Haltung, und dessen Licht bleibt.

Die Frauen: Mollie, Ginevra, Zelda und Daisy

Fitzgerald schreibt schöne Prosa über weiße amerikanische Männer; wie er jedoch über weiße amerikanische Frauen schreibt, bleibt dahinter zurück, und das wusste er. Den kommerziellen Misserfolg von *Gatsby* führte er nicht nur auf den Titel zurück, sondern auch auf die Tatsache, »dass darin keine bedeutende weibliche Figur vorkommt, und zur Zeit bestimmen Frauen den Literaturmarkt«.

Vier Monate vor der Veröffentlichung von *Der große*

Gatsby schrieb Fitzgerald an seinen Lektor über die Schwäche seiner weiblichen Figuren: »Ich bedauere, dass Myrtle besser gelungen ist als Daisy. Jordan war natürlich eine gute Idee (Sie wissen vielleicht, dass sie auf Edith Cummings zurückgeht), wird aber zum Schluss hin schwächer. In Kapitel VII liegt das Problem mit Daisy + vielleicht schadet es der Beliebtheit des Romans, dass es ein Buch für Männer ist.«

Fitzgeralds weibliche Gestalten sind statisch, sie reagieren lediglich und sind nicht in der Lage zu erkennen, wie sie wahrgenommen werden oder ihr Verhalten ändern könnten.

Myrtle Wilson ist eine männermordende, hinterlistige Frau, die auf grausame Weise zu Tode kommt, weil sie die Flucht aus ihrer Ehe und von einem Mann sucht, den sie verachtet. Sie ist grob, vulgär und betrügerisch.

Jordan Baker, von Beruf Golferin, ist »durch und durch unehrlich« und ein Snob. Sie hat nichts Liebenswertes, und Nick lässt sie ohne viel Aufhebens fallen und schickt sie in ihre korrupte soziale Gruppe zurück, obwohl er selbst weiß, dass das nicht ganz fair ist.

Die von Gatsby verehrte Daisy vereint die schlimmsten Eigenschaften der weißen Frau jener Zeit: Sie ist eine »Lady of Leisure«, eine »Trophy Wife« der begüterten Klasse: träge, mit ausgeprägtem Statusbewusstsein und ohne jeden Nutzen außer als Symbol. Ihre »Stimme klingt nach Geld«, und von ihrem Mann wird sie lediglich toleriert. Daisy heiratet Tom, den reichsten Mann im Angebot, ohne ihn zu lieben, und bleibt dann bei ihm, trotz seiner Seitensprünge und Grausamkeiten, trotz seiner elitären Anspruchshaltung und seiner Überzeugung von der Überlegenheit der weißen Rasse. Tom ist einfach er selbst, während Daisy sich immer wieder für Tom entscheidet. Sie verursacht einen Autounfall mit Todesfolge, läuft vor der Verantwortung davon und sagt sich von dem Mann los, den sie liebt, weil er ein »hergelaufener Niemand« ist. Sie ist eine zerstörerische Sirene, der Gatsby sich ausliefert. Der Literaturkritiker Marius Bewley schreibt, Daisy stelle die »unfassbare moralische Gleichgültigkeit« der untätigen Reichen dar. Dank schlechter Verfilmungen mag die Versuchung bestehen, Daisys Reizen zu erliegen und sich, wie Gatsby, von ihr verzaubern zu lassen, jedoch würde man in dem Fall Fitzgeralds offen geäußerte Botschaft missachten, wonach »das beliebteste aller Mädchen« zu einer reichen Ehefrau wird und reuelos einen Mord begeht.

Kurzum, Fitzgeralds Frauenfiguren sind nicht zu retten, und die verheirateten sollten Warnhinweise tragen.

Die einzigen weiblichen Figuren ohne eklatante moralische Fehler sind die Nebengestalten: Finn, Nicks finnische Haushälterin; Stella, eine »reizende Jüdin«, die für Wolfshiem arbeitet, Gatsbys feigen Mentor (der als Karikatur eines Juden gezeichnet wird); und Tom und Daisys Baby, Pammy. Fitzgerald hebt sich seine Verachtung für die weißen amerikanischen Frauen auf, während er gegenüber der Haushaltshilfe und der religiösen Minderheit, die lediglich Nebenfiguren sind, Freundlichkeit walten lässt.

Die Reichen im Roman (Tom und Daisy) können ungestraft morden, während die Armen (Myrtle, George, Gatsby) geopfert werden, damit der objektive Leser (wie Nick, der sich jeden Urteils enthält), Lehren aus Fitzgeralds

Klassenallegorie ziehen kann. Die Zweidimensionalität der weiblichen Gestalten macht die Allegorie noch deutlicher, aber ich bin überzeugt, dass Fitzgerald den Roman nicht als reine Allegorie oder Satire intendiert hat – dafür war er zu ehrgeizig.

Wo soll man anfangen, will man Fitzgeralds Charakterisierung der Frauengestalten erklären? Seine Biografie bietet einige Einblicke. Fitzgerald wurde 1896 in Saint Paul, Minnesota, geboren. Sein Vater stammte aus einer vornehmen Familie, hatte aber keinen richtigen Beruf, und die Familie lebte von dem Erbe, das Scotts Mutter von ihrem aus Irland eingewanderten Vater, einem erfolgreichen Großhandelskaufmann, in die Ehe brachte. Zwei Zwillingsschwestern waren gestorben, bevor Scott auf die Welt kam, und seine Mutter Mollie hätschelte ihn über die Maße. Ihre grenzenlose Liebe und Fürsorge waren Scott peinlich, und er sah darin den Grund für seine »extreme Eitelkeit« und tiefe Unsicherheit.

Mit fünfzehn Jahren wurde Scott für seine Schulbildung an die Ostküste geschickt. Nachdem er die Aufnahmeprüfung zweimal nicht bestanden hatte, wurde er unter Vorbehalt in Princeton aufgenommen. Er kam aus einer irisch-katholischen Familie des Mittleren Westen, während die meisten seiner Schulkameraden aus WASP-Familien – weiße angelsächsische Protestanten – an der Ostküste stammten. Fitzgerald hatte das Gefühl, »einer niedrigeren Schicht anzugehören«, wollte aber ganz oben auf der Gesellschaftsleiter von Princeton stehen. Obwohl seine Verhältnisse nicht in dem Maße gesichert waren, konnte man nur im Vergleich mit seinen elitären Mitschülern denken, dass er aus einer niedrigeren Schicht stammte. Bevor er ins College eintrat, starb seine Großmutter mütterlicherseits und hinterließ seiner Mutter ein Vermögen von rund 125 000 Dollar, was heute einer Summe von über 3 Millionen Dollar entspricht.

Im Januar 1915, in seinem zweiten Studienjahr, lernte Fitzgerald die schöne Ginevra King kennen und verliebte sich in sie. Sie war eine Debütantin aus einer extrem reichen Bankiersfamilie des Mittleren Westens. Ginevra und Scott führten einen intensiven Briefwechsel und trafen sich einige Male. Jedoch hatte Ginevra ähnliche Korrespondenzen auch mit anderen Männern – sie war, wie sie selbst sagte, »an Menge interessiert, was junge Männer anging« – gab aber auch zu, dass Scott eine Weile lang in der Rangfolge ganz oben stand. Als Fitzgerald 1916 Ginevra an der North Shore Chicagos besuchte, hörte er, wie jemand bei einer Party über ihn die Bemerkung machte: »Arme Jungen sollten nicht mit dem Gedanken spielen, reiche Mädchen zu heiraten.«

Dieser berühmte Satz, der in mehreren Verfilmungen von *Der große Gatsby* vorkommt, nicht aber im Roman selbst, wird häufig Ginevras Vater zugeschrieben, Charles Garfield King, der womöglich die Vorlage für Tom Buchanan war: Sowohl King als auch Buchanan stammten aus Lake Forest, spielten Polo und hatten in Yale studiert.

Viele Jahre später sagte Fitzgerald zu seinem Lektor, Tom Buchanan sei »die beste Figur, die ich je geschaffen habe«, und wahrscheinlich »eine der besten« Figuren im amerikanischen Roman der letzten zwanzig Jahre«. Manchmal kann eine schneidende Beleidigung auch als gutes Material taugen.

Zwei Jahre nachdem sich Fitzgerald und Ginevra kennengelernt hatten, endete ihre Beziehung, und Ginevra wandte sich anderen jungen Männern zu. Fitzgerald war am Boden zerstört. Aber sein Herzeleid wurde schnell literarischer Stoff: Ginevra diente ihm als wichtige Inspiration für Daisy. Fitzgeralds Biografen sind sich einig darin, dass Ginevra möglicherweise die dauerhafteste und bedeutsamste Liebesbeziehung für Fitzgerald war, bedeutsamer noch als die mit Zelda. Die Literaturkritikerin Maureen Corrigan schreibt, dass der »Stachel«, den der Verlust von Ginevra bedeutete, vielleicht die »literarische Perle ermöglichte, die Daisy Buchanan ist«.

Nach dem Verlust von Ginevra hatte Fitzgerald mit seinen Studien zu kämpfen. Während er im Theater erfolgreich war, fast zum Präsidenten des Triangle Clubs in Princeton ernannt worden wäre und eingeladen wurde, dem elitären Cottage Club beizutreten, bestand er die meisten seiner Prüfungen nicht und machte nie seinen Abschluss. 1917 trat er in die Army ein und wurde als zweiter Lieutenant zum »Commissioned Officer«.

Als er im Sommer 1918 in Montgomery, Alabama, stationiert war, lernte er Zelda kennen, die genau sein Typ war: beliebt, selbstbewusst und Teil der sozialen Elite. Auch sie war die wohlhabende Tochter einer geachteten Familie, wenn auch längst nicht so reich wie Ginevra. Fitzgerald war einundzwanzig Jahre alt, Zelda wurde gerade achtzehn.

Im Frühling 1919 hatte Zelda den Ehering von Fitzgeralds Mutter für ihre eigene Verlobung akzeptiert. Fitzgerald machte sich auf nach New York, wo er Arbeit zu finden hoffte. Er bekam eine Stelle in einer Werbeagentur, brachte es damit aber nicht weit. Zelda löste die Verlobung. Von dieser Zeit in seinem Leben schreibt Fitzgerald: »Ich war ein Versager – mittelmäßig als Werbetexter und nicht in der Lage, als Schriftsteller Fuß zu fassen.« Niedergeschmettert kehrte er nach Saint Paul zurück, um seinen ersten Roman zu schreiben, was er mit erstaunlicher Geschwindigkeit tat. Sobald *Diesseits vom Paradies* für die Veröffentlichung angenommen worden war, erneuerten er und Zelda ihr Verlöbnis und heirateten kurze Zeit später.

Als Fitzgerald begann, *Der große Gatsby* zu schreiben, hatte er zwei formative Liebesbeziehungen erlebt. In Ginevras Fall glaubte er, in ihren Kreisen, zu denen auch Country Clubs und Sommerhäuser gehörten, nicht bestehen zu können, und in Zeldas Kreisen wäre er erst akzeptabel, wenn er einen eigenen Erfolg vorweisen konnte. Für Fitzgerald war die Liebe einer Frau an Bedingungen geknüpft. Eine begehrenswerte Frau verlangte Dinge von ihm, die auch jeder andere nur mit Mühe hätte erreichen können. Fitzgerald wollte Frauen gewinnen, die außerhalb seiner Reichweite waren, und war dann paradoxerweise empört, wenn sie darauf bestanden, dass er sich nach ihnen strecken sollte.

Der große Gatsby, zweiter Akt

Der Verkauf von *The Great Gatsby* brach schon eine Woche nach der Veröffentlichung ein und verbesserte sich zu Gatsbys Lebzeiten nicht mehr. Bei dem Roman, so argumentierte Fitzgeralds Lektor, handle es sich um eine Satire, deren Bedeutung von den Lesern nicht verstanden worden sei.«Scott befindet sich in einer außergewöhnlichen Position: Seine Virtuosität macht ihn zu einem beliebten Autor, doch sein Schreiben geht über die Köpfe der meisten Leser hinweg.«

Satire verwendet Übertreibung, Humor und ironische Kontraste, um moralische, gesellschaftliche und politische Missstände aufzuzeigen. Weil zwischen der reichen Komplexität der männlichen Figuren in *Gatsby* und der dürftigen Charakterisierung der Frauen ein starker Gegensatz besteht, könnte man den Roman als Satire gegen Frauen lesen, aber das hatte Fitzgeralds Lektor nicht im Sinn, als er von Satire sprach.

Ich stimme Fitzgeralds Lektor zu, dass der Roman virtuos ist. Fitzgeralds meisterhafte Neuerung ist die Synthese von mindestens drei literarischen Genres: Satire, Tragödie und Entwicklungsroman. Nick, unser junger Mann, kommt mit großen Träumen nach New York, mischt sich unter die angesagten Leute, begegnet einem exzentrischen und romantischen Fremden, der ein Schloss gebaut hat, mit dem er die »Tochter des Königs« zu gewinnen hofft. Nick empfindet große Nähe zu dem Fremden, der, von seinen Selbsttäuschungen und der Grausamkeit der Mächtigen überwältigt, zum tragischen Helden wird. Darauf verlässt der junge Mann New York; er ist seiner Illusionen beraubt, steht aber dem Leben und seinen Möglichkeiten um vieles bewusster gegenüber. Sieht man im Roman nur die Satire, reduziert man ihn.

Zu Fitzgeralds Lebzeiten wurde *Gatsby* als kommerzielle Enttäuschung gesehen – einfach der dritte Roman eines Wunderkindes. Für seinen nächsten Roman, *Tender is the Night,* brauchte Fitzgerald neun Jahre, und dessen kritische und kommerzielle Rezeption fiel noch schlechter aus. Im Laufe der Jahre verschlimmerte sich Zeldas psychischer Zustand, und sie wurde häufig ins Krankenhaus eingewiesen. Fitzgerald seinerseits kämpfte jahrzehntelang mit Alkoholismus. Er hörte jedoch nie auf, Bücher, Erzählungen, Aufsätze und Drehbücher zu schreiben, womit er unglaubliche Summen verdiente – trotzdem war nie genug Geld da. Zwischen 1919 und 1936 hatte ihm seine literarische Arbeit 386 382 Dollar eingebracht, was heute über 6 Millionen Dollar entspricht. Bei seinem Tod war jedoch so gut wie nichts übrig, und die ihm Nahestehenden wunderten sich, wie so viel Geld einfach verschwunden sein konnte. 1940 starb Fitzgerald mit vierundvierzig Jahren an einem durch seinen Alkoholismus bedingten Herzinfarkt.

Ein Jahr nach Fitzgeralds Tod erwachte *Der große Gatsby* zu neuem Leben. Edmund Wilson, ein Freund Fitzgeralds, veröffentlichte dessen unvollständigen Roman *Die Liebe des letzten Tycoon* und nahm *Der große Gatsby* in den Band mit auf. In den Jahren 1945 und 1946 wurden 155 000 Exemplare davon in einer Armed-Services-Ausgabe gedruckt, die an Soldaten im und nach dem Zweiten Weltkrieg ausgegeben wurde. Jedes Buch der Armed-Services-Ausgabe sollte von sieben Soldaten gelesen werden, was laut der Literaturkritikerin Maureen Corrigan mehr als eine Million Leser bedeutete. Die Ausgabe schuf für den vergessenen Roman und seinen toten Autor eine neue, breite Leserschaft. 1945 gab Edmund Wilson unter dem Titel *The Crack-Up* eine Sammlung von Fitzgeralds hervorragenden

Essays heraus und kurbelte den Mythos um Fitzgerald weiter an. Corrigan stellt fest, »Fitzgeralds Leben ist besser ausgebeutet worden als das anderer amerikanischer Autoren«. Bis 2020 waren weltweit fast dreißig Millionen Exemplare von *The Great Gatsby* verkauft worden. Kein schlechtes Ergebnis, Scott.

All dies wusste ich nicht, als ich das Buch zum ersten Mal las, auch nicht beim zweiten Mal. Mein erstes Exemplar, ein Taschenbuch für 2.25 Dollar, habe ich heute noch. Auf der Titelseite hatte ich mit Kugelschreiber notiert: »2ndx 8/85«, das hieß, ich hatte das Buch im August 1985, im Sommer zwischen meinen beiden letzten Jahren an der Highschool, zum zweiten Mal gelesen. Denn die Geschichte übte auf mich, ein Mädchen aus dem Valley of Ashes, eine große Faszination aus.

Seitdem habe ich den Roman viele, viele Male wiedergelesen. Ich schreibe Romane, die soziale Themen behandeln, und deshalb ist *Der große Gatsby* für meine Fragen zu Wirtschaft, Geschichte, Recht, Psychologie, Klassik, Anthropologie, Soziologie und – klar – Literatur interessant. Ich kann mir vorstellen, dass der junge Fitzgerald nicht nur an Petronius, sondern auch an Homer dachte, an Galsworthy, Henry James, Keats, Veblen und Marx, während er in einer Zeit schrieb, die auch Willa Cather, Claude McKay, Julia de Burgos, Edith Wharton, Younghill Kang, Anzia Yezierska, Sinclair Lewis, Ann Petry, Langston Hughes, John Dos Passos, Zora Neale Hurston, Sherwood Anderson, Ernest Hemingway und so viele andere große amerikanische Schriftsteller hervorbrachte.

Fitzgerald starb als enttäuschter und gebrochener Mann, aber so sehe ich ihn nicht. Eher stimme ich dem Literaturwissenschaftler und Kulturhistoriker Morris Dickstein zu, der Fitzgerald als einen Schriftsteller beschreibt, »der seine Frustrationen und Enttäuschungen als neues Material betrachtet und daraus Werke schafft, die Riesensprünge im menschlichen Verständnis zeigen«.

Hat Fitzgerald sich je vorgestellt, dass jemand wie ich, während ich an meinem dritten Roman arbeite, an ihn denken würde? Wohl kaum. Er lebte in einer anderen Zeit. Seltsamerweise habe ich so wie Tom und Nick in Yale studiert und fühlte mich, wie Fitzgerald, an meinem schicken College als Außenseiterin. Aber auch das ist lange her.

Ich unterrichte Kreatives Schreiben, und meine Studenten fragen mich, was sie schreiben sollen. Ich sage ihnen, sie sollen über das schreiben, was ihnen am meisten auf der Seele brennt.

Warum?, fragen sie mich.

Die Fragen, die euch nachts beschäftigen, werden euch am Tage an euren Schreibtisch festhalten, antworte ich.

Habt ihr Geldsorgen? Liebeskummer? Macht ihr euch Sorgen über Arbeit, Freunde, Liebe, Ungleichheit oder versäumte Gelegenheiten? Dann nehmt euch eins dieser Themen vor.

Ich denke an Scott Fitzgerald, der seine Rechnungen nicht bezahlen konnte, der bei einem Mädchen keinen Erfolg hatte, der sich Sorgen über seinen Ruf machte und über die Clubs, die ihn nicht einlassen wollten, und ich weiß, dass er aufrichtig über diese Dinge schrieb. Er wandte sich nicht von seiner Scham, seiner Selbstverachtung oder Treulosigkeit ab. Er rang damit. Er versuchte, die Wirren des Lebens, soweit er es vermochte, zu verstehen. Das ist mehr, als die meisten tun. Er setzt einen hohen Maßstab. Die Leser seiner eigenen Generation fanden keinen Zugang zu ihm, aber die ihm nachfolgenden Generationen spürten die Wahrhaftigkeit seiner Fragen und die Komplexität seiner Antworten. Es ist alles da – unvollkommen und überragend zugleich. Ich greife zu *Der große Gatsby,* weil er mir die Klarsicht gibt, meinen eigenen amerikanischen Traum auszumalen und zu überdenken, und das ist der Grund, warum er überdauern wird.

Literaturverweise

Alle Zitate aus *Der große Gatsby* stammen aus dieser Ausgabe. Alle anderen Zitate und Verweise finden sich in folgenden Büchern (gelistet nach ihrer Erwähnung im Text):

Maureen Corrigan, *So We Read On: How ›The Great Gatsby‹ Came to Be and Why It Endures*. Little Brown, New York, 2014

Matthew J. Bruccoli, *Some Sort of Epic Grandeur: The Life of F. Scott Fitzgerald*. University of South Carolina Press, Columbia, 2002

F. Scott Fitzgerald, *A Life in Letters*. Hg. Matthew J. Bruccoli. Scribner, New York, 2010

F. Scott Fitzgerald, *The Crack-Up*. Hg. Edmund Wilson. New Directions Pub., New York, 2009

Sally Cline, *Zelda Fitzgerald: The Tragic, Meticulously Researched Biography of the Jazz Age's High Priestess*. Arcade Pub., New York, 2012

Nancy Milford, *Zelda: A Biography*. Modern Classics. HarperPerennial, New York, 2011

Helen Morales, Einführung zu *Satyricon*, von Petronius. Penguin, London, 2011

E. Ray Canterbery, *Thorstein Veblen and ›The Great Gatsby‹. Journal of Economics*. Issue 33, No. 2 (Juni 1999)

Morris Dickstein, *The Authority of Failure. The American Scholar*, 69, Nr. 2 (Frühling 2000)

Roman
Aus dem amerikanischen Englisch von
pociao und Roberto de Hollanda
Mit einem Nachwort von Faber
192 Seiten
Auch erhältlich als eBook und Hörbuch-Download

Der 19-jährige Harold versucht, sich den gesellschaftlichen Zwängen seines wohlhabenden Elternhauses
durch ungewöhnliche »Marotten« zu entziehen. Die
79-jährige Maude ist unkonventionell, energisch, im-
pulsiv und lebensfroh – trotz ihrer schweren Vergangenheit. Die beiden lernen sich bei einer Beerdigung
kennen, und bald verwandelt sich ihre Freundschaft in
eine zarte und bewegende Liebesgeschichte. Bis zum
Tag von Maudes 80. Geburtstag.

Roman
Aus dem Polnischen von Klaus Staemmler
Mit einem Vorwort von Chimamanda Ngozi Adichie und
einem Nachwort von Marcel Reich-Ranicki
304 Seiten
Auch erhältlich als eBook

Man schreibt das Jahr 1943. Im von Deutschen besetzten Warschau ist die einst größte jüdische Gemeinde Europas bereits fast vollständig deportiert.
Einigen gelingt die Flucht aus dem Ghetto, darunter
auch der schönen Irma Seidenman, die drei Vorteile
hat: einen gefälschten Ausweis, blonde Haare und
blaue Augen. Als sie eines Tages von einem Informanten der Nazis erkannt wird, nimmt das Drama
seinen Lauf. Wird Irma Seidenman entkommen?

Foto: Archiv Diogenes Verlag

F. SCOTT FITZGERALD, geboren 1896 in St. Paul (Minnesota), wurde schon mit seinem ersten Roman, *Diesseits vom Paradies,* auf einen Schlag berühmt und stand mit seiner Frau Zelda im Mittelpunkt von Glanz und Glimmer. *Der große Gatsby,* sein heute meistgelesenes Buch, war jedoch ein finanzieller Flop. Um Geld zu verdienen, ging Fitzgerald 1937 als Drehbuchautor nach Hollywood, wo er 1940 starb.

BETTINA ABARBANELL, geboren in Hamburg, ist Übersetzerin, u. a. von Jonathan Franzen, Denis Johnson, Rachel Kushner, Elizabeth Taylor und F. Scott Fitzgerald und lebt in Potsdam. Ihr Werk wurde vielfach ausgezeichnet, etwa mit dem Heinrich Maria Ledig-Rowohlt-Übersetzerpreis.